Heiner Egge

Niebuhrslust

Heiner Egge

Niebuhrslust

Roman

Luchterhand
Literaturverlag

Lektorat: Martin Hielscher

Umschlagentwurf: Max Bartholl
Satz, Druck und Bindung:
Offizin Andersen Nexö Leipzig GmbH
Gedruckt auf: „Alster Werkdruck“ h’frei, geglättet,
chlorfrei, pH-neutral, alterungsbeständig
Steinbeis Temming Papier GmbH, Glückstadt
Printed in Germany
ISBN 3-630-86793-6

für meine Mutter
1922 – 1990

Dieser Roman spielt zu
keiner Zeit,
und er spielt mit jeder.

I. Teil

Nachdem unsere zur Reise nach dem glücklichen Arabien bestimmte Gesellschaft sich in Kopenhagen versammelt und vom König Befehl erhalten hatte, auf einem Kriegsschiff, welches eben nach der mittelländischen See abgehen sollte, bis nach Smyrna zu reisen; so begaben wir uns am 4ten Januar an Bord desselben.

Carsten Niebuhr

1 Die Post war seit Tagen überfällig. Lag es am Sturm, am dauernden Regen, der nicht nur die Fieler Niederung unter Wasser setzte, niemand wußte es. Es interessierte sich auch niemand dafür, auf Post wartete hier nur Claus Niebuhr, der verrückte Arabienforscher, sonst keiner.

In Thedens Gasthof vertrieb man sich die Regenzeit mit Pfänderspiel und großen und kleinen Reden.

„Kann man wirklich mit dem Herz der Artischocke den Biber fangen?"

„Man kann."

„Warst du selbst dabei?"

„Ich war."

„Stimmt es denn, daß der Biber mit keinem anderen Tier zu vergleichen, so ganz anders ist ...?"

Statt einer Antwort ging die Tür auf, und mit einem Schwall Regen und Sturm stand Pauline in der Gaststube. Sie strich sich das nasse Haar aus der Stirn, um ihre Gummistiefel entstanden kleine Seen. Jeder in der Gaststube sah auf und suchte ihre Augen.

„Er ist anders."

Sie hatte dunkles Haar, in das sie sich eine rote Paste schmierte.

Vor ein paar hundert Jahren war die gesamte Fieler Niederung ein zusammenhängender See gewesen. Schilfboote brachten Fisch und Korn zu den Bewohnern der jenseitigen Ufer. Odderade, das heute am Fuß der Dithmarscher Schweiz mitten im Trockenen liegt, besaß einen Hafen, und mancher Urgroßvater erinnert sich noch an die kleine Werft, auf der das Schilf gebündelt und zu tragfähigen Lastkähnen zusammengezurrt wurde. Später verlandete alles. Eine Pflanzenwelt eroberte sich das Gewässer, schritt vom Ufer aus zur Seemitte vor. Reet wuchs, Rohrkolben und Seesimsen kamen, Großseggen und schließlich das erste Weidengebüsch. Land war da.

So weit das Auge reicht, flaches, sumpfiges Land bis an die Ränder der Welt, seiner Welt, denn dieses Land nahm Claus Niebuhr in Besitz. Er stand im siebenundsechzigsten Lebensjahr, aber niemand sah ihm seine Jahre an. Er hatte das Zweistromland vermessen, jetzt nahm er sich die Fieler Niederung vor.

Man sah ihn stehen als einzelnen Punkt, überlebensgroß, den Spiegeloktanten vorm Auge. Glückliches Arabien. Er maß die ostwestliche Ausdehnung, dann die von Nord nach Süd. Er kam auf eine Fläche von drei mal zwei Meilen. Er setzte an die vier Ecken vier Grenzsteine und an den höchsten Punkt der Niederung einen Mast; auch der lag nur einen halben Meter über dem Meeresspiegel. Der größte Teil seines entlegenen Zwergstaates, den niemand ihm streitig machte, lag unter dem Niveau der Meere. Das Dringlichste also, was er in der

nahen Zukunft zu tun hatte, war das Anlegen von Entwässerungskanälen. Aber schon für das Vermessen und Setzen der Grenzsteine brauchte er einen knappen Monat ...
Was wußte sie schon über Biber. Gesehen hatte sie noch keinen. Auf ihren Streifzügen durch die Niederung spähte sie höchstens nach einem Fischotter aus, das täte ihr gefallen, so ein schnelles Otternfell, glänzend und weich und ganz fest zugepackt! Sie wickelte es sich um den Hals. Alle Männer und Frauen in Thedens Gasthof hielten inne in ihren großen und kleinen Reden, die Pfänder wurden unter die Tische geschoben, dreiunddreißig Augenpaare hoben sich, teils schwerfällig und träge, teils blitzschnell wie das aufklappende Lid eines Reptils, und suchten den Blick von Pauline.
Pauline Yolland, Ende zwanzig, von Irland herübergekommen, mit der roten Paste im Haar, erwiderte keinen einzigen Blick. „Er ist anders, der Biber", wiederholte sie noch einmal, aber es war mehr ein Murmeln, zu niemandem hingesprochen, und sie hatte auch schon die Gaststube durchquert, öffnete die Tür zum Flur, der zur Treppe führte. Und die Treppe stieg sie hinauf, um zu ihrem Zimmer zu gelangen. Tür zu, Schlüssel dreimal umgedreht. Hier lebte sie seit zwei Monaten.
Jeder, der ihr Zimmer erreichen wollte, mußte durch die Gaststube hindurch. Das war die Schleuse. Blickkontrolle. Sonst wohnte nie-

mand in Thedens Gasthof, doch Pauline hatte Besuch von fern und nah, oft und regelmäßig. Auch Claus Niebuhr sprach sich bei ihr aus.
Das Fenster war über und über beschlagen, weil sie die nasse Wäsche zum Trocknen über den Ofen gelegt hatte. Eine tropische Wärme breitete sich so im Zimmer aus. Hohe Luftfeuchtigkeit. Sie legte sich aufs ungemachte Bett, das Laken verwarf sich in tagealte Falten. Auf dem Tisch bildeten Apfelsinenschalen und Brotkrümel den lebendigen Kontrast zum toten Wachstuch, auf dem die Blumenmuster ausgeblichen waren.
Das Zimmer war winzig. Aber es atmete. Atmete im gleichen Rhythmus wie Pauline auf dem Bett, aus und ein, aus und ein, und roch nach Pauline vom Vorleger bis zur spärlichen Gardine. Eine Art Moschusduft, der an die Yaks denken ließ, die auf den asiatischen Hochebenen standen, unerreichbar für ihn. Es klopfte. Zweimal, und dann: noch einmal. Das war das Zeichen.
Sie wischte sich mit dem Bettzipfel über die Augen. Ließ die Beine noch ein wenig über die Bettkante baumeln, sah hinab auf ihre großen Füße und ging dann zur Tür. Der Schlüssel klemmte, wie jedesmal, und sie mußte die zweite Hand zur Hilfe nehmen. Ihre Finger spielten Schraubstock, die Kraft nahm sie aus den Schultergelenken. Es tat weh,

aber die Tür sprang endlich auf. Herein trat Claus Niebuhr mit schweren Schuhen an den Füßen.
„Paß auf, daß du mich nicht trittst."
Ohne zu lächeln kam er auf sie zu, umfaßte leicht ihre leichten Hüften und trat ihr, wie aus Versehen, auf den kleinen bloßen Zeh.
Sie schrie, wie im Spiel, auf. Er nahm die nasse Biberpelzkappe vom Kopf und sog die tropische Luft ein.
„Seit Tagen", sagte er, „warte ich auf die Post. Der Regen hört nicht auf."
„Im Juli regnet's immer."
„Ich weiß, ich weiß, aber dieses Jahr ist es besonders schlimm. Und die Kälte dazu. Nur gut, daß man dir den Ofen heizt."
„In dieser Gegend heizt man das ganze Jahr."
„Es ist furchtbar, es ist furchtbar, im Juli! Wenn doch nur die Post käme ..."
„Ein Brief von Kerstine ...?"
„Ja. Und von Norma. Und von Lucca. Seit ich nicht mehr reise, warte ich nur noch."
„Ich denke, du bist mit der Trockenlegung deines Moorlandes beschäftigt."
„Ja. Aber alles steht unter Wasser. Ich kann nichts tun."
„Mein armer alter Mann", sang sie und trat auf ihn zu und biß ihn in sein großes Ohr. Dann strich sie ihm über die hohe Stirn und die haarlose Landschaft darüber. Pauline Yolland war einen halben Kopf größer als der untersetzte

massige Arabienforscher, der jetzt die in weites Tuch gehüllten Arme um sie schlang.
„Ich bin müde“, sagte sie, „laß uns zusammen schlafen, dann vergeht die Zeit, und der Regen hört auf.“
„Ja, ja“, seufzte er und wäre jetzt gerne in eine andere Sprache verfallen, ins Romanische vielleicht, so wie man es in der Walachei sprach, oder auch in diesen arabischen Dialekt, den nur die Leute von Mosul verstanden, aber der Regen fiel unaufhörlich, der Ofen glühte, die Wäsche sengelte, Pauline rollte sich auf dem Bett ein, und ihm blieb nichts übrig, als sich dazu zu rollen. Seinen schweren Körper an den leichten zu schmiegen, mit der Hand über das Laken zu streichen, immer und immer wieder, und einzuschlafen. „Augen zu“, und den Tag vergehen zu lassen und mit ihm die Zeit.
Und sie schliefen untrennbar und solange, bis die Regenzeit vorüber war und auf trockenem Wege sich der Postkarren der Fieler Niederung näherte.

2

Frohmann,
den 28sten Juni

Bevor der Junimond seinem Ende zugeht, möchte ich diesen Brief in Ihr seltsames Land schicken. Ich versuche es mir vorzustellen: flach wie eine Wüste, nur daß es sehr grün ist. Ein Land wie der Wind. Der weht die Grashalme in eine Richtung. Jetzt ist es ein Meer.

Jetzt hat es Wellen und Wogen. Jetzt tauchen Sie an seinem Rand auf, Sie sitzen auf einem Wagen neben dem Kutscher und blicken auf die beiden Pferderücken herab. Hinter Ihnen auf der Ladefläche hocken die Arbeiter mit Spaten, Schaufeln und Körben. Sie lassen halten, Sie lassen die Arbeiter antreten und gehen dann voraus. Sie gehen auf einen Punkt zu, den nur Sie kennen. Er unterscheidet sich durch nichts von seiner Umgebung, aber er ist der exakte Mittelpunkt Ihres Landes, und das wissen Sie. Von diesem Punkt aus soll der Querkanal gegraben werden, zuerst in Richtung Westen, dem Meer zu. Aber jetzt lasse ich Sie und Ihre Arbeiter allein, tun Sie den ersten Stich, es wird seine Richtigkeit haben – ich aber wende mich Näherliegendem zu. Vor mir auf dem Tisch liegen alle Karten und Pläne, die ich in Persepolis angefertigt habe. Am meisten beeindruckt haben mich die Felsengräber der sieben Könige, Xerxes, Darius... Sie kennen sie. Wie Sie bewunderte ich am meisten die Apadama und den Thronsaal. Unfaßbar die Priesterdarstellungen, Sie erinnern sich, wie der Hohe Priester sich den Löwen hernimmt, ihn wie einen Menschen auf die Hinterbeine stellt und ihm mit dem spitzen Messer den Bauch kitzelt. Seit 2300 Jahren tut er das. Wann stößt er zu? Ich sehe das Blut spritzen aus dem Stein. Haben Sie schon einmal ein Huhn geschlachtet? Es ist furchtbar. – Und wie geht es Ihren Augen? Man sagt, Sie hätten sich beim Kopieren der Keilschrift das Augenlicht verdorben. Es muß sehr beschwerlich gewesen sein, eine ganze Woche unter dem gleißenden Licht zu verbringen, diese Hitze, diese grelle Sonne und die Unlesbarkeit der Schrift, die Sie das erste Mal in Ihrem Leben sahen und die Sie dennoch erfaßten wie niemand vor Ihnen. – Auch mich, das muß ich Ihnen sagen, hat die Sonne in Persepolis verbrannt. Aber das ist kein Wunder bei meiner durchscheinenden Haut, meiner Empfindlichkeit, wenn Sie mich sehen könnten: Sie sehen die blauen Adern durchschimmern, das Blut. So bin ich! Ja!

Ich grüße Sie in Ihrem seltsamen Land,
immer Ihre   Kerstine.

PS: Schicken Sie mir ein paar gepreßte Pflanzen aus Ihrem Land, und wenn möglich auch ein paar Flossentiere aus den noch übriggebliebenen Gewässern. Sie können sie genauso behandeln wie die Pflanzen, wie Sie wissen.

3 Am Rande der bewohnbaren Welt befand sich Claus Niebuhr. Dieses Gefühl hatte er, seit er hier war. Auch am Rande der Zeit fühlte er sich, sozusagen am Ende des Bindfadens, den die Zeit ausgerollt hatte, die Strecke maß zweitausenddreihundert Jahre, und nun hatte der Bindfaden Dithmarschen erreicht, die Fieler Niederung, und die Garnrolle war leer.

Niebuhr machte eine Schleife, einen Doppelknoten, so wie man dem Kind die Schnürsenkel sichert, und befestigte es an seinem kleinen Mast am höchsten Punkt seines Landes.
Lächelnd sah er, wie der Faden sich schnurgerade nach Süden hinzog, das Gras teilte und im Unendlichen verschwand. Die Sonne stand in der Neun-Uhr-Höhe, seine Leute arbeiteten am Großen Querkanal. Mit langen Spatenblättern hoben sie die schwere triefende Moorerde aus dem Grund, bei jedem Spatenstich sammelte sich neues Wasser, in dem sich ein taubenblauer Himmel spiegelte. Keine Schatten weit und breit. Massul am oberen Lauf des Tigris. Niebuhr setzte sich auf seinen dreifüßigen Klapphocker und breitete den Plan auf den Knien aus. Noch nie in seinem Leben hatte er, der geborene Geometer, einen solch einfachen Plan gezeichnet. Er bestand nur aus rechten Winkeln. Vom Großen Querkanal führten in Abständen von jeweils einer viertel Meile kleine Längskanäle in nördliche und, etwas versetzt, ebenso viele in südliche Richtung. Auf diese Längskanäle wiederum stießen in Abständen von nur noch einer zehntel Meile schmale Gräben, Piepen genannt. Alles rechtwinklig angeordnet wie unzählige Teppichkämme, aus großer Höhe, mit dem Blick des Albatrosses, ein seltsam anmutendes Grätenmuster. Das war Niebuhrs Entwässerungssystem. – So ähnlich mußte man auch New York angelegt ha-

ben. Sechzehnter Querweg und vierter Längsweg.
Das Wasser, das sich so zusammenfand und das Land trockenlegte, wurde dann in einen Abzugskanal gehoben, der lief auf einem Damm am westlichen Rand dahin und lag vier Fuß höher als die Niederung. Und genau an diesem Punkt, er markierte ihn mit Kreis und Kreuz, wird er die Entwässerungsmühle errichten lassen. Die wird das Wasser emporschöpfen, der Wind dreht die mit Segeln bespannnten Flügel, das Mahlwerk mahlt kein Korn, sondern dreht eine zwanzig Fuß lange Spirale, mit der sich das Wasser in den Hochkanal schraubt. Und dann kann es wieder nach den natürlichen Regeln der Schwerkraft fließen, in die Süderau und später, nahe Meldorp, in die Nordermiele, die dort schon seit der Eiszeit ihren Lauf hat, und dann, noch ein paar Meilen westlicher, in die freie See. –
Aber sie standen erst ganz am Anfang ihrer Arbeit, alles was existierte, existierte nur auf dem Plan, in der Phantasie und Zukunft des Forschers und Geometers Claus Niebuhr, der aus bäuerlichem Geschlecht stammte und von einer hundertköpfigen Viehherde träumte, die über die Niederung ziehen sollte, behütet und geführt von Pauline, die alles überragte, eine Massai aus Irland.
So also saß dieser kurzatmige Mensch da und ließ seine Augen rundum wandern. Die Regen-

zeit war vorbei. Die Luft war durchsichtig und klar, auch das Fernste stand in jeder Einzelheit vor Augen. Der Weitsichtige fand sein Fressen.

4 Pauline Yolland hatte anderes zu tun. Sie hockte auf ihrem Bett und horchte. Es gibt Zufälle, ja, es gibt. Daß sie hierher geraten war, nun gut, es schien sie eher zu amüsieren. Was blieb ihr auch übrig als auszuwandern, aber es hätte auch die Neue Welt sein können, Wonderland, San Francisco, westwärts. So war sie nur ein paar Känguruhsprünge nach Osten geraten, über die Irische See, das feindliche Inselfestland, über die flache Nordsee, gerade in dieses feuchte verlorene Kaff, von dem sie vorher nie gehört, geschweige denn geträumt hatte.

Hier wird sie bleiben, sie horcht nach innen. Hier traf sie diesen kleinen, stämmigen Mann, der ihr von Basra erzählte und große Bögen Papier ausbreitete, auf die er als junger Mensch detailgetreu die Länder rund ums Rote Meer gezeichnet hatte. Mare Rubrum in Sinus Arabicus. Da fehlte kein Berg, kein Strauch, kein Stein, kein Haus, keine Moschee, kein Markt, keine Straße, keine Karawanserei, kein Name. Selbst der Maßstab stimmte und die Tiefe des Meeres an verschiedenen Punkten. – Nichts in ihrem bisherigen Leben hatte Pauline so sehr beeindruckt, deshalb blieb sie, kam zu Fall in

Odderade am Rand der Niederung, in gänzlich leerer Landschaft hielt sie inne in ihrer Flucht und vergrub sich in die Geschichte eines anderen fernen Menschen.
Thedens Gasthof bot ihr ein Zimmer für wenig Geld die Woche, aber sie hätte sich auch Größeres leisten können, denn Claus Niebuhr hatte sie zu seiner Principessa auserkoren. Sie horchte, und sein schwerer Schritt schlurfte über den abgenutzten Teppich.
Langsam stieg er höher, doch ihre Tür war verschlossen.
Komm in einer Stunde wieder.
Die Schritte entfernten sich wieder, in ihren Eingeweiden gluckste es, stand das Wasser fußbreit über den Wiesen, er kam mit seiner Entwässerung nicht zu Rande, das wollte er ihr sagen und einen neuen Brief vorlesen.
Aber was gingen sie die Briefe dieser Frau aus Frohmann an, lauter Hirngespinste. Diese Frau, die sich mal so mal so nannte, tat, als wenn sie die ganze Welt bereist hätte. Aber sie kennt Pauline nicht, die kann auf Reisen gehen. Ja! Ich kann! Aber erst muß ich ihm helfen, sein Land urbar zu machen. Und sie horchte weiter in sich hinein, hörte, wie das Wasser langsam vorbeifloß, wie manchmal ein Erdklumpen hineinfiel, die Uferkante bröckelte ab, ein leichtes Plätschern, eine sich drehende Muschel, Entenflott wie lauter winzige, stecknadelkopfgroße Inseln. Mit hohen Stiefeln trat sie in ho-

hes gelbes Gras und ließ es rascheln. Sonst war alles still. Keine Bewegung weit und breit. Aber das trockene Gras, halbmeterhoch, knisterte und bewegte sich noch länger, als ein Schritt dauerte. Und plötzlich erhob sich ein heller Vogel aus dem Gras. Ein zweiter, ein dritter, acht Vögel waren es, die bald mit seltsam lautlosen, ganz verlangsamten Flügelschlägen flach über Gras und Land dahinflogen. Sie waren aufgeschreckt zu einer Stunde, in der sie es wenig liebten. Es waren Eulen, acht junge Eulen, die sie da in ihrem Inneren aufgescheucht hatte. Pauline seufzte und klappte ihre Augen auf, das Lid zog sich hoch und gab die Iris frei, Regenbogenhaut, welch schönes Wort, ja, jetzt kannst du hereinkommen, warte, ich öffne dir. Und es drehte sich dreimal der Schlüssel in seinem Schloß.

5 Claus Niebuhr hatte ein Vogelei in der Hand. „Schau“, sagte er. Und Pauline strich behutsam über das grüngefleckte Ei. „Es wird ein Rohrsänger“, sagte er.
„Jetzt nicht mehr, zu spät.“
Er schüttelte gutmütig seinen schweren Kopf. Sein Kopf saß halslos auf dem Oberkörper, und Pauline mußte immer an die Kürbisse denken, die sie als kleines Mädchen ausgehöhlt und mit Auge, Nase, Mund versehen hatte. Durch diese Augenlöcher guckte Claus

Niebuhr jetzt also in die Welt, und noch immer staunte er.
„Nein, nein“, sagte dieser Kopf, und die Hand steckte das Vogelei in die Hosentasche, „da bleibt’s warm.“
„Und wann schlüpft es dir aus?“
Ihren spöttischen und zugleich liebestollen Blick wollte Niebuhr festhalten, ihn behalten bis ans Lebensende. Er sah sie an, sie sah es. Keine Wimper zuckte. Es dauerte einundzwanzig Tage. Dann trat er ans Fenster, suchte den Blick über sein Land.
„Ich werde dir dort ein Haus bauen, wir werden Pfähle in den Boden rammen und einen Hügel drumherum schütten, dann haben wir die Plattform, eine Terrasse, auf die wir zunächst ein Zelt stellen können und dann später, wenn die Liebe kommt, ein Haus setzen werden.“ So sprach Claus Niebuhr und hielt das Vogelei warm. –
Pauline schlupfte unter seinem Arm hindurch und öffnete beide Fensterflügel.
„Schau“, sagte sie.
Und vor Thedens Gasthof breitete sich die sandige Straße aus, eingefriedet mit lauter Telegraphenmasten, dann kam Buschwerk, nur noch vereinzelte rotbackige Häuser, rechter Hand die hohen abgestorbenen Ulmen, in denen die Reiher ihre Kugelnester gebaut hatten, dahinter begann dann auch schon die grüngraue Wüste, in der diffus und weit verstreut

die Wasserflächen blinkten, darüber spiegelte sich die Luft.
„Schau“, sagte sie, „dein Land.“
Niebuhr lehnte sein Gesicht an ihren schlanken wollenen Rücken, der Geruch der Moschushirsche stieg ihm wieder in die Nase. Er sah sein Land nicht, er hielt die Augen geschlossen, von grenzenloser Heiterkeit war sein Leben. In seiner Jugend hatte er den Satz gelesen: Jeder Mensch muß einmal in seinem Leben über die Welt gehen, als wäre sie sein Feld. – Da war ihm eigentlich schon klar geworden, was er werden wollte. Ein Wanderer. Ein Forscher. Aber keiner, der nur die Quelle des Blauen Nils oder die Ostwestpassage entdeckte und dann weiterreiste. Nein, er wollte es genauer. Er wollte von allem einen Lageplan machen. Er wollte das Land und das Meer und die Durchfahrten vermessen und abzeichnen. Ein Forscher *und* ein Vermesser also. Und er wollte alles, was er tat, für die Menschheit tun, so daß die in späteren Jahren exakte Karten hatte, nach denen sie navigieren und sich zurechtfinden konnte. Heiliger Hafen. Die Menschheit. – Als die Zufälle seines Lebens ihn in die Kreise des dänischen Königs führten, nutzte er das Leben in Kopenhagen für weiterreichende Studien. Ein Astronom. Ein Geometer. Er war zu präzisen Ortsbestimmungen fähig. Anhand der Geräte und Sterne. Länge und Polhöhe. Ein Kartograph. Er zeichnete Seeland mit allem, was da war. Er

war fünfundzwanzig Jahre alt. Er begann, die arabische Sprache zu lernen. Felix Arabia. – Als der dänische König ihn (und weitere fünf Männer) beauftragte, *sich nach dem glücklichen Arabien zu begeben, um dort gemeinschaftlich so viele Entdeckungen für die Gelehrsamkeit zu machen, als ihnen möglich seyn wird*, war er bereit, der *Mathematicus, Ingenieur-Lieutenant Niebuhr.*

Am 4. Januar 1761 stachen sie in See, ihr Schiff hieß GRÖNLAND, und die Winde der ersten Wochen waren so ungünstig und konträr, daß sie weit nach Norden abgetrieben wurden. Island kam schon in Sicht. Aber am 31. März besserte sich das Wetter, der Frühling kam, und der Sturm verlor seine Gewalt. Am 21. April, gegen Abend, erblickten sie das Cap Vincent im Süden Portugals, von jetzt an ging die Reise nach Osten.

Pauline preßte noch immer ihre Nase gegen das kalte Fensterglas, der Atem beschlug die Aussicht, die nach Westen ging, meerwärts, eine Sehnsuchtslandschaft, die man anfassen konnte, und in ihrem Rücken vergrub sich Claus Niebuhr, die Nase im schafwollenen Stoff.

6

Aus dem grünen Ei schlüpfte nie ein Rohrsänger. Das rohe Ei zerbrach in Niebuhrs kräftiger Faust. Es passierte auf einem Abendspaziergang am Rande der Reiherhorste.

Pauline lachte ihr glucksendes Lachen, als Niebuhr die klebrigen Finger aus der Hosentasche zog.
„Nicht alles gelingt dir."
Er wusch sich die Hände in dem reichlichen Wasser eines seiner vielen Moorgräben. In der Ferne sah er die Arbeiter, ihr rhythmischer Gesang kam klar und deutlich zu ihnen.
„Sie halten mich für einen Verrückten. Der verrückte Indienforscher, sagen sie. Ich lasse sie in dem Glauben."
„Sie verwechseln Indien mit Arabien?"
„Nicht nur das. Sie verwechseln mich. Außerdem kann niemand sagen, wo Arabien beginnt, wo es aufhört. Denk nur an Lamu, Somalia, an Zanzibar, an Mombassa, die ganze ostafrikanische Küste. Denk an die Entdecker, die segelten noch über den Äquator hinaus, sanken tief hinab an der Erdkugel."
Der Gesang wurde lauter.
„Was wird sein, wenn dein Land trocken ist? Wirst du es bebauen? Wirst du das Gras mähen? Wirst du dir Tiere halten oder nur gegen den Horizont gucken?"
„Ich werde eine Herde haben. – Ein Freund von mir", und jetzt versank Claus Niebuhr in langes Schweigen, stand breitbeinig wie ein Kapitän auf seinem Schiff und stierte in den Boden, als wenn der Freund dort langsam sichtbar würde, „ein Freund von mir, der Sohn unseres Nachbarn..."

„Der hatte eine Herde?“
„Der hatte eine Herde.“
„Rinder?“
„Er nannte sie nach den Wegen der Gallier, Galloways. Es waren Rinder. Aber sie hatten ein Fell wie die Bisons oder die Moschusochsen, die in unserem Klima jedoch nicht überleben können. Sie brauchen die Kälte, lange verzottelte Haare hatten die. Wie Schafrinder. Er fing mit ein paar Tieren an. Nach wenigen Jahren war es eine große Herde. Das hat mir gefallen, eine Gesellschaft der Tiere, und es hat mir imponiert, ich war noch sehr jung, und der Freund ist schon lange tot. Er war der Sohn unseres Nachbarn in Lüdinghausen, das Land ähnelt dem hier, rauh und feucht.“
Sie hatten sich jetzt den singenden Arbeitern auf wenige Steinwürfe genähert.
Pauline sah in den hohen Binsen schafwollene Rinderköpfe auftauchen, im Nu war eine ganze Herde versammelt. Niebuhr jedoch machte einen gewaltigen Gedankensprung, sah nicht, was Pauline sah, wühlte nur in seiner Rocktasche herum und zog einen Brief hervor. Umständlich entfaltete er das Papier und, im langsamen Fortschreiten, las er vor:
„Frohmann, 7. Juli, Sir, verzeihen Sie mir meine Ungeduld, aber ich warte so dringlichst auf Antwort von Ihnen. Meine Tage verstreichen ohne Trauer und ohne Freude, mit Menschen bin ich nur in Gedanken zusammen. Einzig

meine Pflanzen bringen mir Freude, ich sehe dreimal täglich nach ihnen. Wir wissen, daß Pflanzen empfinden können, und doch behandeln wir sie wie Dinge, wie tote Dinge. In meinem letzten Brief bat ich Sie, mir einige Pflanzen aus Ihrem Land gepreßt zu schicken (ebenso die Flossentiere), ich möchte davon Abstand nehmen, lassen Sie Ihre Pflanzen leben, sie sollen wachsen, ich möchte kommen und sie mir anschauen, wie sie sind, ich möchte kommen, ja, Sie lesen richtig, kommen, wenn es Ihnen angenehm ist und ich Sie nicht störe ...“
Niebuhr machte eine Pause, sie standen jetzt am großen Quergraben, der schon halb voll Wasser gelaufen war; Brücken fehlen in dieser Landschaft, man bedient sich eines Springstockes, mit dem man sich, alt und jung, über die Gräben schwingt. Aber so ein Kluvstaaken war nicht zur Hand, nichts. Sie standen vor dem Hindernis, im wilden Land standen sie, unter jedem Schritt gab das Land nach, sie spürten förmlich, wie es sich bewegte, ein- und ausatmete. Aber man entzog ihm das Wasser, es gewann ganz allmählich an Festigkeit, vorm großen Quergraben standen sie, und Pauline bat ihren Begleiter, ihr keine Briefe mehr vorzulesen: „Nie mehr, hörst du, nie mehr, ein für allemal: Mich interessiert dieses Reden auf Papier nicht!“
„Aber sie will kommen.“
„Soll sie doch.“

„Ich denke, es wird ihr nicht guttun. Der Zauber könnte zerstört werden."
„Der Zauber. Der Zauber."
„Ich werde ihr meinen Teekasten schicken. Den habe ich im Jemen geschenkt bekommen, ein praktisches Ding, Wasser ist drin und ein Spirituskocher und Tee trocken verpackt, egal wo man ist, am entlegensten Ort der Welt oder im Getümmel von Kahira, du kannst dir deinen Tee brauen. Es wird ihr guttun, diesen Kasten bei sich zu haben und Tee zu trinken auf ihren Reisen und nicht allein zu sein."
„Sie verläßt doch nie ihren Schreibtisch. Sie erfindet sich doch alles."
„Auch dann wird es ihr guttun, Tee trinken zu können und unabhängig zu sein."
Jetzt hob er den Arm und winkte seine Arbeiter herbei: „Kommt und bringt ein paar Balken mit."
Sie lachten und steckten dann die spitzen Spaten im Kreis zusammen. Im Nu hatten sie ein paar Balken geschultert und näherten sich dem Graben, die Binsen reichten ihnen bis an die Knie, das Schaumkraut leuchtete, ihre Gesichter waren freundlich, in den Stoppelbärten verzog sich ein Mund, mancher hatte die kurze Pfeife zwischen den Zähnen.
„Ohauaha, Herr Niebuhr und das junge Fräulein, daß Sie nur nicht steckenbleiben im tiefen Morast. Das Land ist noch naß, Herr Niebuhr, das dauert noch Jahre, da schwimmen ja jetzt

noch die Fische zwischen den Grashalmen rum."
„Das kriegen wir schon in den Griff. Jetzt reicht mal die Balken rüber", und er streckte ihnen die rechte Hand entgegen, während er sich mit der linken an Pauline festhielt, die wie ein Rohr im Wind schwankte. Aber der Brückenbau gelang, und der Mann und das Mädchen gelangten trockenen Fußes über den breiten Quergraben.
„Jetzt zeige ich dir den Punkt, an dem wir unseren Moorhof bauen werden", flüsterte Niebuhr ihr ins Ohr.
„Unseren?"
„Ja. Du wirst es sehen."
Und er ging auf einen mannshohen Pfahl zu. Der ragte, ein wenig nach Norden geneigt, aus dem Grund heraus und sah aus wie das verlängerte Ende der Erdachse. So glatt, so geschliffen. Ein seit Jahrhunderten benutzter Scheuerpfahl.
„Hier", sagte Niebuhr und legte die Hand an den Pfahl. „Hier", und er war ein stolzer alter Mann, der erreichen konnte, was er wollte.
„Jetzt ziehst du gleich aus der anderen Hosentasche eine Fahne und bindest sie an diesen Mast", flüsterte ihm Pauline ins Ohr. – Er lachte, ein Entdecker am Ziel angekommen, der erste Mensch, der dieses Land betrat und es in Besitz nahm.
„Gib mir deinen Pullover."

Und sie hißten gemeinsam ihren blassen blauen Pullover, und sie waren die Könige, die Monarchen, und die Arbeiter an ihren Gräben wunderten sich.

7 Paulines blauer Pullover überdauerte viele Wochen, trotzte den sommerlichen Regengüssen, der Augusthitze und den Bodennebeln der Nacht. Er wehte taumelnd im West- und im Ostwind, hing schlaff in den tagelangen Windstillen. Die Arbeiten im Moor gingen nur langsam voran. Das Wasser blieb in den Gräben, fand keinen Abfluß, die so großartig skizzierte Schöpfmühle blieb ein Traum. An manchen Tagen fühlte sich Niebuhr alt und verbraucht, ein wetterwendisch Wesen, die Sommergrippe tat ihr übriges, dann saß er in seiner Landschreiberwohnung in Meldorp und ordnete Manuskripte. Ein Haufen beschriebenes Papier die Welt. Er war unzufrieden mit sich und ihr.
Der *Verein Gelehrter Männer* hatte ihm den Vorsitz angetragen. Das war eine große Ehre, er wußte das, aber er zögerte. Er sah sie sitzen in der großen gepflegten Notariatswohnung am Meldorper Marktplatz. Das Kerzenlicht warf Schatten auf den teuren Parkettboden, in den langstieligen Weingläsern spiegelten sich die Nasen der Männer um den Landrat Thies Boje, der ein feinsinniger Mann war. Ein älteres

Fräulein in Schwarz mit weißer Schürze trug auf dem silbrigen Tablett Käsehappen herein. Die Gardinen vor den Fenstern öffneten sich wie Theatervorhänge. Einer der Männer erhob sich und las vom Blatt seine neuesten *Verse*... Niebuhr sah das alles in einer Laterna Magica, er sah auch sich an diesem Tisch sitzen, und seine Wangen glänzten. Dann ergriff er das Wort. Bedankte sich für die Ehre, und unter dem Beifall der sieben anwesenden Männer nahm er die Ehre an. –
So döste Claus Niebuhr vor dem Haufen beschriebenen Papiers, der sich auf dem fleckigen Nußbaum seines Schreibtisches ausdehnte, und sein Blick fiel auf denselben Marktplatz wie der der gelehrten Männer, und der Markt war so gut wie menschenleer, wurde nur beherrscht von dem riesigen roten Backsteinbau einer Kirche, den die Dithmarscher „Dom" nannten. Ihm würde dieser Menschenschlag immer fremd bleiben, fremder als manche Stämme der somalischen Küste... Wieder ordnete er das Papier neu, an den Rändern verwehte es schon. Unter sich hörte er das helle Hämmern des Goldschmieds, der im Erdgeschoß seinen Laden betrieb und lauter Wappen in kleine Goldtellerchen trieb.
Seine Reise lag mehr als dreißig Jahre zurück, und noch immer war es ihm wie letzte Woche. Manchmal ging er sogar so weit, daß er sich in emsigen Reisevorbereitungen wieder-

fand und der Tag der Abreise immer näher rückte...

Er schenkte sich ein Glas ein, Kartoffelschnaps schon am Morgen. Mittag essen würde er in der Linde, erst am Nachmittag in seine Amtsstube gehen, wo selten Arbeit auf ihn lauerte. Seit ein paar Tagen dachte er nicht mehr an Pauline, wartete auf keinen Kerstinebrief mehr.

Er wartete auf Antwort seines Verlegers, der die Herausgabe seiner gesammelten Reisebeschreibungen seit Jahrzehnten herauszögerte. Es war ein ewiges Auf und Ab. Oft stand die Herausgabe zumindest des 1. Bandes (unter dem Titel *Beschreibung von Arabien und anderen umliegenden Ländern / Aus eigenen Beobachtungen und im Lande selbst gesammelten Nachrichten abgefasset von Claus Niebuhr*) unmittelbar bevor, ja, wurde schon in den entsprechenden Katalogen mit genauer Angabe des Erscheinungstages und des zu entrichtenden Preises angekündigt. Und dann verlief wieder alles im Sande. Der alte Verleger starb, sein Sohn, der junge Herr Scheller, führte die Geschäfte weiter. Wieder mußte man bei Null anfangen. Niebuhr, das Fossil.

Aber das Fossil gab nicht auf, alle halbe Jahre setzte er sich wieder in Verbindung mit dem Verleger. Schrieb: *Sehr geehrter, hoch wohlgeschätzter Herr, darf ich mich und mein Anliegen in Erinnerung bringen...* Wartete. Und wurde vertröstet mit Antworten wie: *Verehrungswürdiger Herr Ingenieur-Lieutenant, hochverehrter Claus Niebuhr, Erforscher und Vermesser Arabiens und der umliegenden Länder, wir danken Ihnen für Ihr Schreiben. Seien Sie gewiß, in unserem Hause werden Sie und Ihr Anliegen niemals in Vergessenheit geraten*... In der Zwischenzeit ordnete er die Manuskripte neu, schrieb Ergänzungen, strich aus, zeichnete neue Karten, schrieb ein zusätzliches Kapitel, etwa die Nachrichten über Habessinien: *Schon zu Káhira hörte ich, der Negus sähe es gern, wenn Fremde sein Land besuchten, vornehmlich Europäer, die seine Untertanen im Canonengießen unterrichten könnten, um sich gegen seine mohammedanischen Nachbarn verteidigen zu können. Zwar ist in Habessinien die christliche Religion noch immer die vorherrschende, aber man wollte uns versichern, daß in einigen Provinzen des Reiches schon mehr als die Hälfte der Einwohner Mohammedaner wären. Dazu gehört auch die große Strecke Landes, die sich bis nach Guardafui erstreckt und die man Bar es somal nennt und dessen Einwohner Somalis sind. Diese sind wohl gewachsen und schwärzlich oder ganz schwarz und haben krause Haare. Ein langes schmales Messer und ein Wurfspieß sind ihre Waffen. Das Land ist bergig und voller Waldungen und hat einen Überfluß an allerhand zahmem Vieh und an Früchten. Von hier reist man durch eine flachere Landstrecke mit vielen Büschen, Belled ed dedsjaidsi oder Hühnerland genannt. Daselbst trifft man eine große Menge Hühner an, welche von den Einwohnern für verwünschte Menschen gehalten werden und die also niemand töten darf. Habessinien ist in vieler Hinsicht ein sehr merkwürdiges Land.*

Er trug seine astronomischen Beobachtungen äußerst exakt in Tabellen ein, bestimmte den unteren Rand der Sonne und die wahre Höhe des Sonnenmittelpunktes genauso wie die Höhe des Auges für die Zeit der Uhr und die wahre Zeit und berechnete die Korrektur der Uhr und tat dies für viele verschiedene Orte und fast an jedem Tag. Sein Verleger ignorierte das. Und doch war er es, Claus Niebuhr, der die Wissenschaft vorangebracht hatte. Es ist, forderte er noch einmal, für die Nachwelt, aber auch für die gegenwärtig Lebenden, von unschätzbarem Wert, Zugang zu haben zu dem, was meine Begleiter und ich an Fremdartigem gesammelt und festgehalten haben. Vervielfältigen Sie es, drucken Sie!

Das silberne Hämmern hatte aufgehört, der Goldschmied begab sich zu Mittag, still wurde es in dem Haus, draußen verschwand die Sonne hinter Wolken, die von See kamen, die Spitze des Domes reckte sich dem Regen entgegen. Claus Niebuhr gähnte, erhob sich von seinem Arbeitsstuhl und ging im Zimmer hin und her. An den Wänden, die ihm die vier Himmelsrichtungen waren, hingen die Karten vom Roten

Meer, die zeichnerische Darstellung eines Haufens von Somalis, die er an Habessiniens Küste getroffen und die ihn mehr als beeindruckt hatten, weiter eine detaillierte Abschrift der Zeichen, die in die Tempelreste von Persepolis gehauen waren, und zu guter Letzt, noch kaum vergilbt, die Karte des Fieler Moors, Niebuhrland. Er rieb sich die Augen. Ja, wenn es ihm doch gelänge.

Er ging in die Linde, Mittagstisch, er saß allein an seinem Stammplatz, in der Terrine schwammen Fleischstückchen von Perlhühnern. Das Bier war gut und hell.

8

Pauline spielte mit dem Gedanken abzureisen. Der Seewind hatte ihre Haut gebräunt, aber sie langweilte sich. Den alten Forscher hatte sie seit dem Sommer kaum mehr gesehen, und schlimmer noch: Sie hatte vergessen, ihm ihre Hilfe anzubieten. Und jetzt war es fast September. So spielte sie nur mit den unverdienten Dukaten, die sie in einem Lederbeutel unter der Matratze aufbewahrte. Alles sein Gold. Sie für alle Zeit seine Principessa, oder doch nur ein armes Mädchen aus Irland, very simple. – Abreisen, aber wohin? Ins nächste Dorf? Fernewinkel hieß das und barg ein Geheimnis für sie. Nie war sie dort gewesen! Dabei war es keine drei Meilen entfernt, zu Fuß erreichbar. Sie band sich ein Kopftuch um und ging auf die Straße. In einer knappen Stunde würde sie in Fernewinkel sein, allein, schutzlos, mit nichts in der Hand. Sie ging. Die Straße war staubig, der Wind sehr trocken. Wenn ein Pferdefuhrwerk ihr entgegenkam, mußte sie den Kopf abwenden, um nicht zu viel Staub zu schlucken. Niemand überholte sie. Barfuß lief sie in den ausgetretenen Sandalen. Sie zählte manche Schritte, und ihr Herz klopfte. Sie dachte sich ihr Leben aus, Himmel und Hölle, das alte Kinderspiel. In Fernewinkel, das wußte sie, gab es das blaue Haus, die Smyrna-Bar, über die niemand offen redete. Ein neuer Versuch – noch einmal flogen die Bilder heran, die *ihr* Leben betrafen: Ihr Bruder, der ihr zum fünften Geburtstag zwei Flügel geschenkt hatte, selbstgebastelt aus Pappe und Gänsefedern. Jetzt bist du dein eigener Schutzengel, sagte er, und sie verstand nichts, denn er war sieben Jahre älter als sie. Aber die Flügel hatte sie all die Jahre bewahrt, bis zum letzten Winter, als sie auf unerklärte Weise abhanden kamen. Daran dachte sie jetzt, und an Mutter und Vater und die zwei Schwestern, die noch nach ihr geboren waren, an das Haus, das sie hatten, als es ihnen noch gutging und sie alle zusammen waren, den Garten, den Birnbaum, in dem die anderen Engel hausten, die Waschküche, die schorfige See und geschälte Guaven, gezuckert und zum Nachtisch. Das alles war Irland, mild und feucht wie eine riesige Muschel,

die sich bei Gefahr schließt... Aber dann waren die Flügel fort. Sie hatten an der Wand überm Fußende ihres Bettes gehangen, seit sie sich erinnern konnte. Und dann kam ein neuer Morgen: Und sie waren fort.
Leere umgab sie. Sie war kein Kind mehr. Mit Blei an den Füßen schlich sie über den Erdboden.
Sie sah in der letzten Biegung der Straße den Grenzpfahl, das Wappen von Fernewinkel. Jetzt galt es. Aber neben sich spürte sie einen Schatten, der rasch länger wurde, und als er sie überholte, erkannte sie Niebuhrs breiten Rücken. Er war ihr gefolgt? Wohin ging er? Sie hatte ihn seit fünf Wochen nicht mehr gesehen. Er ging jetzt ein paar Schritte vor ihr, sah sie nicht, aber sie stellte sich vor, wie er mit den Augen zwinkerte. Dann wandte er seinen Kopf, grüßte sie, indem er mit dem Finger leicht an die Stirn tippte, und sie sah, daß sie sich geirrt hatte. Das war nicht Claus Niebuhr, nur ein Zeitgenosse von ihm, einer der Männer, die zwischen den Dörfern umherstrichen, ziellos, bedrängt von der Enge, in der sie steckten, voller Furcht vor der Weite, die ihnen möglich gewesen wäre. – Sie nickte zurück.
„Haben wir den gleichen Weg?" fragte der Mann. Er war zu träge, um mit ihr anzubändeln. Seine Schuhe waren alt und zerschlissen. Er hustete ein wenig in die hohle Hand und entfernte sich. Am Grenzpfahl blieb er noch einmal

stehen und befühlte das Wappen. „Einhorn und Tulpe“, sagte er und ließ Pauline an sich vorbeiziehen. So erreichte sie Fernewinkel. Das Blau an der Kreuzung leuchtete schon von weitem. Smyrna war nah.

9 Als sich Niebuhr nach dem Mittagessen wieder in die Wohnung begeben wollte, um auf dem Diwan seinen Mittagsschlaf zu halten, traute er seinen Augen nicht: Auf dem Meldorper Marktplatz stand eine Gruppe schwarzer Menschen. Um sich herum hatten sie Kisten, Säcke, bunte Lumpenbündel gestapelt. Die Männer waren in lange, hellbraune Kaftane gehüllt, auf dem Kopf trugen sie die Kofia. Die Frauen unverschleiert im schwarzen Bui-Bui, das ihnen vom Kopf bis auf die Fersen fiel, darunter leuchteten Stoffe in Rot und Gelb und Blau. Die Kinder sangen.

Niebuhr stand wie erstarrt. Unwillkürlich hob er die Hand zum Gruß. Die fremdartigen Menschen senkten scheu ihre Blicke.

„Mein Name ist Claus Niebuhr, Landschreiber von Dithmarschen und Erforscher von Arabien“, sagte Claus Niebuhr mit fester Stimme, eine Spur zu feierlich, aber das Bier war hell und gut gewesen.

Sie verstanden es nicht.

Er wiederholte es auf arabisch, fehlerhaft zwar, denn er war aus der Übung gekommen, aber

jetzt hoben die Fremden ihre Augen und sahen ihn erstaunt, aber auch ängstlich an.
Eine Weile geschah gar nichts, ein frühherbstlicher Wind strich über den leeren Marktplatz, die Geschäfte hatten noch geschlossen. Schließlich löste sich einer der Männer aus der Gruppe, kam auf Niebuhr zu und entbot ihm den Friedensgruß.
In einer Sprache, die Niebuhr nicht verstand, stellte der Mann sich und die Seinen vor: Wir sind Afrikaner, schwarze Söhne und Töchter Allahs, wir siedelten an der Küste Somalias. Arabische Kaufleute führten uns nach Alexandria. Von da aus gelangten wir mit dem Schiff nach Venezia und unterhielten uns in italienischer Sprache. Jetzt sind wir hier und müssen uns zurechtfinden. Des Arabischen sind wir nur sehr mangelhaft mächtig, unsere Sprache ist das Suaheli.
„Tafadhali", sagte Claus Niebuhr, und es war das einzige Wort, das er auf Suaheli beherrschte: „Bitte, gehen wir doch ...", und er wies mit dem Arm in eine unbestimmte Richtung.
Ja wohin? Wohin? – Es gab hier doch keinen Ort für jene Menschen. – Niebuhr senkte betroffen den Arm, er fühlte sich verantwortlich für die Afrikaner, die er doch nur als Abordnung, als Gesandte, die jemand ihm geschickt hatte, begreifen konnte. Willkommen. Herzlich willkommen. Er suchte nach Tabak. Es galt jetzt,

Zeit zu gewinnen. Er wollte nachdenken. Er wünschte sich zurück an den Ecktisch in der Linde oder auf seinen Diwan über der Goldschmiede. Dort würde er Entschlüsse fassen können. Er fand den Tabak, ein halbpfündiges Päckchen. Er bot ihn den Männern an, sie nahmen ihn dankend. Leise fingen die Kinder wieder an zu singen. Die Männer kauten den Tabak, die Frauen hatten sich mittlerweile auf den Kisten und Stoffbündeln niedergelassen –, da schlug der Dom der Dithmarscher halb drei. Ein einziger Schlag. Aber wie eine Erleuchtung war's für Claus Niebuhr.

Dorthin, ja, dorthin würde er sie führen, die Kirchentür ist immer offen und für jeden. Er bat die Suahelis, ihr Gepäck zu nehmen und ihm zu folgen. Und er ging voran. Die Karawane bewegte sich langsam über den Marktplatz, und jetzt endlich tauchten auch die Zuschauer auf. Die Fenster im Domcafé öffneten sich. Aus der Österstraße näherte sich ein Trupp Neugieriger. An den Ecken standen die Eingeborenen, allein oder zu zweit, und glotzten. Claus Niebuhr jedoch schritt unbeirrt voran, er führte die Karawane sicher über den weiten Platz, eine Wüste aus Katzenkopfsteinen, er führte sie durch das Rote Meer, die Palmen wichen zur Seite. Das Kirchentor stand offen (wegen der besseren Lüftung), und sie schleppten ihr Hab und Gut hinein ins dunkle Gewölbe. Niebuhr geleitete sie ins Seitenschiff, hier bestand der

Boden aus riesigen Grabplatten, deren Inschriften im Lauf der Jahre von vielen Füßen abgetreten worden waren. An manchen Stellen hatte man Teppiche darüber gelegt. Hier stand auch das steinerne Taufbecken mit der Opferschale. Die Afrikaner ließen sich im Kreis nieder, die Kinder schmiegten sich an die Stoffe der Frauen. – Claus Niebuhr befand sich in der Mitte dieses Kreises, seine Augen zählten die Gesichter, zwölfmal nickte er leicht, dann sprach er, leise, fast flüsternd, wie es sich für den Raum gehörte.

„Als junger Mensch", so begann er, „wurde mir die Möglichkeit geboten, die Enge meiner Heimat zu verlassen und unbekannte Gegenden unseres Erdkreises zu betreten. Geboren und aufgewachsen bin ich auf dem Hof meines Vaters in Westerende Lüdingworth im Land Hadeln, eine friesische Landschaft. Meine Mutter starb noch im Kindbett. Erzogen wurde ich von der zweiten Frau meines Vaters in strenger Fürsorge. Mein Leben war das eines gewöhnlichen Bauernknaben. Aber ich verspürte in mir den Drang nach Wissenschaft. Es war ein so starker Trieb, daß mein Vater mich schließlich auf die Lateinschule nach Otterndorf gehen ließ. Das war ein erster Schritt. Doch mein Vater starb, und der Oheim holte mich zurück in die Enge und Leere von Westerende. Ich begann Musik zu treiben, lernte mehrere Instrumente, nur so konnte ich überleben. Vier Jahre vergingen.

Nichts geschah. Ich half auf den Höfen und spielte abends Baß oder Klavier. Ansonsten gefiel mir die Geometrie. – Eines Tages, und es war kein Zufall, sondern das Schicksal, geschah etwas, was meinem Leben eine Richtung verleihen sollte: Beim Verkauf eines nachbarlichen Hofes kam es zwischen Käufer und Verkäufer zu einem Rechtsstreit über die genaue Flächengröße. Der Streit ließ sich nur durch eine neuerliche, exakte Vermessung schlichten, aber in der ganzen Landschaft Hadeln gab es keinen Landmesser, so daß man erst auf komplizierten Wegen einen solchen von weit außerhalb heranholen mußte. Das erboste mich, erfüllte mich mit Scham und Mitleid für mein Land, so daß ich beschloß, koste es was es wolle, diese entbehrte Kunst zu erlernen, um so meiner Heimat dienen zu können. Ich hatte Glück. Ich fand in Hamburg einen Platz zum Studieren. Nebenher nahm ich Privatunterricht in den alten Sprachen. Aber die Geometrie und die Mathematik blieben mein Hauptanliegen. Sie lagen mir am Herzen. Ostern ging ich nach Göttingen, dort wollte ich den Schatz meines Wissens vermehren. Und in Göttingen war es, wo mir die Möglichkeit meines jungen Lebens geboten wurde. Die Möglichkeit. Der Mathematicus Kaestner betrat sommermorgens mein Zimmer und fragte: ‚Hätten Sie Lust, nach Arabien zu reisen?‘ Ich zögerte. Wie konnte ich in Arabien meiner Heimat dienen? Doch dann

sagte ich zu, denn alles, was ich in der Ferne sehen und lernen würde, käme später auch meinem Land zugute, und so nahm alles seinen Lauf. – Anderthalb Jahre wurden mir zur Vorbereitung gewährt. Ich nutzte jede Stunde, vervollkommnete mich im Zeichnen, übte mich in praktischer Mechanik, um meine Instrumente behandeln zu können, versuchte meine historischen Kenntnisse zu erweitern und nahm Privatissima in der arabischen Sprache bei Michalis und in der Astronomie bei Mayern. Am 4. Januar des übernächsten Jahres nahm die Reise ihren Anfang. Wir waren zu fünft. Ich war der Landmesser. Ich würde Arabien beschreiben. Und den Osten Afrikas. Und Teile Indiens. – Ja, das war sie, die Möglichkeit, das Glück, von dem ich zu Anfang sprach, das mir als junger Mensch zuteil wurde."
Niebuhrs Stimme war im Verlauf seines Lebens immer fester, tragender geworden. Jetzt füllte sie schon das ganze Seitenschiff. Die Köpfe der unter ihm kauernden Suahelis verschwammen, nur manchmal blitzte noch ein Augenweiß. Niemand hatte etwas verstanden, und doch lag die Welt da wie ein endlich gelüftetes Geheimnis. Claus Niebuhr aber wußte nicht mehr, wo er war.

10

Die Smyrna-Bar lag im Zentrum des Ortes. Sie hatte für den letztendlichen Fruchtwechsel gesorgt. Der ehemals rote Backstein leuchtete jetzt in einem Mittelmeerblau. Trotzdem hatte sie natürlich die Form der ehemaligen Meierei bewahrt, selbst der fünfzig Fuß hohe Schornstein stand noch, der gepflasterte Vorplatz war wie eh und je. Das alles machte die Spannung aus, und über der Schornsteinspitze, höher als die Kirchturmspitze, zogen die Luftschlangen dahin, kratzten Vögel ihre flockige Spur in den Himmel, stand eine wie Pauline Yolland vor verschlossener Tür.

Sie war zu früh dran. Natürlich. Aber eine wie sie hat Zeit, und so setzte sie sich auf die Steinplatten der Rampe, über die einst die Milchkannen geschoben wurden. Vor ihr lag der Platz in nachmittäglicher Verlassenheit. Kein Milchwagen kam, auch kein Pferdeomnibus. Durch das Wartehäuschen, ein nach zwei Seiten offener Schuppen, gedeckt mit Wellblech, zog der Wind. Der Rost glänzte matt in der Sonne, in immer neuen Wolken wehte der Sand über die unbefestigte Straße und verfing sich knirschend im Wartehäuschen. – Sie wartete auf der Rampe und ließ die Beine baumeln. Außer ihr wartete niemand.

Als der Omnibus, gezogen von zwei Pferden, kam, hielt er es nicht einmal für nötig, anzuhalten, gleichgültig schlurften die Pferde weiter, der Kutscher döste bei heruntergekurbelter Scheibe. In diesem Augenblick ging in ihrem Rücken eine Tür auf. Sie spürte, wie warme

Luft sie von hinten packte. Unwillkürlich langte sie mit ihrer Hand in ihren Nacken. Kein Kapuzineräffchen saß dort. Aber die Frau, die hinter ihr in der Tür stand, strömte einen starken Geruch aus. Sie duftete nach allen Essenzen und Salben des hinteren Orients und verströmte sie in diese stille norddeutsche Landschaft. Gedankenlos und schläfrig, ihre Tücher knisterten. Endlich stand Pauline auf und ging durch die dunkle Türöffnung. Perlen klirrten an langen Schnüren. Sie ging durch einen riesigen Flur, der sich an seinem Ende in eine halbmondförmige Bar öffnete. Hier wurde es heller, durch fünf große Fenster fiel der Blick auf einen ungestümen Garten.

Auf dem Terrazzoboden sah man noch bleiche Milchflecke. Ein Mann im hellblauen Kaftan hob die Stühle von den Tischen. Die Bar war unbesetzt. Wir schaffen uns die Phantasiereiche, wo immer wir wollen, dachte Pauline und dachte an ihren Arabienforscher mit Zärtlichkeit. – Sie setzte sich auf einen der Stühle, über die der Kaftanmann mit flüchtiger Bewegung hinwegwischte. Ohne daß sie etwas bestellt hätte, brachte ihr die Frau nach einer Weile ein Kännchen mit hellem Tee. Pauline trank in kleinen, vorsichtigen Schlucken. Im Garten, der vor ihr wie eine tiefe Bühne lag, in die man durch Gucklöcher hineinblickte, turnten Elstern im Gezweig. Ganz am Ende, hinter Brennnesselwäldern und himmelwärts rankenden

Brombeeren entdeckte sie einen verblichenen Sonnenschirm, und als sie noch genauer hinsah, entzifferte sie in seinem Schatten eine Gestalt. Die saß auf einem Stuhl und las in der Zeitung. Aber sie tat das nahezu bewegungslos, und Pauline konnte von nun ab ihre Augen nicht mehr von dieser Gestalt am Ende des Gartens wenden. Ein verbotener Garten, wie es schien, und sie trank, verwirrt und beunruhigt, Schluck für Schluck den hellen Pfefferminztee, den sie in afrikanischen Wüsten trinken.
Es mochte Abend geworden sein, als der erste Gast die Bar betrat. Der Garten war nur noch in Andeutungen da. Der Gast setzte sich an einen Tisch in ihrer Nähe, breitete die Zeitung aus und starrte dann über alle Lettern hinweg auf die verwaiste Theke. Niemand bediente ihn. – Aber das schien er gewohnt zu sein. Pauline goß den letzten Rest Tee in ihre Tasse. Die Minze schwamm in kleinen Strudeln. Sie beschloß, an einem der nächsten Tage wiederzukommen und dann diesen Garten zu betreten. Dort mußte der Schlüssel liegen.

11

Der nördliche Teil von Niebuhrs Anwesen war tatsächlich den ganzen Sommer über trocken geblieben. Hier funktionierten die Abzugsgräben. Das wilde Gras war schon lange in Saat geschossen, stand aber noch hoch und kräftig, von keinem Gewitter niedergelegt. Und niemand kam, es zu mähen. Wozu brauchte man auch Heu. Es gab keine Rinder, keinen Stall für den Winter. Es gab nur das leise Gemeckere der Ziegenmelker, die Kiebitze, die verstummten Lerchen, Hase und Kaninchen, ein, zwei entlaufene Hunde, ein, zwei verwilderte Ponies, ein, zwei zugelaufene Esel. Und es gab einen Architekten, den Niebuhr im Frühling mit dem Bau des Moorhofes beauftragt hatte und der nur zögerlich zugesagt und sich dann auch sehr viel Zeit gelassen hatte, bis er mit seiner Arbeit anfing.

Jetzt, Anfang September, war er da. Und schritt den erhöhten Punkt ab. Der Punkt war zehn mal zehn Schritte groß.

Er notierte sich etwas.

Der Wunsch seines Bauherrn war es, alles unter einem Dach zu haben. Tiere, Menschen, Bücher, Bilder, Getreide und alle anderen Vorräte. Also galt es, ein mächtiges Dach zu konzipieren, auf starken Eckpfosten ruhend. Das Schwierigste aber würde das Fundament werden. Noch nie hatte der Architekt in einer solch unsicheren Gegend gebaut. Überhaupt, man konnte nicht sagen, daß er in seinem Berufsleben schon viele Erfahrungen gesammelt hätte.

Er notierte weiter: Da er letzten Endes ein Nomade sein will, sollte ich ihm ein tragbares Haus konstruieren. Aber ich habe den Auftrag, für die Ewigkeit zu bauen. Am liebsten bliebe ich ein anonymer Architekt ohne Handschrift und Stil. Gott liebt die Nachdenklichen. Meine praktischen Fähigkeiten sind begrenzt, zum Leben habe ich wenig Talent. Also maß er noch einmal das Terrain aus, zehn mal zehn. Er suchte nach Steinen, ein paar Zweigen, um die Eckpfosten markieren zu können. Er fand nichts.

Ihm blieb nichts anderes übrig, als mit bloßen Händen das wilde Gras auszurupfen und kleine Löcher in den Boden zu graben. Die Erde fühlte sich sehr feucht an. Venedig, so glaubte er zu wissen, wurde auf Millionen von Eichenpfählen errichtet. Er sah nachdenklich in die winzigen Löcher, die sich langsam mit Wasser füllten. Nein, sagte er sich, ich gebe nicht auf. Ich erfülle den Auftrag, es ist meine Bewährungsprobe. Er war noch sehr jung. Auf dem Rückweg verirrte er sich in der Graswüste, alles sah gleich aus und sehr ungenau. Er kannte noch nicht die herausragenden Punkte der Dithmarscher Schweiz, an denen man sich orientieren konnte. Vogelstange. Fünffingerlinde. Aussichtsturm. Auf Höhe der Fünffingerlinde lag Thedens Gasthof, dorthin wollte er, das Fräulein treffen, das ihm Niebuhr als Assistentin an die Hand gegeben hatte. Aber es wurde Abend, bis er endlich aus der Graswüste herausgefunden hatte und sich die Watstiefel vor Thedens Haustür ausziehen konnte. Pauline war nicht da, die saß woanders und freute sich, daß sie das Warten aufgeben konnte.

12 Sie stand auf von diesem Tisch, grüßte herüber zu dem Mann mit der Zeitung; der fuhr in sich zusammen und errötete, aber nur sekundenkurz, dann hatte er sich wieder gefangen und sagte: „Guten Abend."

Die Stimme war angenehm, aber Pauline war schon vorüber und betrat den sich verengenden Flur, der sie wie ein Nadelöhr ins Freie geleitete. Draußen brannten die Laternen. Fernewinkel war ein Ort von Welt. Lichterketten. Anders als Odderade und das, was sie sonst kannte in diesem platten Gelände. – Sie warf jetzt Schatten auf den bleichen Sand der Straße, Schatten, die auf sie zukamen, über sie herfielen und eins mit ihr wurden und dann wieder von ihr forteilten.

Ihr gefiel das Spiel, aber sie hatte Angst. Ein Lied pfeifen? Blow whistle blow... Das Pfeifen nahm ihr jemand anderes ab: Eine Kutsche hielt neben ihr an, die Peitsche wehte noch einmal nachlässig durch die Luft, dann standen die Pferde.

Der Wagenschlag öffnete sich, und aus dem Inneren strömte sofort dieser orientalische Geruch, dem sie heute schon einmal begegnet war. Sie blickte in den Wagen hinein, erkannte aber kaum etwas, und doch: die schwärzeren

Umrisse einer Gestalt, gehüllt in weite Tücher, die sich langsam zu ihr hinunterbeugte und ein Gesicht ahnen ließ. Wirklich aber war die Stimme: „Gehe Sie nicht allein solche Wege, steige Sie ein, ich bringe Sie in Ihr Haus."
Dieser Stimme war Pauline hilflos ausgeliefert, sie spürte das sofort, es war die weiche dunkle rollende Melodie, ohne Gegenwehr kletterte sie in die Kutsche und tastete sich in das andere Dunkel hinein. Noch bevor sie ihren Platz gefunden hatte, ließ der Kutscher antraben. Sie fiel gegen das Polster, gab nach und spürte dann das duftende Tuch an ihrer Seite, das schwärzer war als die Nacht, der Tag. Wozu noch reden?
Sie fuhren. Die eisenbeschlagenen Räder zermalmten den Sand. In jedem Schlagloch ächzten die Achsen, die Federn. Durch die offenen Fenster zog die norddeutsche Luft, drängte sich gegen den Orient, den Achselschweiß. Die Straßenlaternen waren schon lange verschwunden. Jetzt fuhren sie über Land. Sie fuhren. Und ganz leise sang die Gestalt neben Pauline ein Lied, summte und pfiff. Blow whistle blow. Pauline spürte einen starken Druck auf der Blase, zuviel Tee, zuviel Tee. Aber sie traute sich nicht, den Kutscher, der da oben vorm Sternenhimmel hockte, an die Schulter zu tippen.
Nein, sie schloß die Augen, kniff die Beine zusammen und summte auch ein Lied. – So er-

reichten sie Odderade nie. (In Wirklichkeit hatte die Kutsche auch nie diese Richtung eingeschlagen. Sie war schon auf Höhe der Kreuzung, also noch in Fernewinkel, in den östlichen Ochsenweg eingebogen, der jetzt durch hügeliges Endmoränenland führte und morgen mittag Lübeck und die Ostsee erreicht haben würde. Aber was zählt schon die Wirklichkeit.) – Die Kutsche rumpelte gelassen dahin. Die beiden Frauen, die sich in ihrem Inneren versteckt hielten, begannen allmählich ein kleines, ein winziges Gespräch, in dem ihnen fast alle Worte fehlten. Dann summten sie wieder, pfiffen. I'm the pied-piper. Pauline war es mittlerweile egal, wohin die Reise ging. Sie ließ alles mit sich geschehen, sie hatte Zeit für immer und immer, das Neue war ihr gerade recht. Wozu noch fragen?

13

Der Architekt wartete nur eine kleine halbe Stunde. Dann wurden ihm die Gaffer lästig. Diese Dorfneugierde, die sich nie offen zeigt, sich immer hinter Gardinen und vorgehaltener Hand versteckt. Er lieh sich ein Pferd und ritt davon.

Bei Fernewinkel nahm er den westlichen Ochsenweg, der bei Dellbrück über die Au führte, und folgte dem Bargenstedter Höhenrücken bis hin nach Meldorp. Er erreichte die Hauptstadt in tiefster Dunkelheit, das Pferd war schweiß-

gebadet und torkelte die letzten Schritte über Katzenkopfpflaster in den Innenhof der Pension, in der der Architekt seit zwei Wochen Wohnung bezogen hatte: sein Domizil für die Zeit, die der Bau von Niebuhrslust verschlingen würde. Er brachte das Pferd in den Stall, etwas Hafer lag noch in der Krippe, er rieb es nicht einmal trocken. – Als er auf sein Zimmer hinaufging, merkte er, daß er noch keine Lust aufs Bett hatte, und machte, noch auf der Stiege, kehrt. Ohne sich gewaschen zu haben, begab er sich ins Meldorper Nachtleben, ein nachlässiger, ziemlich verwackelter Mensch.
Jung, aber ohne Feuer in den Augen, die Haare von einem undefinierbaren Graublond, die Schritte schleppend, der Bart spärlich, ungepflegt die Kleidung. Keine Erscheinung, nein. Aber Niebuhrs Architekt. Das wußte man in der Stadt, und so fand er Einlaß in alle Häuser und Kneipen.
Seine Schritte schleppten ihn allerdings meist zu Bornholdts Schankwirtschaft. Bei Bornholdt vergaß er nichts, da erinnerte er sich an alles. Da versank er in dem alten Sofa unter der Wanduhr, die seit Jahren auf halb zwölf stand, und ließ sich Bier und Korn bringen, während zu vorgerückter Stunde auf anderen Tischen schon die Bauerntöchter tanzten. Überdeutlich standen vor ihm die Bilder auf. Und Bornholdts Klaviermann bearbeitete die Tasten im Rhythmus der Bilder. Da lief ein Junge über einen

weiten, mit Pfützen übersäten Platz. Ringsum standen kleine Spielzeughäuser, es war der größte Marktplatz Europas, und der Junge war völlig allein auf der Welt. Niemand verfolgte ihn, aber er rannte, als gelte es sein Leben. Nicht älter als neun war er und wußte nichts von Leben oder Tod. In den Pfützen spiegelte sich kein Himmel. Nächstes Bild. Er betrat die Universität. In einem sehr alten Hörsaal, der sich muschelförmig zu den Rändern hob und in dessen Tiefe, wie im griechischen Amphitheater ein Professor an seinem Podest stand, saß er ganz oben auf der Galerie und schrieb mit. Rechts und links von ihm die Kommilitonen, darunter auch der Torwart eines berühmten Handballclubs. Das Spiel des Klaviermannes wurde ruhiger. Zeit zum Mitschreiben. Wenn der Architekt sich erinnert, muß er sich an alles erinnern, er kann nichts auslassen. Manchmal beneidet er die anderen Menschen um ihr auswählendes Gedächtnis. Er vergißt nichts, nicht einmal bei Bier und Korn und Gesang. Nächstes Bild.

Er erhob sich von seinem Sofa und ging auf die Toilette. Pissoir im hinteren Hof unter freiem Himmel. Als er den Hosenlatz öffnete, erschrak er, neben ihm stand eine Gestalt, so dunkel und unbeweglich, daß er sie völlig übersehen hatte. „Guten Abend, Herr Niebuhr", stammelte er verstört und mußte das Wasser laufen lassen. Die Gestalt neben ihm nickte nur und murmelte dann zerstreut: „Schon gut, schon gut." –

Beide Männer hoben die Köpfe und sahen lange und eindringlich in den Sternenhimmel.
Schließlich ging der Architekt zurück in die Gaststube, aber er mußte lange warten, weit nach Mitternacht, bis Claus Niebuhr dort zwischen den verrauchten Tischen erschien.
Unschlüssig blieb er mitten im Raum stehen, ein kleiner, aber massiger Berg, der sich erst orientieren mußte. Die meisten Köpfe hoben sich und sahen zu ihm hin, die Bauerntöchter stiegen von den Tischen. Guten Abend, Herr Landschreiber. Er hob die Hand zum Gruß. Dann entdeckte er seinen Architekten, versunken unter der Wanduhr, und schritt auf ihn zu.
„Sie erwartete ich nicht hier zu treffen. Wie steht es um den Bau?"
„Ich war heute den ganzen Tag draußen. Und habe einen ersten Plan gemacht."
„Einen Plan", antwortete Niebuhr verächtlich, „hoffentlich ist er genau. Darf ich mich zu Ihnen setzen? Ich habe heute Unerhörtes erlebt."
„Bitte", sagte der Architekt und rückte in die linke Sofaecke. Niebuhr ließ sich neben ihn sinken, das Sofa gab nach und hob den Architekten ein wenig empor.
„Mir dreht sich der Kopf. Ich bitte das zu entschuldigen. Bestellen Sie uns einen Krug Honigwein, mein lieber Architekt, und dann hören Sie mir zu, oder tun Sie wenigstens so, als wenn Sie mir zuhörten, und trinken Sie ruhig..."
Und Niebuhr erzählte die ganze Geschichte

noch einmal, von dem Augenblick an, da er die Linde verließ und seinen Augen nicht mehr traute. Auf dem Meldorper Marktplatz stand eine Gruppe schwarzer Menschen.

14

Sie hockten beide abseits des Ochsenweges im Farngras und ließen ihr Wasser laufen. Für Pauline war das eine größere Erleichterung, und dankbar blickte sie nach oben in den Sternenhimmel, jetzt mit auf dem Kopf stehendem Sichelmond. – Zwei Frauen allein auf der Höhe der Dithmarscher Schweiz, auch das war schön. Und noch immer wußte sie nicht den Namen der fremden Frau, noch woher sie kam und wer sie war. Aber das würde sie nie erfahren, und auch das war schön. Und schön war es gewesen, als diese Frau vor ein paar Minuten dem Kutscher gebot anzuhalten und, ins Englische fallend, zu Pauline sagte: „Let's piss together." – Damit war die Freundschaft besiegelt, ein Leben lang, und der Farn stand hoch. Die Pferde schnaubten. Der Kutscher steckte sich die Pfeife an. Der Weg leuchtete schwach im schwachen Mondlicht. Ganz langsam nur drehte sich die Erde, man spürte kaum den Wind im Gesicht. – In ihre schwarzen Stoffe gehüllt, die ihr vom Scheitel bis auf den Erdboden fielen und gleichsam ihr Zelt waren, in dem sie ihre Geheimnisse auskochte, war die Frau neben ihr zum Greifen nah.

Pauline griff nach ihr.
Ein schallendes Gelächter war die Antwort, das Echos warf in dieser hügeligen Landschaft. Die Pferde klirrten mit ihren Ketten. Der Kutscher stieß verstärkt Rauchwolken aus. Und Pauline blieb nichts übrig, als in dieses Gelächter einzufallen. – So lachten sie und ordneten ihre Kleider, und ihr Lachen war so verschieden, wie zwei Welten nur verschieden sein konnten. Und als das Lachen anfing zu schmerzen und sie sich mit dem Farn trocken gerieben hatten, bestiegen sie die Kutsche und setzten ihre Reise fort.
Die Ostsee war weit.
In Kopenhagen stach am 4. Januar eines Jahres, das schon lange vergangen ist, die GRÖNLAND in See. Eine Gaffelketsch, noch gänzlich aus Holz gebaut, zwei Masten, rostbraune riesige Segeltücher. Eine Reisegesellschaft, bestehend aus fünf Männern mit dem vorläufigen Reiseziel Smyrna. Untergebracht in zwei bequem ausgestatteten Kammern. Ein schwedischer Dragoner war ihnen zu Diensten. Die Mahlzeiten nahmen sie in der Kapitänskajüte ein. Doch die Seekrankheit machte ihnen zu schaffen. Vom ersten Tag an herrschten Sturm und Regen. Sie konnten kaum noch an Deck gehen, saßen verschlossen im Bug des Schiffes. Der Nordwest nahm zu. Sie kamen kaum noch voran. In der dritten Woche mußte der Kapitän ihnen gestehen, daß die Winde das Schiff

zurückversetzten. So gelang es ihnen nicht, die Ostsee zu verlassen. Ende März lagen sie wieder im Hafen von Helsingborg, nur dreißig Seemeilen von Kopenhagen entfernt.
Smyrna war weit.
Pauline war eingeschlafen. Mitternacht ging vorüber. Das Hügelland hatte sich eingeebnet, kahl und unwirklich lag die Hohe Geest vor ihnen, Orte wie Gokels, Siezbüttel und Hohenwestedt schaukelten matt vorüber, sie durchschnitten das Land von West nach Ost, eingehüllt in die Düfte des Orients, Ambra, Moschus und Zeder, vergaß Pauline selbst im Traum, daß sie die Principessa des größten Reisenden ihrer Zeit war und daß ihr zukünftiger Platz eigentlich auf dem Moorhof, den spätere Generationen *Niebuhrslust* nennen würden, sein sollte.
Niebuhr hatte sich in Schweiß geredet. Und nicht nur der Architekt hörte ihm zu. Alle, die um diese Stunde noch einigermaßen nüchtern waren, spitzten die Ohren. Bauern, Tagelöhner, Arbeiter, Monarchen, die ganze bornholdtsche Palette. Und der Wirt selbst stand am Tresen, gleichsam ein stiller, unbeweglicher Dirigent des ganzen Konzertes. –
„Jetzt sind alle, Männer, Frauen, Kinder in sicherer Obhut des Landschreibers von Dithmarschen. Ich habe ihnen Quartier im Gartenhaus unseres altehrwürdigen Pastorats besorgt“, so schloß Claus Niebuhr seine lange Rede und

fügte dann noch hinzu: „Auch ihr Gepäck habe ich dorthin schaffen lassen. In ihren Kisten und Körben haben sie viele von den Dingen, die ich als junger Mensch nur habe sehen, aber nie berühren, geschweige denn mit mir nehmen können. Das hat mich sehr berührt."

15

Es war ein Morgen ganz anderer Art. Die Luft war ohne Wolken. Aber es fehlte ihr auch die Sonne. Zumindest konnte man es sich einbilden, denn erst bei genauerem Hinsehen entdeckte man, daß die blaue Luft kein Himmel, sondern ein blauer Nebel war. Hochnebel. Und er reichte von der Ost- zur Nordsee und blendete alle gleichermaßen: Den stillen Gast (der bei genauerer Kenntnis der Besitzer der Smyrna-Bar war) auf seinem Stuhl am Ende des Grundstücks, Pauline und ihre frauliche Begleiterin nah beieinander und sich die Augen reibend in einer Kutsche, die jetzt weit mehr als die Hälfte des Weges zurückgelegt hatte, Niebuhr, verkatert und immer noch aufgeregt, wie er sich weit aus dem Fenster seiner Amtswohnung lehnte und nachprüfte, ob es die wirkliche Welt sei da draußen (sie war's, sie war's), die Gruppe der versprengten, asylsuchenden schwarzen Muslime, die sich aus der Enge des Gartenhauses befreiten und barfuß übers tauige Gras schritten – über ihnen allen lag diese blaue Luft ohne Sonne. Nur der

Architekt blieb verschont, er steckte tief im Bett seines Pensionszimmers und schlief und seufzte und wußte, daß er ein fauler Mensch war. –

Niebuhr schloß die Fensterflügel wieder. Die Existenz der Welt, der aufrecht stehende Dom, konnte ihn nicht beruhigen. Das Klopfen an der Tür überhörte er. Sophie, das Dienstmädchen, trat ein und servierte ihm das Frühstück. Er setzte sich wort- und grußlos an den Tisch. Verschüchtert irrten Sophies Augen von ihm zum Fenster und zurück. Sie knickste. Niebuhr aß allein, Niebuhr zerdrückte das weichgekochte Ei in der Hand. Salz auf die Finger. Da fiel ihm der Brief ein, der schon seit gestern mittag auf seinem Sekretär liegen mußte und den zu erbrechen und zu lesen er in all dem Wirrwarr völlig vergessen hatte. Jetzt nahm er sich die Zeit, leckte das Ei von den Fingern und las:

Frohmann, der 11te September

Lieber Freund,

da Sie mir nicht antworteten auf meinen letzten Brief (ich wollte kommen, ja, ich wollte kommen), ließ ich den ganzen Sommer verstreichen, ohne Ihnen zu schreiben. Aber jetzt ist des Wartens zuviel, zu voll sind mir Herz und Kopf, ich muß es hinauslassen, Ihnen berichten von dem, was mir, Norma, widerfuhr: Als ich (vor zwei Wochen) von einem meiner seltenen Ausflüge in den zoologischen Garten zurückkehrte, fand ich vor meiner Haustür ein Paket.

Gut verschnürt und trug weder Adresse noch Absender.
Ich trug es die Treppe hinauf, es war schwer wie ein Backstein. In meinem Zimmer war es kühl, ich hatte wegen der Pflanzen Tag und Nacht die Fenster offengelassen, und wir haben einen kühlen Sommer hier in Frohmann, aber das ist gut für die Pinguine (ich habe sie beobachtet drei Tage und zwei Nächte, dann forderten mich die Wärter auf, den zoologischen Garten zu verlassen), ich setzte mich also an den Schreibtisch, fröstelte ein wenig und öffnete das Paket. Ich schlug die Pappe auseinander, und Unmengen von grauem und weißem Papier quollen mir entgegen, ich nahm eins nach dem anderen zur Seite, es war, als schälte ich eine Zwiebel, und die Papierhüllen nahmen kein Ende, und der Kern mußte unsagbar schwer sein.
Es war, Sie werden es kaum glauben, ein Stein. Ein grauschwarzer Stein, herausgebrochen aus einer Mauer, Bruchstück eines größeren Quaders, und, mein Freund, in diesen Stein, ich mußte meine Augen sehr anstrengen, waren zwei Buchstaben geritzt, und, das wird Sie genauso fassungslos machen wie mich, als ich sie entzifferte, ergaben sie die Anfangsbuchstaben Ihres Namens. Ein C. Ein N. Auf die Rückseite (es brauchte Minuten, bis ich mich soweit gefaßt hatte, den Stein in der Hand zu wiegen, zu wenden und genauer zu betrachten ...) war ein

Zettel geklebt, der trug eine Erklärung: Diesen Stein brach ich aus den Ruinen in Persepolis, ein Frevel, ja, aber ich konnte nicht anders, als ich diesen vortrefflichen Namen eingeritzt fand. Bevor der Sandsturm seinen Namen ausradiert haben wird, rette ich ihn und sende ihn an Ihre Adresse, die mir bekannt ist aus diversen Publikationen, in denen Sie das Loblied singen von unserem allseits verehrten Reisenden C. N.; Basra, 6. Juni im Jahre des Herrn.

Das mußte ich Ihnen schreiben und Sie fragen, ob Sie es selber waren, der diesen Namen einritzte vor so vielen Jahren. – Ich bewahre den Stein auf meinem Nachtschrank, so ist er mein letzter und mein erster Blick.

Ich grüße Sie, Sire, und geben Sie mir Nachricht beizeiten!

Ihre Kerstine-Norma.

Der Tee war kalt geworden. Niebuhr rührte in der Tasse herum, er spürte, wie seine Augen feucht wurden. Teils weil die Erinnerung übermächtig wurde, teils weil der Frevel ihn schmerzte. Wer wollte ihn da verletzen oder gar ihn bloßstellen?

Er faltete den Brief zusammen. Ein paar Minuten lang ließ er sein Denken aussetzen. Das konnte er, das hatte er vor langer Zeit einmal gelernt. Anschließend trat er ans Fenster, öffnete die Flügel. So fremd wie heute war ihm der Himmel noch nie erschienen. Ganz blau, aber die Sonne fehlte. Anders. Anders.

16

Sie hockten im Kreis in dem immer noch feuchten Gras des Pfarrgartens. Die Nacht hatten sie zusammengedrängt wie die Lemminge verbracht. Ein menschliches Knäuel in der Enge des Gartenhauses. Die Männer hatten abwechselnd den Eingang bewacht. Alles war ihnen so fremd vorgekommen, daß sie nicht nur wegen der Kälte zitterten. Der Küster schritt auf sie zu, unsicher und verlegen. Er tat, wie ihm geheißen, aber er verstand nicht, was geschehen war, wer hier in das ruhige Leben der kleinen Stadt hereingebrochen war (solche Menschen kannte man nur von den Bildern im Völkerkundemuseum oder von Carl Hagenbeck).

Der Küster versuchte, sich durch Handbewegungen verständlich zu machen. Er zog an einem imaginären Strang. Keine Glocken läuteten. – Was er ihnen begreiflich machen wollte, war, daß der Pastor, der Landschreiber und ein paar Vertreter des Stadtrates sie im Konfirmandensaal erwarteten, um ihnen eine heiße Suppe und Brot anzubieten.

Mißtrauisch beäugten die Suahelis den weißen Mann.

Was will er? Was wollte der Alte gestern, der sie in die Kirche führte und unaufhörlich redete? Was bedeutet diese Welt, in der es keine Sonne gibt, was kann sie mit ihnen vorhaben? Der Älteste der Suahelis entblößte sein Haupt und

gab dem Küster in Zeichensprache zu verstehen, daß sie den Wunsch hätten weiterzuziehen. Anschließend zog er aus dem Inneren seines Kaftans einen zerknitterten Zettel, den er dem Kirchdiener reichte. Der entzifferte eine Hamburger Adresse, HEINRICH RUDOLF REUTE & CO., GROSSER BURSTAH 7, GEWÜRZHANDEL + AGENTUR, was ihm noch unverständlicher erschien. Er zuckte resignierend die Schulter. Wer hatte diese Neger geschickt? War es eine von den Schnapsideen dieses seltsamen Landschreibers, der ihnen seit ein paar Jahren vorstand und der ja tatsächlich eine Reise bis nach Indien überlebt haben sollte?
Der Küster reichte die Adresse zurück. Am besten würde es sein, man telegraphierte an Carl Hagenbeck, der hatte Erfahrung mit Kamelen, Elefanten, Seehunden, Pinguinen und Indianern. Carl Hagenbeck war der aufgehende Stern über Norddeutschland. Er zog mit fremden Erdteilen durch die Lande, von Dorf zu Dorf. Alle Welt sprach von ihm.
Im Pastorat öffnete sich ein Fenster. Niebuhr rief in den Garten hinein: „Habari yako?"
„Mzuri sana", antwortete der Älteste und bedeckte seinen Kopf wieder mit der Kofia, die er lange genug in der Hand gehalten hatte.
Jetzt machte Niebuhr eine winkende Bewegung. Hinter seinem Kopf erschienen im Halbschatten des Zimmers andere Köpfe. Alle lockten sie, kommt her, kommt her, aber die wilden

Tiere waren scheu wie wilde Tiere und blieben in ihrer Deckung.
Der Küster hob seine Stimme in Richtung Fenster: „Sie verstehen mich nicht!“ Er sagte es in einem beinahe beleidigten Tonfall.
Niebuhr würde selbst in den Garten hinuntergehen, zu seinen Freunden sprechen. Rafiki, Rafiki, ich habe euch zu danken. Ein winziger Strahl des Erdkreises fällt auf unsere vergessene Gegend. Ihr habt eine so unvorstellbare, weite Reise hinter euch. Sagt mir den Namen eures Schiffes. Ich bin euch dankbar, daß ihr mir Gelegenheit gebt, meinen Landsleuten, die sonst keine Möglichkeit haben, hinter ihren Horizont zu blicken, einen unendlich weit entfernten Teil der Menschheit vor Augen führen zu können. – So sprach er für sich, als er die Wohnung des Pastors verließ und die Treppen hinunterstieg. Stufe um Stufe ließ er die Beine auspendeln. Er näherte sich der Großen Zeit seines Lebens. Die sieben Jahre, von denen er sich immer noch ernährte. Auf dem unteren Absatz der Treppe traf er auf die Abordnung des *Vereins Gelehrter Männer*.
Mit glänzenden Augen sehen sie zu ihm empor. Wißbegierig öffnen sie die Münder. Sie wollen Tatsachen, aus den Gerüchten herausfiltern, was für ihre Wissenschaft taugt: „Ist es wahr, daß sie, obwohl sie weit südlich der Sahara leben, eine Sprache sprechen, die der arabischen ähnelt?“ „Ist es wahr, daß sie keine richtigen Häuser

kennen und ihre niedrigen Häuser höchstens zwei Monate bewohnen, um dann wieder weiterzuziehen?"
„Ist es wahr, daß ihre Heimat das sagenhafte Weihrauchland ist, Punt genannt, in das die alten Ägypter ihre Schiffe sandten und sie zurückkehren ließen, über und über beladen mit wertvollen Hölzern, wohlriechendem Harz, jungem Weihrauch und Elfenbein, gefaßt in reines Gold und zur Freude der Augen bemalt mit hundsköpfigen Affen?
„Ist es wahr, daß zur Ladung auch Windhunde, Leopardenfelle und Landeseingeborene mit ihren Kindern gehörten?"
„Ist das wahr?"
Niebuhr wunderte sich über die weitschweifigen Fragen, aber er nahm sich die Zeit, gewissenhaft zu antworten.
„Arabische Kaufleute brachten die Sprache an die ostafrikanische Küste. Wir erhielten Kunde von ihren weit nach Süden reichenden Handelswegen, als wir wegen der Erkrankung von Baurenfeind, unserem Zeichner und Kupferstecher, längere Zeit in Dschidda verweilen mußten ..."
So verging eine halbe Stunde am Fuß der Pastoratstreppe, und sie endete damit, daß die gelehrten Männer Niebuhr noch einmal mit Nachdruck den Vorsitz des Vereins anbot. Er würde ihren Kreis ins Unermeßliche erweitern, geographisch und möglicherweise auch geistig.

„Gemach, gemach“, sagte Claus Niebuhr und befreite sich langsam aus dem Halbkreis der gelehrten Männer, „später, später“.
Als er den Garten betrat, kam er zu spät. Nur noch Spuren waren von den Somalis zu entdecken. Sie selbst waren mit Sack, Pack und allen Gerätschaften verschwunden. Schuldbewußt stand der Küster in der grünen Fülle des Gartens und hob bedauernd die Schultern. Mit gesenktem Kopf berichtete er dem Landschreiber, daß er die Fremden nicht habe verstehen können.
Fassungslos blickte Niebuhr ins Leere, die Domuhr schlug zehn, Stare stießen kleine Freudenschreie aus, Astern und Dahlien blühten still innerhalb der Beete. Er hatte jetzt nur noch den Wunsch, so stehen zu bleiben, zu erstarren, eine Figur im weitläufigen Pastorengarten für alle Ewigkeit, steinern oder aus Holz. Die Fremden von der Küste Somalias sollte er in seinem Leben nie wieder sehen.

17

An der Nordseeküste liefen die Wellen an den Strand. Sie waren klein und schwach, der Wind wehte nur leicht aus südwestlicher Richtung, aber sie hatten die Flut im Rücken, und so stieg das Wasser schnell und bedeckte das grüne Vorland und auch den größeren Teil der Insel Trischen, die wie ein Hörnchen in der Mitte der Dithmarscher Bucht lag.

Trischen war an und für sich unbewohnt. Aber es gab Ausnahmen. An manchen Tagen oder Wochen brannten Feuer am Strand. Konnte man flache Zelte ausmachen, wehte die Fahne über dem Strandhafer. – So auch heute: 20. September, der Herbst kommt. Am Morgen war Frühnebel gewesen, der lag flach über der See wie herabgefallene Wolkensuppe und löste sich dann wie nichts auf. Jetzt hing über allem die Sonne, wesentlich tiefer schon als im Sommer, aber ihre Strahlen wärmten und tanzten noch auf den vierschrötigen Gesichtern, die da vor dem Zelt saßen und darauf warteten, daß das Teewasser kochte. Es waren der Vogelwart und seine zwei Helfer, hiesige Menschen, des Schreibens und Zählens kundig.

Der Teekessel stand in der offenen Glut und war schwarz von Ruß. Die drei Männer unterhielten sich über die Arbeit und die Zweckmäßigkeit der Listen, die sie anzufertigen hatten und die dann von dem, der hinter ihnen im Zelt saß, ausgewertet wurden. War es zum Nutzen der Allgemeinheit, wenn die Bevölkerung, die Kreise und Provinzen genaue Kenntnis erhielten über den Bestand der Seevögel? Das Brutgeschäft war um diese Jahreszeit schon lange beendet, die Mulden lagen verlassen, die Reste der Eierschalen mischten sich mit den Muschelsplittern, Kalk und Sand, über den das salzige Wasser leckte, manche der Dünen waren bewachsen mit hartem Seehafer, an einigen

Stellen hielt sich sogar ein verkrüppelter Strauch, viele aber waren einfache Wanderdünen, die nervös und ruhelos immer neuen Halt suchten. Fische umkreisten die Insel. Kistenbretter lagen angespült. Flaschen mit exotischen Aufschriften gingen über Bord der Schiffe zwischen Deutsch- und England, ganze Bananenladungen fielen in die See. Alles taumelte sinnlos und gedankenverloren durch die Dithmarscher Bucht und verfing sich an dieser Vogelinsel. Nur die Schwärme der Lachmöwen hielten sich beständig über der Inselmitte. Sie hatten den höchsten Landpunkt unter ihren Augen. Brandgänse benutzten Trischen nur als Zwischenrast, sie zogen weiter nach Terschelling. Sandregenpfeifer, Austernfischer, Haubentaucher, Säbelrassler, Sturmmöwen, Eiderenten, Albatrosse: Claus Niebuhr ging sie alle, Vogel für Vogel, durch und addierte die Zahlen. Er saß bequem in seinem fellbezogenen Stuhl und zog von Zeit zu Zeit an seiner Pfeife. Die Aufgaben eines Landschreibers waren unbegrenzt, mit seinem Kopf berührte er fast die Zeltbahn, die sich nur leicht im schwachen Wind bauschte. Die Kontorbücher, in denen seine Mitarbeiter die Seevögel auflisteten, lagen vor ihm ausgebreitet auf einem Klapptisch aus edlem Mahagoniholz, der schon seit seiner Reise bei ihm war. Ein Geschenk des Sultans von Oman und Sansibar. Seine Füße scharrten im Dünensand. Wenn er die Zahlenkolonnen

verließ, sah er durch den offenen Zelteingang über die Rücken seiner Leute hin zur grünen Nordsee.
Er hatte Heimweh. Nach Pauline, der Sprunghaften, seiner Fieler Niederung, seinen Plänen, dem Moorhof, in dem er alles unter ein Dach bringen wollte. Er wünschte das Ende dieser Dienstreise herbei. So schön die Insel im September auch war und die Stimmungen der See und das Gefieder der Vögel, er wollte wieder nach innen gehen, in sein Gehäuse – er ließ den Zelteingang schließen, sogleich wurde das Licht noch gelber. Fast ohne Hals saß dieser Kopf auf dem Körper, in diesem Kopf wollte er wieder spazierengehen, die Gedanken müde laufen lassen, bis er zum Vergessen kam. Er wollte das Erscheinen der Leute aus Somalia, das erst eine Woche zurücklag, als etwas Unwirkliches begreifen, einen Spuk, eine Erscheinung, nur eine Einbildung seiner überreizten Nerven und Gedanken sollte es sein. Und je mehr er darüber nachsann, desto phantastischer kam ihm die Geschichte auch vor. Elf schwarze Menschen in Meldorp, einfach so vom Himmel herabgefallen: ein schönes Märchen. Sindbad war unterwegs. Er hatte geträumt, der alte Claus Niebuhr, der Fisch, den er in der Linde zu Mittag gegessen hatte, war ihm zu tief in den Magen gesackt.
Er klappte die Kontorbücher zu. Tausendzweihundertvierzig Seeschwalben, mein Gott. Vier-

hundertzwanzig Gelege der seltenen Strandläufer. Trischen war rettungslos übervölkert. Aber die Presseorgane auf dem Festland würden diese Zahlen veröffentlichen, und die Bevölkerung, der die Pflege der Tierwelt am Herzen lag, würde ein zufriedenes Lächeln aufsetzen. Auf eine Menschenseele kamen tausend Vogelherzen.

Er dachte an seine Brieffreundin in Frohmann, ihre Leidenschaft für die Pinguine, er erinnerte sich, wie sie ihm geschrieben hatte, daß die Kaiserpinguine ihre Eier, um sie vor dem kalten Eis zu schützen, auf den Füßen ausbrüteten und auch später die Jungen noch wochenlang auf den Fußrücken spazieren trugen … Unvermittelt griff er an seine Brusttasche, ja, der Brief von gestern war noch da, er fühlte das Papier, fest, und es wog fast so schwer wie dieser Stein aus den Ruinen von Persepolis. Wieder war er gerührt. Und erzürnt. Es war alles wie gestern: Er spürte die Sonne auf dem bloßen Haupt, Hitze, die das Wasser aus dem Körper trieb. Er zeichnete im Stehen. Das gleißende Licht um ihn herum. Der Sand warf jeden Strahl in allen Einzelteilen zurück. Auf ein hölzernes Stativ hatte er das Zeichenbrett montiert, die Schrift an der Tempelwand war auf Augenhöhe, Strich für Strich ein Bild, er zeichnete, was er sah, ohne etwas zu verstehen. Und am Abend des dritten Tages brach er, zufrieden mit seiner Arbeit und glücklich, zusammen.

Nicht ohne sich vorher selbst noch in dem tausendjährigen Stein verewigt zu haben. Und diesen Stein hatte nun jemand herausgebrochen. Plötzlich war er nicht mehr gerührt, nur noch erzürnt.
Er stand abrupt auf, schlug die Zeltbahn zur Seite und trat an den glänzenden Strand von Trischen. Wo war der Feind? Wer stellte ihm nach? Ein paar Sekunden lang dachte er an eine Strafexpedition, doch die grüne, nur mäßig bewegte Nordsee kühlte seine aufsteigende Hitze. – „Eine Lumme, Herr Niebuhr, eine Lumme", schrie aufgeregt der Vogelwart und rannte über den Strand in Richtung der Dünen. Lummen, diese pinguinähnlichen Vögel lebten sonst nur in felsigen Gegenden, auf Heligoland zum Beispiel, aber niemals hier. Das wußte auch der Landschreiber Niebuhr und begriff, daß eine Sensation in der Luft lag.

18

Pauline spürte nichts.
Seit ein paar Tagen saß sie jetzt schon an der Ostsee und sah die großen Schiffe von Skandinavien hereinkommen. Sie wohnte in einem Nebenzimmer der Persepolisklause, ein Speiserestaurant, das ein Perser führte, aber das Restaurant war nur Tarnung, der Perser allerdings echt. Travemünde ist ein Weltbad. Sie hatte das nicht gewußt. Jetzt sah sie Herren aus aller Herren Länder. Nicht nur solche wie Claus

Niebuhr, sondern echte Könige der Landstraße, Seemänner, Steuereintreiber. Sie hätte der fremden Frau nicht vertrauen dürfen, möglicherweise, aber wem, wenn nicht ihr, hätte sie vertrauen sollen? Eine wie sie, aus Irland, die sich rote Paste ins dunkle Haar schmiert. So eine hat Vertrauen zu jedermann und steigt in Kutschen auf nächtlichen Landstraßen. Sand Sand Sand. Aber gradlinige Wege von West nach Ost. So wie die Ochsen zogen und Korn und Hering und Salz und Menschenhaar von dieser Stadt zu jener Stadt brachten. Travemünde besitzt einen Strand, ein Spielcasino, Feuerlöschboote und einen Fährhafen mit Zukunft. Dampf löst die alten Segel ab. Und die Ostsee ist blau.

19

Sie liebt die Pinguine. Sie weiß viel über die Vögel, die es aus der Luft vertrieben hat. Das Wasser ist ihr Element. Sie schwimmt ausdauernd und schnell. An Land fühlt sie sich ungelenk, hat Angst, überall anzustoßen. Sie ist Studentin aus Leidenschaft. Sie bewohnt eine kleine komplette Wohnung, die ihr die Tante vermacht hat. Wohnrecht auf Lebenszeit. Und sie wird ihr Leben dort verbringen. Mit den Pflanzen drinnen und draußen, dem Balkon, der wie ein Ausguck über ihrer unglaublich stillen Straße hängt, alles was passiert, passiert bei ihr. Sie lebt ohne Menschen, nur mit Gedanken und mit Briefen, die sie an die entlegensten Punkte der Weltgeschichte schickt. Die Antworten sind spärlich. Der gefüllte Briefkasten ein Freudentag. Sie schwimmt täglich und liebt die Pinguine. Aber ihre letzte und stillste Leidenschaft, jenseits von allem, ist das Reisen. Sie kennt den gesamten Orient, den Indischen Ozean und Zanzibar genausogut wie Heligoland, London, Dieppe, Bergen, Kopenhagen und den Dubliner Süden, jedes Haus ist ihr vertraut, die Namen der Straßen, die Weite der Halbwüsten, das senkrechte Licht, die Tempel und was von ihnen blieb, Persepolis, Basra, Raschid, alles ist ihr nah, nur die Antarktis, in der ihre Lieblinge wohnen, hat sie nie bereist. Es ist die Angst vorm ewigen Tag, der Kälte, der ewigen Nacht. Niemand weiß, wo das Eis aufhört und der Fels beginnt, ihr Ei tragen sie auf der Oberseite der Füße und brüten es aus in grenzenloser Zuversicht.

Als an einem der kommenden Tage eine kleine Flugpostkarte kommt, überrascht sie das mehr als sie zugeben mag. Noch im Treppenhaus überfliegt sie den Inhalt: „... stehe in Ihrer Schuld, aber manche Vorkommnisse der letzten Zeit, die nicht vorhersehbar waren, hinderten mich daran, Ihre Briefe rechtzeitig und mit dem gebotenen Ernst zu beantworten. Verwahren Sie den Stein gut. Wenn es das Schicksal will, reisen wir eines Tages zusammen in jene Ge-

gend und bringen den Stein zurück an seinen angestammten Platz. Ihr treuer Diener C. N."
Und die Luftschiffe trieben von Nord nach Süd und beförderten Karten und Briefe, Liebes- und Kriegserklärungen und manchmal auch nur höfliche Antwortschreiben, verfaßt zwischen Langeweile und Begierde.
Von den Lummen schreibt er nichts.

20

Die letzten Störche haben sich zum Abflug versammelt, aufgeregt schreiten sie hin und her, recken die Schnäbel zum Himmel. Noch immer sind Frösche im Übermaß vorhanden. Aber man wird unter östlicher Umfliegung des Mittelmeeres über Kleinasien, Syrien, Arabien bis ins südliche Afrika ziehen. Die Westflieger, die sich für den Weg über Gibraltar entschieden haben, sind schon letzte Woche geflogen. Die Sonne scheint schräg über Niebuhrs Land. Ein totes Lamm liegt in der Binsenbrache, ein weiteres ist in einem der halbfertigen Entwässerungsgräben ertrunken. Verflucht seien die Wanderschäfer, die ihr Handwerk nicht verstehen. Das Gras steht den Störchen bis zum Bauch, und das will was heißen.
Niebuhrs Arbeiter, die den Sommer mit Bier und Tabak herumbrachten, haben sich zu einem kleinen ordentlichen Trupp auf dem höchsten Punkt versammelt. Sie erwarten die zwei Herren.

Die zwei Männer nähern sich dem Punkt von Odderade herkommend. Niebuhr trägt seinen Alltagskaftan, den er mit einer ordinären Kordel um die Taille gebunden hat; die Kapuze hat er über den Kopf gezogen, das schirmt ihn ab von allen. An den Füßen stecken klobige Gummistiefel, Stilbruch über Stilbruch. Selbst der Architekt neben ihm ist feiner gekleidet.
Niebuhr schweigt. Seit gestern weiß er, was er will.
Es geht darum: die Wogen zu glätten. Die Fahrigkeit, das Durcheinander, das plötzlich in seine zielgerichteten Tage brach, wieder über Bord zu werfen. Es geht darum: sich nicht zum Narren halten zu lassen.
Was er will: in geordneter Ruhe sein Leben bedenken. Die Reise aufarbeiten. Das Manuskript zum Druck bringen. Stundenlang ohne sichtbare Bewegung über die grüne Fieler Niederung blicken, als wäre es seine Wüste.
Also schreitet er aus an diesem frühherbstlichen Morgen, der Architekt ist ihm Mittel zum Zweck, er braucht ein Haus, ein Dach für sich, ein einziges, keine Verzettelung.
Der Architekt hat es schon lange aufgegeben, mit seinem Auftraggeber eine Unterhaltung anzuknüpfen. Mißmutig stapft er hinterher, selbst die Socken sind ihm schon naß. Aber er hat den Plan aufgerollt in seiner Jackettasche, den vorläufigen Plan. Das tote Lamm stinkt in der Brache. Die Störche hüpfen nur ein paar Meter in

die Luft, als die Männer ihren Versammlungsplatz kreuzen. Niebuhr, der sich nicht mehr verwirren lassen will, blickt nur kurz auf. Er weiß, wo die da hinfliegen. „Meine Grüße, bitte", sagte er, und der Architekt, der nicht versteht, fragt auch nicht nach. Die Arbeiter stopfen sich ein letztes Mal die Pfeifen. Jetzt ist die schöne Zeit zu Ende.

Als sie die beiden Gestalten am Horizont auftauchen sehen, sind sie überlebensgroß, dann werden sie kleiner und sinken unter ihre natürliche Größe, erst jetzt, nahebei, wachsen sie wieder, werden größer und größer. Man erkennt Einzelheiten. Die Arbeiter verkneifen sich ihr Grinsen. Der verrückte Forscher in Landestracht.

Aber sie grüßen in aller Höflichkeit, wes' Brot ich eß, des Lied ich sing, und zaubern Tisch und Stuhl ins Ödland. Niebuhr setzt sich mit flüchtiger Gebärde, der Architekt breitet geflissentlich den Plan auf dem Tisch aus. Man winkt den Vorarbeiter heran. –

Das Haus soll auf dreißig mal dreißig eichenen Pfählen erstellt werden. Diese Pfähle werden bis zum Kopf in den Boden gerammt. Man kann davon ausgehen, daß ein solches Fundament dem Haus lange Sicherheit geben wird, auch Venedig wurde auf solche Pfähle gesetzt. „Neunhundert Pfähle brauchen wir", sagt der Architekt. „Ihr werdet sie schlagen im Riesewohlder Forst" gibt Niebuhr den Befehl und

bekümmert sich in Gedanken darum, was das wieder alles kosten wird.
„Die Grundfläche beträgt, wie besprochen, zehn mal zehn doppelte Schritte, ein Quadrat. Hier setzen wir die Eckpfosten ein“, und der Architekt tippt viermal mit dem Zeigefinger auf seinen großzügigen Plan. Das also gilt es in die Wirklichkeit zu übertragen, und der Vorarbeiter blickt suchend ins hohe Gras und Binsengeflecht ringsum.
„Jawohl“, sagt er. Jawohl.
„An die Arbeit“, sagt Niebuhr und schiebt sich die Kapuze vom Kopf. Die Arbeiter entfernen sich vom Tisch. Heute werden sie nichts anderes tun als Löcher graben. Löcher über Löcher. Der Architekt steht, da nur ein Stuhl vorhanden. Es wird wärmer.
Die Sprünge der Störche werden immer höher. Schließlich entscheiden sie sich zum Flug. Ein Rauschen ist in der Luft, einer fliegt voran. Der mit der größten Erfahrung, der, der schon vierzehnmal das Rote Meer überquert hat, der sich nie verfliegt. Niebuhr reckt den schweren Kopf. Diese großen Schwingen, weiß und schwarz, und der Hals wie ein Pfeil nach vorn gestreckt und der rote Schnabel die Pfeilspitze.
„Sie können sich die Beine vertreten“, sagte er zu seinem Architekten, „ich bleibe hier sitzen.“ Und der Schwarm der Störche löste sich in seinen Augen auf. Die toten Lämmer dampften in der Sonne. Ihr Fell trocknete, die

Zungen hingen aus den Mäulern. Niebuhr blieb bis zum Abend auf seinem Thron sitzen, spielerisch hielt er einen Stab aus Ebenholz in der Hand.

21 Als sie ihr Zimmer erreicht hatte, öffnete sie die Balkontür und atmete durch. Erst dann setzte sie sich an ihren Schreibtisch und las die Karte noch einmal, Wort für Wort. Aber es stellte sich heraus, daß sie kein einziges Wort überflogen hatte unten im Treppenhaus. Es war nichts weiter in dieser Mitteilung versteckt, und bringen den Stein zurück an seinen angestammten Platz, Ihr treuer Diener C. N.

Aber die Zukunft lag darin, irgendeine, wenn auch nicht ihre, denn ihr war klar, daß sie ihren Platz allein nicht mehr verlassen könnte.

Sie legte den Stein auf die Karte. Kein Briefbeschwerer, denn Briefe, die waren dazu bestimmt, ihr Haus zu verlassen, die flatterten ihr vom Schreibtisch per *Luftpost* in alle Himmelsrichtungen, kamen ihr nie *ins* Haus.

Sie schrieb:

Liebe Anna,

Post von mir, Du wirst Dich nicht wundern. Und Neues gibt's auch nicht zu berichten. Immer die gleichen Träume. *Ein pinguinähnlicher Vogel steht auf meinem Balkon, mit Entenschnabel und gesträubten Augen-*

brauen, und verlangt nachdrücklich nach Sonnenblumenkernen. *Auch wieder Flugversuche im fremden Garten.* Pflücke die verbotenen Lupinen und stoße mir das Schienbein an einem verlassenen Gartenstuhl. *Einer der Väter jagt mich ins Freie mit dornigen Reden.* Hebe noch rechtzeitig ab (mit Schwimmzügen), aber mühsam sind diese Flugversuche, *und sie tragen mich nie sehr hoch.*

Flieg zu mir, Deine Freundin Lucca.

Die Balkontür bewegte sich im Wind. Sie schrieb:

Lieber Freund,

ich glaube nicht an das Schicksal, aber ich werde den Stein gut verwahren. Es betrübt mich, daß manche Vorkommnisse Ihrem Leben augenscheinlich die nötige Ruhe nahmen. Mögen Sie mir davon berichten? Ich träume viel (doch immer das gleiche) und bin gierig auf neue Geschichten, die meine Träume befruchten könnten (entschuldigen Sie die Wahl meiner Worte). – In meiner Stadt eröffnete man neulich ein Museum für die Kunde von den Völkern. Ich hielt mich zu lange in der afrikanischen Abteilung auf. Zu lange. Denn ich vergaß die Zeit, und der Wärter schloß mich ein. Versehentlich. So verbrachte ich die Nacht bei den Sudannegern. Man hat wenig Kunde von diesen Himmelsstrichen. Schicken Sie mir etwas aus den Ländern, die Sie bereisten, etwas, das auf die Existenz von Menschen schließen läßt

(keine gepreßten Pflanzen, keine toten Tiere oder Steine), schicken Sie mir Lebendes. Manchmal denke ich, ich bin schwanger (verzeihen Sie meine Worte).
Ihre Absenderin   Norma.
Der starke Duft des wilden Knoblauchs, der in den Ritzen ihres Balkons wie verrückt wucherte, zog in ihr Zimmer. Sie faßte sich an ihre Brust. Nein, nichts, kein Milchfieber, keine heiße gespannte Haut, nein, nein. Sie beschrieb ein neues Blatt:
Mein lieber Herr,
ich fand Ihre Adresse in einem intimen Journal. Zu diesen Publikationen habe ich sonst keinen Zugang, doch manchmal findet auch eine wie ich Zugang zur Gesellschaft der einsamen Herzen. Ich bin ein windiger Engel (sage ich), unwiderstehlich (sage ich), Lust hätte ich zu jeder vollen Stunde. Immer immer immer. Aber ich gehe mit Menschen nur in Gedanken um. Das macht alles sehr einfach. Auch dieser Brief soll Sie nur als Brief erreichen. Ich nenne meinen Namen nicht, verrate nicht mein Zimmer, meine Wohnung, meinen Balkon. Nein. Der Essigbaum blüht nur für mich, der wilde Knoblauch duftet nur mir. Aber ich schreibe Ihnen, weil ich atemlos bin. Und weil ich so eine bin. Ich wage es kaum auszusprechen: (Ihre Hand liegt auf meinem Bauch, Sie tasten und spüren und sagen mir dann die Wahrheit: in zwölf Wochen ist es soweit).

Ich denke an Sie, ich lese Ihre Annonce wieder und wieder, das rettet mich, für immer die Ihre Kerstine.

Durch die offene Balkontür hat sich ein Vogel verirrt, ein später Sperling, er flattert aufgeregt und orientierungslos durchs Zimmer, stößt an Bücher und setzt sich auf das Blatt des größten Gummibaums. Der Schreck in ihr läßt nach, sie findet wieder zu ihrer Konzentration und formuliert:

An die Gesellschaft Gelehrter Männer

Betreffs: Mein Antrag auf passive Mitgliedschaft

Sehr verehrte gelehrte Herren,

ich habe schon wiederholt mein Schreiben an Sie gerichtet, aber konnte ich denn auf Antwort hoffen? Nein, ich bin nur eine einfache Frau, verwickelt in vielfältige Studien, ohne Abschluß, ohne Graduierung, ohne Professur. Aber dennoch, ich bewerbe mich und bitte um Aufnahme in Ihren Verein als schreibendes passives Mitglied. Ich werde an keiner Ihrer Sitzungen teilnehmen, nur Ihre Arbeiten aus der Ferne begleiten und Ihnen meine schriftlichen Berichte schicken, die Ihre Gespräche ergänzen oder vielleicht sogar vollenden können. Ich schreibe zu folgenden Wissensgebieten:

1.) Zoologie, speziell die Fauna der antarktischen Gegenden

2.) Entschlüsselung der alten vergangenen Schriften und Zeichen

3.) Probleme der wahren Geographie

4.) Gesteinskunde

Ich werde Ihnen diese Briefe weder als Frau noch als Mann schicken, sondern als sächliches Wesen aus anonymer Gegend. Wenn Sie wollen auch als Pflanze, die, wenn genügend Sonnenlicht auf sie fällt, täglich ein wenig wächst und Blätter treibt, so wunderschön, daß Sie, verehrte Herren, nur staunen können.
In Ergebung und demutsvoll auf baldige Antwort hoffend, immer Ihre
Norma-Lucca Nonnulli.
Der Sperling zittert und plustert sich auf. Sie faltet die Briefe und steckt sie in die Couverts, ohne Datum und Absender. Dann tritt sie zögernd auf den Balkon und lockt den Vogel. Das Sonnenlicht über ihrer Straße trifft genau auf ihren Scheitel, wo die Kopfhaut blaß und rosa schimmert. Sie pfeift fast lautlos, spielt mit ihren Lippen und sieht ohne viel Hoffnung auf die Straße hinunter. Die Birnen in den Vorgärten sind reif geworden, Wespen umsirren das fallende Obst, der Sperling stiehlt sich davon, aber sie hat ihn schon längst vergessen. Lautlos wachsen die Pflanzen um sie her, treiben Blätter und Knospen, so wunderschön wie Du, so maßlos schön.

22

Nichts war maßlos an ihrem neuen Leben. Selten hatte sie so geregelt gelebt. Wie eine Fabrikarbeiterin stand sie in der Früh um sechs auf, um kurz nach sieben ihren Platz

einzunehmen. Der Perser kannte kein Pardon. In kleine Tüten packten seine Frauen die Locken (oft die eigenen), die Kopfjäger aus aller Welt bestellten. Eine Locke aus deinem Haar, sang er, wenn er um zehn das Hinterzimmer der Persepolisklause betrat und die Arbeit für eine halbe Stunde ruhen ließ.
Sie verpackten schwarze und rote, graue und blonde und weiße drahtige und weiche, doppelt oder einfach gekräuselte, auch ganz glatte. Auf jede Tüte klebten sie ein Etikett, Danuta, 23 Jahre, Polen etwa, oder Zeyla, 40 Jahre, Abessinien, oder Solveig, 16 Jahre, Norwegen, John, 34 Jahre, Schottland, auch Mahmoud, 13 Jahre, Tunesien, war vorhanden. Menschenhaar aus allen bekannten und erforschten Ländern des Erdkreises lieferte der Perser, die Preise variierten natürlich stark.
Pauline fühlte nichts.
Es war das Zeitalter der Aufklärung. Der Wissensdurst der Menschen machte vor nichts halt. Sie kannten kein Tabu. Sie interessierten sich für andere Völker, für wilde Tiere. Sie sammelten die Rassen wie Knöpfe. Sie befühlten das fremde Haar mit den Fingern und stellten sich einen lebenden Menschen dazu vor. Wohl wissend, daß der Mensch vergeht, aber seine Haare ewig leben. Mancher träumte davon, sich einen ganzen Zopf ans Bücherregal zu nageln. Ein leises Schaudern durchlief einen. Von wirklichen Kopfjägern wußte man

noch zu wenig, die Skalpe der Rothäute hatten noch nicht den Weg in die seltsame Faktorei gefunden, dort am unteren Travehafen, wo ein Perser, den niemand bei seinem Namen nennen konnte, eine Speisegaststätte betrieb.
Pauline spürte nichts, nur manchmal fuhr sie ihrem Arabienforscher durchs schüttere Haar und lachte ihr Lachen weit über eine imaginäre Ebene, in der noch immer viel zu viel Wasser stand und die Binsen und das Schilf Überhand behielten. Kein Rind konnte hier auftreten, ohne zu versinken.

23

Die Eichen wurden Ende September gefällt, zu einer Zeit, in der noch viel zu viel Saft in den Bäumen steht. Es war ein Frevel, aber Niebuhr, die Taschen voller Geld, war jetzt so ungeduldig, daß er keinen Zeitaufschub mehr duldete.
Die Bäume fielen weich, breiteten ihre Blätter im Fall wie lauter kleine Fallschirme aus. Das Schlagen der Äxte war bis an die Ränder von Riesewohld zu hören, und dann nach einer winzigen schwebenden Pause der dumpfe, weiche Aufprall. Es ging tagelang. Und die Arbeiter, alle keine Freunde des Waldes, saßen oft am Feuerchen und hielten Speck, auf Weidenruten gespießt, in die Glut. Kartoffelschnaps ging reihum. Die Morgende waren kühl, Nebelwol-

ken hingen zwischen den Bäumen, Feuchtigkeit leckte von den Blättern. Es galt, die Äste abzuhauen wie die Köpfe der Hydra, so lange bis, sofern es gutging, nur noch der nackte Stamm übrig blieb. Die Stämme wurden alle auf die gleiche Länge zugesägt. Sechs Meter, das mußte reichen, fünfundeinenhalben Meter in den Grund der Fieler Niederung getrieben, die Köpfe ragten in die Luft und würden in ihr verwittern.

Kreuz und quer lagen die Stämme im Wald, man wartete auf das Pferd, das sie zum Stapelplatz schleifen würde.

Es war ein unruhiges Kaltblutpferd, ging unwillig im Geschirr. Atemdampf hüllte seinen Kopf wie Nebel ein. Ketten wurden um die Stämme gelegt, verhakt und ins Geschirr des Pferdes eingeklinkt. Mit biegsamen Ruten und Hoaho trieb man das Tier zur Leistung. Kein Elefant weit und breit, der die Stämme auf seine Stoßzähne nehmen könnte.

Der Vorarbeiter blickte bekümmert unter seiner Schirmmütze in den feuchten, bunten Oktoberwald: Wenn das man gutgeht.

Die Schleifspuren zogen sich durch weite Teile des Forstes, wurden nach Regenfällen zu kleinen Bächen. Einmal sprang eine Kette. Niemand wurde verletzt. Einmal brach der Stiel einer Axt. Speck und Kartoffelschnaps. Die Feuer gingen nie aus. Einmal erschlug ein fallender Baum einen Hasen. Man zog ihm das

Fell ab. Als die Hälfte der Stämme bereit lag, war die erste Oktoberwoche vorüber, und es sah wüst aus im Riesewohlder Forst. Wem gehörte der Wald? – Die Arbeiter stellten keine Fragen. Claus Niebuhr, der Landschreiber zahlte. Und die Bauern aus Odderade kamen mit ihren Fuhrwerken.

Wieder fehlten die Elefanten, um die Stämme auf die Wagen zu heben. Doch die Bauern fanden andere Lösungen, sie bauten schiefe Ebenen und hebelten die Stämme mit eigener Kraft auf die Fuhrwerke. Und dann begann der Treck, vom Hügelland und den Endmoränen hinunter in die Niederung. Niebuhr empfing sie, breitbeinig auf dem besagten Punkt stehend, den Spiegeloktanten vors Auge gekniffen. Noch einmal maß er die Ausdehnung seines Landes, von Ost nach West, von Nord nach Süd, und alles war gut. Du hast Glück. (Er hatte den nassen, schon halb aufgelösten Pullover Paulines gefunden, der ihnen einst als Hoffnungsfahne gedient hatte. Er lag in den Binsen, ohne Kraft, ohne Weisheit, nur ein Stück nach Moor riechender Stoff. Warum, fragte er sich, warum ist alles so anders gekommen, warum zerfaserte der Sommer, wo am Anfang doch alles so klar war? Ich und Pauline Yolland. Kein unkluges Paar, eine Ergänzung auf Lebenszeit, wie der Korken auf der Weinflasche, Flaschenpost und ab, ein gleichmäßiges Treiben immer an diesem jahrtausendalten Bindfaden hängend,

durch alle Meere, Zeit und Seetang. Warum kam alles anders? Er verstand es überhaupt nicht, ganz und gar nicht. Er hielt den blauen, ausgebluteten Stoffetzen in der Hand und hustete.)
Tisch und Stuhl standen immer noch im wilden gelben Gras, zwischen Schafsgarbe und Schierling. Die Tischplatte war etwas aufgequollen, aber der Stuhl in Ordnung. Er setzte sich. Die Bauern kamen mit dem Holz.
„Moin, moin, Herr Niebuhr!" Er war eingeschlafen. Ladet ab, ladet ab.

24

Am Ende seines Grundstücks saß Krüger, Besitzer der Smyrna-Bar und aller dazu gehörenden Ländereien. – Er las, und sein Haus warf einen viel zu langen Schatten. Das Buch handelte von der ersten Überquerung der Nordsee mit einem Schilfboot. Aber er war nicht bei der Sache, sah doch immer wieder jene rote Frau am Nebentisch, so wie er vor Wochen stundenlang über die Lettern seiner Zeitung gestarrt und sie im Augenwinkel gehabt hatte. Er war, wie an den meisten Tagen, der einzige Gast in seiner Bar. Und immer, immer der einzige, der im Garten saß und über die Leben anderer nachdachte. Krüger. Als junger Mann hatte er sich so ein Leben erträumt. Jetzt wünschte er sich etwas mehr Wildheit, Bewegung.

Die Bar war seit dem Abend, an dem Zeyla so unerwartet und plötzlich die Kutsche bestiegen hatte, geschlossen. Krüger hatte diesen abschiedslosen Aufbruch nicht verstanden, ganz und gar nicht. Aber er hatte auch nicht weiter darüber nachgedacht. Überhaupt ging er Fragen am liebsten aus dem Weg. Wenn man sich die Mühe machte, über *sein* Leben nachzudenken, könnte man folgende Geschichte erzählen. Einen Kaffee bitte und ein Gläschen Weinbrand dazu, danke, also mein Freund, wenn Sie die Geduld haben und die Zeitung vom Tisch nehmen möchten, dann kann ich anfangen. – Das hier, der Aschenbecher, ist sein Geburtshaus. Es war ein stattliches Haus, unten die großen Fenster mit den Auslagen maßgeschneiderter Mäntel und Anzüge. Im ersten Stock die großbürgerliche Wohnung mit den schweren weinroten Veloursvorhängen und den Kordeln, darüber die Zimmer der Kinder, unterm schrägen Dach die Dienstmagdkammer, die reine Magd, Elisabeth hieß sie all die Jahre, auch wenn sich ihr Gesicht änderte. – Das hier, die danebengefallene halbangerauchte Zigarette ist Krüger als junger Mann, er hat sich rausfallen lassen. Gründe dafür gibt es keine. Er geht auf die Streife. Ein ungeduldiger Flaneur in den Straßen diverser Großstädte. Zum Beispiel, ich tauche meinen Finger in den Kaffee und lege eine schmierige Fährte über die Marmorplatte dieses Tisches, können Sie folgen, hier: das Hotel Hadi (nur als Beispiel), da steht er auf den Stufen, helles Jackett Marke Indian Empire über schilfgrüner Hose, und entfaltet eine Landkarte. Alle erforschten Punkte der Weltstadt findet er dort und die Verbindungsbahnen zwischen ihnen. Er lebt im Zeitalter der Entdeckungen. Andere Flaneure finden den Mut, plötzlich abrupt mit allem zu brechen, sich zu verabschieden und die Quellen des Nils zu ergründen. Er bleibt. Er geht durch die Straßen. Nichts als Augenfutter. Ein Frauenjäger. – Das mag reichen über sein Leben, so spielte es sich ab zwanzig oder dreißig Jahre, Kriege und Weltuntergänge berührten ihn nicht, die blieben in der wirklichen Welt. Flaneure gehen auch noch über Trümmer, über Leichen sowieso. – Und dann fiel ihm dieser Klotz vor die Füße. Sehen Sie, diese häßliche Kaffeekanne, ursprünglich war es die Dorfmeierei gewesen. Er kaufte sie im Grunde ziemlich gedankenlos, vielleicht auch, weil er sich eine Heimat für die Augen schaffen wollte und ein Lager für den Gedankenabfall brauchte, der sich im Lauf der Jahre angesammelt hatte. Er ließ die Meierei umbauen, das heißt, er benötigte nur die äußere Hülle, riß alles andere heraus, Käse und Butter wollte er nicht herstellen. Zufälligerweise, weil er in der Kreisstadt Zeyla getroffen hatte, eröffnete er eine Bar, die er Smyrna nannte. Smyrna, das konnte er sich auf der Zunge zergehen lassen. Dort gewesen war er

nie. Er war kein Reisender, er spazierte nur durch die Weltstädte seines Landes. Zu Fuß, immer zu Fuß. Nie konnte er stehen bleiben, Atem schöpfen.
Zur Eröffnung der Bar erwartete er alle Welt, es kamen aber nur der Bürgermeister und Thea. Sie probierten alle Getränke, zum Schluß ließ Krüger Weihrauch und Myrrhe verspritzen und moslemische Musik spielen. (Das Grammophon ist erfunden, das Grammophon.) Die beiden Ehrengäste überlebten diesen Abend, sprachen aber nie davon. (Thea, die Dorfälteste, Haare auf den Zähnen, die sie immer noch ihre eigenen nennen konnte, nahm diesen Abend mit in ihr Grab.)
In den ersten Wochen kam manchmal ein einzelner Gast. Bauern aus der entfernteren Umgebung, mit hochroten Köpfen, die unzufrieden mit ihrem eigenen Fruchtwechsel waren. Nach einem halben Jahr blieben auch die aus.
Krüger langweilte sich, er wohnte nun in der ehemaligen Wohnung des ehemaligen Meieristen. Manchmal blieb Zeyla ein paar Tage da, bewohnte ihn auch außerhalb ihrer Dienststunden. Aber es geschah nichts, aus lauter Langeweile ließ Krüger das ganze Anwesen blau anstreichen. Jetzt hieß es überall: Das blaue Haus. – Krüger las. Das Schilf hatte man im Süderholmer Moor schneiden müssen, da der Fieler See doch nach und nach verlandet war. Umherziehende Bootsleute kannten sich

noch aus in der Tradition des Schilfbootbaues. Der Verfasser heuerte sie an. Krüger las und war nicht bei der Sache: Wenn nun dieses rote Mädchen wiederkäme? Aber es würde sein wie immer. Das Warten lohnte nicht, weil es als Ziel immer nur ein neuerliches Warten hatte. Krüger würde am Ende seines Grundstücks sitzen, sofern es nicht regnete und kein Winter war, manchmal würde er aufstehen und als einziger Gast seine Bar betreten (nun bediente niemand mehr), manchmal in eine seiner Städte fahren und dort tagelang umhergehen, gehen gehen, aber er würde bleiben, was er geworden ist: Eigenbrötler in Fernewinkel. Besitzer eines blauen Hauses. Eine aus dem Aschenbecher gefallene, erst halb angerauchte Zigarette.

25

Pauline tat noch einen tiefen Zug, dann warf sie den Stumpen fort und betrat das Zelt. Zirkus in Travemünde. Ein Völkerzirkus. Sie kam gerade noch rechtzeitig, schon hob der Dirigent den Taktstock, und eine Musik, halb Operette, halb Savannenmusik, brach über ihr zusammen. Benommen setzte sie sich, wo sie in dem gelben Dämmer des Zeltes einen freien Platz zu spüren glaubte. Der schwere weinrote Vorhang unterhalb des Orchesters wurde auseinandergeschlagen und kaum daß sie saß, ging es auch schon los, wie ein heftiger Monsunregen strömte Asien herein. Instinktiv klammerte sie sich an die Bank, blickte nach rechts und links. Keine Hilfe, nur gleichmütige Männergesichter, an jeden Kitzel gewöhnt. Asien strömte.

Zwei, drei Wasserbüffel waren die Vorhut, mit frisch bemalten Hörnern und Fahnen aus Papier an den Schwänzen. Dahinter kamen die Tänzer, das indische Volk. Sie bewegten ihre Glieder, als wären sie in Trance. Dabei feierten sie nur ihren Sonnengott, dankten ihm für die Ernte, die jetzt, da der Monsunregen nachläßt, beginnen kann. – Die Wasserbüffel sind sehr zahm, sie stehen ruhig in der Mitte der Manege und warten ab. Ein Trommelwirbel und noch einer, dann ist es wie ein lang anhaltender Donner, und die Tänzer, in ihre weißen und orangeroten Tücher gehüllt, halten plötzlich brennende Fackeln in ihren Händen und werfen alles Licht, alles Licht auf Shiva, den Gott, der jetzt, schwer an seinen vier Armen tragend, zwischen den Vorhangfalten erscheint. Sein Auftritt. Shiva. Gemahl der fischäugigen Göttin Meenakshi. Herr des kosmischen Tanzes.

Jetzt hält Pauline den Atem an, und ein großes Erstaunen legt sich über die fünfhundert Zuschauer, die sich in diesem Augenblick halsweit über ihren kleinlichen mausgrauen Alltag erheben dürfen. Shiva tanzt. Und die Mechanik des Wunders klappt.

Der Tanz ist reine Seligkeit. Das, was dahinter liegt, die perfekte Ordnung des Kosmos, die

vierundzwanzig Flammen, der gebändigte Zwang, das sehen die Zirkusbesucher nicht, denn schon senkt Shiva seine Hände und verkündet, daß er seine Schöpfung verbrennen wird. Die Wasserbüffel drehen noch eine Runde im Sägemehl, und der Indische Kontinent verschwindet wieder hinter dem weinroten Vorhang.
Pause. – Verhaltenes Räuspern. Kräftigeres Schneuzen in die karierten Tücher. Man wartet, laut Programm, auf Arabien.
Eine orientalische Hochzeit soll gezeigt werden, aber man muß sich in Geduld üben, die Braut sucht noch ihre Mitgift. – Das Wichtigste ist das Silber; darin zeigt sich die Reinheit der Braut, und der Schmuck bewahrt sie gegen die feindlichen Mächte. Also muß auch sie tanzen, sich ihre Aussteuer selbst zusammentanzen, Mitgift gibt es nicht, und der weinrote Vorhang öffnet sich nur ein ganz klein wenig, es wandern ihre Hände heraus, spielen mit dem Vorhang, der sich bald wie eine Schärpe um ihre Hüften windet. Sie ist eine Solistin. Ihre ursprüngliche Heimat ist die Steinwüste der algerischen Sahara, aber man findet sie heutzutage über den ganzen Nahen Osten verbreitet. „Begleiten wir diese Braut!“ ruft der Völkerzirkusdirektor, „sie verläßt jetzt ihr Elternhaus und nimmt den Weg zu einer Oase. Dort tut sie sich mit den Männern der Nomadenstämme zusammen. Sehen Sie!“ ruft der Völkerzirkusdirektor.

Doch man sieht nur wenig, ein müdes, krankes Kamel sieht man und ein Lager mit fremdländischer Handelsware, die Männer muß man sich dazudenken. Sie ist Solistin. Es ist ihr Auftritt. Und ihr Münzgürtel füllt sich, und das Silber um ihren Hals wird schwerer und schwerer, sie bedient sich, und die Zuschauer begleiten sie von Oase zu Oase und haben sich vorzustellen, daß nach Jahren der Tag erreicht ist, an dem sie ihre Aussteuer beieinander hat und in die Ehe eintritt, die das Ende ihrer Auftritte und Freiheit bedeutet.
Verhaltener Beifall. Viel Unverständnis. Die Orientalische Braut senkt die Augenlider. In der dann folgenden Pause wird billiger Schmuck verkauft und Fladenbrot mit Kebab angeboten.
Als man die Augen wieder hob und sie auf die Manege richtete, stand dort unten in der Mitte der Marterpfahl. „Von Feuerland bis zu den nordamerikanischen großen Seen", so verkündete der Völkerzirkusdirektor, der in eine Art Dschellabah gehüllt durch die Sägespäne schritt, „liegt die rote Rasse im Sterben. Der kranke Riese ausgestreckt, niedergestreckt, niedergeworfen von einem unerbittlichen Schicksal, das kein Erbarmen kennt. Er hat sich mit allen Kräften dagegen gewehrt, doch vergeblich. Er hat nur noch wenige Atemzüge zu tun, und die Zuckungen, die von Zeit zu Zeit seinen nackten Körper bewegen, verkünden die Nähe

des Todes. Sehen Sie selbst, meine Damen und Herren, hören Sie!“

Die Damen und Herren hören eine dumpfe Trommel, wahrscheinlich fellbespannt, und über das Trommeln hinweg sehen sie Rauchschwaden ziehen, und sie reiben sich die Augen, denn der Qualm ist beißend. Aber aus dem roten Vorhang springt eine Horde vom Stamm der Tscherokesen und entschädigt für alles. Sie schwingen ihre Tanzfedern und wirbeln die geschnitzten Holzkeulen durch die Luft, ziehen die Skalpiermesser aus der Scheide und lassen prüfend einen Pfeil über ihre Zunge gleiten. Auf ihren geölten, nackten Rücken hüpfen die Köcher. Uralte, steinerne Tomahawks strecken sie dem Publikum zur eingehenden Untersuchung entgegen. Ansonsten stampfen sie den Boden der Manege, daß die Schellen an den Fußgelenken klingen, und stoßen gutturale Laute aus. In dieser Weise nähern sie sich langsam dem Marterpfahl in der Mitte. Es ist ein farbenprächtiges Schauspiel. Und auf der Spitze des Marterpfahls ruht das Totem, hockt da in Gestalt eines Hasen.

Die Tscherokesen öffnen ihre Münder und klappen die flachen Hände auf und zu. Wie der Deckel auf dem kochenden Topf. Endzeitstimmung, noch einmal zeigen sie ihre perlenbestickten Jagdtaschen, noch einmal, aber Traurigkeit macht sich breit. Nichts als Traurigkeit. Was soll man sagen. Nichts. Tränende Herzen,

die Damen und Herren und Kinder, die für all das Eintritt bezahlt haben, sind still. –
Als sich die rote Rasse, in Form dieser fünf gutgenährten und ziemlich gelangweilt dreinblickenden Tscherokesen, langsam zum Tode verneigte, verstummte die Trommel, und man schüttete Feuerwasser in die spärlichen Flammen. Alles brannte lichterloh – der Marterpfahl versank – und warf seine Schatten auf das erstarrte Publikum. Es roch nach Spiritus und versengeltem Fell.
Die Pause war nur kurz, ein Bierverkäufer ging herum, und ein anderer Mensch verkaufte Honigwasser.
Die Wunder der Welt sind gewaltig. Die Zeltbahnen in Travemünde hoben sich unter der aufsteigenden Hitze, und es wurde noch heißer: Von den Rändern her näherten sich einige Menschen, sie kamen nicht durch den weinroten Vorhang, sie krochen einfach zwischen den Reihen der Zuschauer hervor und trafen sich in der Manegenmitte an der schwelenden Glut. Ihre Haut war schwarz. Sie kamen aus Africa. Sie beteten aber dennoch zu Mohammed. Um sich herum hatten sie Kisten, Säcke, bunte Lumpenbündel gestapelt. Sie schwitzten. Sie hockten sich in den Staub. Die Männer waren in lange, hellbraune Kaftane gehüllt, auf dem Kopf trugen sie die Kofia, das kleine runde Käppchen. Die Frauen unverschleiert in ihrem schwarzen Bui-Bui, das ihnen vom Kopf bis auf

die Fersen fiel, darunter leuchteten Stoffe in Rot und Gold und Blau. Die Kinder, fast nackt, fingen leise an zu singen. „Tandika kitanga tule kunazi." Zerpflück die Matte, und laßt uns essen die Früchte des Jujubebaumes. Himmel und Sterne.
Pauline konnte sich nicht bewegen, starr wie eine Säule, als wenn ein anderer das schon einmal für sie, an ihrer Stelle gesehen hätte. Langsam erhob sich der Älteste aus der Gruppe und hob die Hand und winkte den fünfhundert Seelen im Publikum zu. Die Innenseite der Hand war hell. Er winkte und bewegte murmelnd die Lippen, sonst geschah nichts – und als immer noch nichts geschah, wurde das Publikum allmählich unruhig; verunsichert war es und wußte nicht, was diese schwarzen Menschen, die da hockten als tausend Jahre altes Bild, von ihnen wollten; die Damen und Herren reagierten mit Angst (nur die Kinder staunten und waren still) und pfiffen und grölten und waren sehr erleichtert, als zuletzt, aber nicht zu spät, eine europäisch gekleidete Frau kam und ein Liebeslied in französischer Sprache sang.
Sie hielt das glitzernde Mikrophon hocherhoben in der Hand, als wäre es der Blumenstengel mit der Blüte ihres Lebens darauf. Sie trug ein enganliegendes schwarzes Kleid, ihre Haare waren blond und zu einer gewaltigen Frisur nach hinten getürmt, die Augen hielt sie fest geschlossen. Klug war sie und sinnlich, und ihre

Hingabe war nur gespielt, und sie war eine Frau aus *Hambourg*, so daß jeder sie für eine Pariserin halten konnte.
Und das Zirkuszelt tobte und schrie Zugabe. Sie war eine von ihnen, sie traf das Gemüt dieser Menschen, die da standen und applaudierten in Hagenbecks Völkerschau. – Pauline war traurig. Sie fand auf dem Grund ihrer Handtasche ein paar trockene Erdnüsse, die kaute sie und schloß die Augen. Sie wünschte sich die Flügel herbei, die ihr Bruder für sie gebaut hatte. Sie preßte die Lider ganz fest aufeinander, bis es ihr weh tat. Dann biß sie sich mit aller Macht auf die Unterlippe. Manchmal muß ich mir weh tun. Als das Blut in winzigen Tropfen von ihrer Lippe zu lecken begann, öffnete sie die Augen, und siehe da, das ganze Zirkuszelt war leer. Nur ein mattes, gelbliches Licht hielt sich noch unter dem bauschigen Zelttuch. Es roch nach Wüste, Schweiß und Sägespänen. Pauline wischte sich mit dem Handrücken über den Mund und probierte ein Lachen. Am nächsten Tag verließ sie Travemünde und die Tütenkleberei und kehrte auf Umwegen zurück in Niebuhrs Land. Die Augen der Suahelis nahm sie mit.

26

Ein Zelt hatte sich Niebuhr aufstellen lassen. Genau neben jenen Punkt, neben den Stapel der zurechtgesägten Eichenstämme, der täglich höher wurde. Blau war das Zelt und hatte die Form einer spitzen Pyramide mit einer kreisrunden Öffnung am höchsten Punkt, durch die er den kommenden Rauch abziehen lassen wollte. Den Boden hatte er mit Teppichen drei- und vierfach ausgelegt. Der Krummdolch zur Abwehr der wilden Tiere und ungebetenen Gäste hing gleich neben dem Eingang.

Schlag die Zeltbahn zurück, tritt ein, tritt aus, mit gebeugtem Rücken und gesenkten Augen. Die Dämmerung kommt schnell. Merklich kurz die Tage jetzt. Ein herbstliches Frösteln, gelb ist das Gras geworden, der Sauerampfer stirbt. Niebuhr ist allein. Weit und breit. Noch steht er im Freien, ein kaum zu begreifendes Glücksgefühl liegt und wabert in seinem Bauch. Er schnalzt mit der Zunge. Zieht die Kapuze über den Hinterkopf. Er dreht sich um. Niemand da. Er horcht. Die Esel schreien in den fernen Dörfern. Kein Vogellaut mehr. Die Störche haben den Nil erreicht. Ihre Reise ist durch und durch erforscht. Man weiß mehr über die Störche und ihr Verhalten als über die Seelen der Menschen, die rechts und links vom Nil leben. Niebuhr atmet noch einmal die feuchte Leere ein, dann kriecht er in sein Zelt.

Ein Rest der Tageswärme hat sich hier noch gehalten. Der Forscher hockt sich auf den Teppichhaufen, der Vorhang fällt. Sofort ist die Welt um vieles kleiner, winzig ist sie. Er stützt sich

auf seinen Ellenbogen. Die deutsche Literatur ist ihm fremd geblieben. Goethe, Wilhelm Meister, die betrunkene Luft der Campagna. Wenn er liest, liest er wissenschaftliche Abhandlungen, Reiseberichte. Landkarten. Er zündet sich ein Zigarillo an, dann zwei Kerzen. Schatten huschen über das Zelttuch, dort oben hängen Fledermäuse, Dutzende. – Niebuhr nimmt seine kleine Maultrommel zur Hand.
In der Höhle seines Mundes klingt es wie Eingeborenenmusik, die Drahtspangen zittern und vibrieren, daß es eine Lust ist. Claus Niebuhr gerät in Trance, im Inneren seines Kopfes spielen die Lieder, im Inneren seines Zeltes liegt der Körper in Tücher gewickelt, im Inneren der Atmosphäre steht ein Zelt, wie an diesem Ort der Welt noch keines stand. Doch das geht niemanden was an.
Erinnern wir uns: Die GRÖNLAND erreicht den Hafen von Smyrna. Keiner der geschäftig an der Kaimauer auf und ab laufenden Türken weiß, welche Passagiere dieses Schiff trägt. Taue werden herübergeworfen und von türkischen Händen aufgefangen und um die hölzernen Poller geschlungen. Dann kommt das Schiff zur Ruhe. Die Mannschaft versammelt sich auf dem Vorderdeck. Der Commandeur betritt als erster das feste Land. Ihm folgen die Forschungsreisenden, alle, mit Ausnahme von Niebuhr, der krank in seiner Kajüte liegt. Ihn hatte ein so heftiger Blutgang überfallen, daß er alle Hoff-

nung verlor, die Reise fortzusetzen, geschweige denn Arabien zu sehen. Von Smyrna sah er so gut wie nichts, er hatte kaum genügend Kräfte, sich an dem Bullauge seiner Kammer aufzurichten und einen Blick von ferne auf die berühmte Handelsstadt zu werfen. Drei Tage lag das Schiff im Hafen, *„und ich litt unter der großen Hitze und meinem Alleinsein, denn all meine Reisegefährten waren an Land geblieben und ließen es sich im Hause des dänischen Gesandten wohl sein. Am vierten Tag segelten wir weiter und kamen bis zu der Insel Tenedos. Hier erhielten wir Befehl, die Grönland zu verlassen und uns umzuschiffen auf ein kleines, offenes, türkisches Boot. So mußten wir Abschied nehmen von dem Herrn Commandeur und den übrigen Officiers, in deren Gesellschaft wir bei Sturm und conträren Winden zwar manche harte, übrigens aber auch manche vergnügte Stunde gehabt hatten, um zu versuchen, wie man mit Mohammedanern reiset. Doch ihre Sprache, Kleidung und ihr ganzes Benehmen waren uns so fremd, daß wir nicht große Hoffnung hatten, in den Morgenländern viel Vergnügen zu finden. Der Wind war uns auf der Reise von Tenedos bis Constantinopel auch gar nicht günstig, aber immerhin war meine Gesundheit wieder so weit hergestellt, daß wir im September daran denken konnten, die Reise fortzusetzen und Kurs auf Egypten zu nehmen. Wir hätten zwar noch in Alexandrien in europäischer Kleidung gehen können, weil die*

Einwohner daselbst gewohnt sind, Franken zu sehen. Aber zu Káhira und in Arabien würde unsere aus so vielen kleinen Stückchen zusammengesetzte Kleidung, die so sehr von der simplen morgenländischen Tracht verschieden ist, uns nicht nur vielen unangenehmen Fragen, sondern bei dem Pöbel auch der Verspottung ausgesetzt haben, und für uns selbst würde sie sehr unbequem sein, da wir nunmehr lernen mußten, der Stühle und vieler anderer Bequemlichkeiten zu entbehren. Wir ließen uns also schon in Constantinopel die lange morgenländische Kleidung verfertigen und kauften auch Küchengerät und Lebensmittel zu unserer bevorstehenden Reise."
Schon lange hat Niebuhr die Maultrommel aus dem Mund genommen und das große Kontorbuch aufgeschlagen, das er immer in der ledernen Umhängetasche bei sich trägt. Und so schreibt Niebuhr hinein in die noch weißen Seiten, der Weg zum Tintenfaß ist umständlich und weit, die hockende Haltung auf den Teppichen unbequem für einen schreibenden Europäer, aber ihm ist es egal, er führt Buch und hofft, daß er nichts vergißt, denn erinnern wir uns: Von Smyrna hat er so gut wie nichts gesehen.
Aber die dithmarscher Nachtluft liegt schwer und barmherzig über dem Zelt dieses seltsamen Forschers, der sich sein Leben lang in Genauigkeit und Ordnungsliebe verliert. Tritt ein, tritt aus, „*am 25. September des Mittags fand ich nach einer genommenen Polhöhe, daß wir noch*

ziemlich weit von der egyptischen Küste entfernt waren. Aber unser Schiffer glaubte schon nahe zu sein, und nahm deswegen in der folgenden Nacht alle Segel ein. Indessen sahen wir nicht eher Land als am 26ten des Mittags. Wir waren zu weit östlich gekommen, und der Wind drehte sich immer nach Westen. Es geschah daher nicht ohne viele Mühe, daß wir noch diesen Abend den Hafen von Alexandrien erreichten. Bei dieser Stadt sind zwei Hafen, wovon der sogenannte alte der größte, tiefste und sicherste ist, und in diesem warf unser Schiffer seinen Anker. Die Schiffe der Europäer müssen alle in dem östlichen Hafen, welcher sehr schlecht ist, ankern. Wir blieben noch bis den folgenden Tag an Bord. Die meisten der übrigen Reisenden gingen sogleich an Land, und die Sclavinnen wurden des Nachts in der größten Stille abgeholt. Unter den vielen Leuten auf unsrem Schiffe waren auf dieser kurzen Reise sechs bis acht Personen, und unter diesen auch ein Steuermann, der uns in den ersten Tagen fleißig besuchte, plötzlich gestorben. – Die Stadt Alexandrien, oder wie die Araber und Türken sagen: Scanderie, aber liegt auf einer Erdzunge, und ihr Grund ist so niedrig, daß man glauben sollte, der größte Teil davon wäre in den älteren Zeiten mit Wasser bedeckt gewesen.“

Der Himmel über den Zelten Dithmarschens aber ist unermeßlich hoch und seinen Bewohnern eine ewige Herausforderung. Eine Fledermaus entfaltete im freien Fall ihre Flügel und verließ das Zelt des Arabienforschers. Am frühen Morgen hatte sie Odderade erreicht.

27 Mehr als einen Monat war das Päckchen unterwegs gewesen, war vergessen worden, hatte auf winzigen Poststellen im Winkel gelegen, war zwischen Würzburg und Ansbach beschädigt worden, mußte neu gepackt und verschnürt werden, fand erst spät das richtige Zustellpostamt, rutschte dem Briefboten aus seiner viel zu vollen Tasche, paßte dann zu guter Letzt nicht in den Briefkasten von Kerstine S. – Auf das Läuten der Glocke öffnete sie nicht, da sie betäubt auf ihrem Bett lag und ganz andere Dinge hörte.
Das Auf und Ab der Brandung, dazwischen kleine spitze Schreie. Wie wird man, was man ist? Jemand wickelt ein Tau auf. Tausend Jahre lang. Im Frühjahr 1498 landet Vasco da Gama im heutigen Malindi. Dort steht noch immer sein Entdeckerkreuz abseits der arabischen Häuser auf einer Erdzunge am Strand. Verwittert ist der Stein, und niemand liest mehr die Inschrift. Dieses Kreuz, sieben Meter hoch, ist heute nichts anderes als der Treffpunkt der schwarzen Prostituierten aus dem Hinterland und ihren weißen Freiern aus den Hotelburgen. So trifft sich hier eine Hiesige aus Marafa mit einem Urlauber aus dem Land Hadeln, zum

Beispiel, und ohne weitere Folgen. – Die Luft ist sehr schwarz und sehr heiß, nur schwach die nächtliche Brandung, wo alle Monsunwinde schlafen. Er kann ihre Umrisse nur schwer ausmachen: ein Bündel am Sockel des Kreuzes, den Kopf zwischen den Knien vergraben.
Als Vasco, der Entdecker, diese Küste erreichte, hatte er schon die halbe Welt umrundet, selbst das wahnsinnige Kap der Guten Hoffnung, und alles, ohne eine wirkliche Land- oder Seekarte im Kopf zu haben. Er erreichte Mosambik, Mombassa, schließlich Malindi; nirgendwo wurde er freundlich begrüßt.
Sie streckte ihm die Hand entgegen: Jambo, Rafiki. Hello, my friend. War so schwarz die Luft, lag viel zu schwer auf seinen weißen, rotgebrannten Schultern, das Hemd klebte fest wie eine zweite Haut. War erst seit drei Tagen im Land, ohne Zeit, sich ihm zu nähern, einfach so auf ein Katapult gespannt und dann da und Hotel Whispering Palms und Wasser so salzig und warm; er fühlte die Ringe an ihren Fingern, glänzender billiger Tand. Hello, how are you? Fine, so fine, oh fine. – Wohin sollen sie gehen unter diesem Himmel? Die Portugiesen waren ein halbes Jahr auf See gewesen und nicht vom Tellerrand gekippt, nicht gefallen ins Nichts des Weltraums. Und Vasco da Gama, mit dem Kreuz vor der Brust, entdeckte den Seeweg nach Indien. Nach ihm kamen andere Zerstörer. Mombasa brannte. Malindi, das einstmals blühende,

verkommt zu einem Bordell, aber gepflegt, so gepflegt, drei Mahlzeiten am Tag, riesige Buffets mit Früchten, Hühnchen und Schalentieren.

Sie drehte sich auf den Rücken, strampelte mit den Beinen wie ein Käfer. Eine spitze Muschel war da im Sand; jetzt immer weiter unbeirrt in östliche Richtung, und man segelte haarscharf an Indien vorbei, krabbelte erst wieder in Sumatra an Land, das man dann Indonesien nennt. Sie dreht sich auf den Bauch. Träumt schlecht. All diese Betäubungsversuche. Das Auf und Ab der Brandung, es bringt mich ganz durcheinander, jetzt nur noch südwärts, bitte, in antarktische Gewässer, oh ja, Herr Urlauber, Herr Forschungsreisender, nur zu, hier wird man, was man ist. Hier in dieser Zelle, weit unterhalb des Schlafes, nur hier auf dem schmalen Sofa, das ihre einzige Lagerstatt ist, kann sie noch tiefer sinken. Tiefer, tiefer Süden. In den schwachen Strahlen des Südsommers leckt das Eis, ein steter Tropfen. Gletscher kalben, Eisfelder bekommen Risse, als wenn die Erde aus sich selber tritt. Kerstine S. umarmt einen Königspinguin. Seine Federn fühlen sich nicht wie Federn an. Eher ein talgiger Wanst. Die Fettdrüsen leisten ihre Arbeit. Er hebt den Kopf, sein Schnabel zischt an ihrem Ohr vorbei. Sie hört es klingeln, der Briefbote ist auf dem Rückweg noch einmal vorbeigekommen. Er will die Verantwortung nicht länger tragen. Aber es

dauert lange, bis Kerstine aufgetaucht ist, fünfhundert Meter durch Wasser wie eisige Luft. Als sie die Treppe hinunterwankt, benommen und verschwitzt, findet sie vor der Haustür das Päckchen, abgelegt wie ein verschnürtes Ei vom Urvogel. – Sie zögert. Setzt sich auf ihre Hacken. Diese endlose Müdigkeit.
Erst als die Müdigkeit ein Ende findet, schnürt sie das Ei auf. Da drinnen findet sie den Teekasten von Claus Niebuhr, ohne Gruß und Wort, aber mit Liebe geschenkt, mit Liebe, die sie fünf Minuten ziehen läßt, ehe sie mit diesem unbegreiflichen Relikt unterm Arm wieder die Treppe emporsteigt. Glücklich macht es sie nicht. –

28

Pauline Yollands Umwege hielten sich im Rahmen des Möglichen. Sie hatte wenig Einfluß darauf. Es lag eher an den Zielen der Leute, die sie ein Stück auf ihrem Weg mitnahmen. So kam sie nach Glückstadt hochoben auf einem Strohfuder. Der letzte, sehr verspätete Roggen wurde eingebracht. Sie stieg an der Jakobuskirche aus. Von hier waren es nur noch ein paar Schritte zur Werft, kreischende Niethämmer fuhren auf die rostroten Planken nieder. Ein Schiff wurde umgerüstet, Masten gekürzt, eine Dampfmaschine eingebaut. Außenbords hingen die Jungs, standen auf Balken, die an dicken Tauen hingen, und tauchten

den Rumpf in ein leuchtendes Schwarz. – Entlang der Linie der Bullaugen lief ein grün-weißer Streifen. Einem der Schiffsjungen, wohl der Künstler, oblag es, den Namen des Schiffes zu pinseln.
GROENL buchstabierte Pauline und glaubte sich an etwas zu erinnern. Sie steht und schaut. Die Jungs werden auf sie aufmerksam, winken mit ihren Pinseln, daß die schwarze Farbe bis auf die Kaimauer spritzt. Dort steht Pauline und wartet auf den nächsten Buchstaben. Aber der Künstler läßt sich Zeit. Und die Sonne blendet. Und winzige Schweißtropfen wachsen auf Paulines Stirn, einer nach dem anderen. Lauter kleine Prismen, in denen sich das Licht bricht. Mit Zärtlichkeit blicken die Schiffsjungen hinab auf den Kai. Und mit Hingabe malt jetzt der Künstler den nächsten Buchstaben. Ein A. – Etwas kitzelt Paulines Rücken. Sie versucht, mit der Hand unter ihren Pullover zu fahren, um den borstigen Roggenstrohhalm zu entfernen. Aber da lachen die Schiffsjungen laut auf und grölen in einer fremden Sprache, und von der Jakobuskirche nähert sich ein Trupp Matrosen und schwenkt seine Mützen mit den langen Bändern und der goldenen Aufschrift ‚Zerstörer Baldeney'. Das Maritime nimmt überhand in Glückstadt. Pauline wischt sich die funkelnden Schweißtropfen von der Stirn. Ein rotes Band hält ihre Haare zurück. Was half das. Glückstadt, Glückstadt. Ein kleiner Umweg nur.

Sie ging den Nachmittag spazieren. Zu tun gab es nichts, an Gedanken war da der immer wiederkehrende an Niebuhrs breiten Rücken und kurzen Nacken, die Freude eine kleine und heimliche. – Als sie gegen Abend wieder die Kaimauer beschritt, waren auch die beiden letzten Buchstaben gemalt. ND las sie, von der Elbe her tutete ein Schiff, das Einfahrt verlangte. Rio Elba. Die Matrosen vom Zerstörer hatten sich verlaufen. Außer Pauline Yolland flanierte nur noch ein einzelner älterer Herr durch den matten Abendglanz dieser Stadt an Elbe und Stör.

„Haben Sie Claus Niebuhr gekannt, ich meine zu der Zeit, als er sich auf der GRÖNLAND einschiffte, um Arabien und Afrika in Augenschein zu nehmen? Das muß jetzt fast dreißig Jahre her sein."

„Verstehe, zu einer Zeit, in der Sie noch gar nicht lebten."

„Aber ein Leben lag schon bereit für mich."

„Nun gut, wenn Sie es so ausdrücken wollen."

„Aber Sie haben meine Frage noch nicht beantwortet."

„Ich sage: Ja."

„Nur, um mit mir ins Gespräch zu kommen?"

„Sie haben angefangen, Sie."

„Das stimmt, ja, bitte, es war anders gemeint."

„Es gibt nichts zu entschuldigen, Frau Nachbarin."

„Sind wir wirklich Nachbarn?"

„Aber ja, das wissen Sie doch. Dorf an Dorf.“
„Und Niebuhr haben Sie gekannt.“
„Wir waren Schulkameraden.“
„Jetzt lügen Sie.“
„Natürlich.“
„Sind Sie ihm jemals begegnet?“
„Wer kennt ihn nicht; er ist die einzige Größe weit und breit. Sie sind seine Prinzessin, die zukünftige Sultanin, stimmt’s?“
„Natürlich stimmt es.“
„Ich gebe zu, daß ich nicht uninteressiert bin an diesen Vorgängen. Sehen Sie, meine Verehrte, als ich damals in Ihrer Nähe saß, in der umgebauten Meierei, Sie wissen schon, das blaue Haus und all meine Sehnsüchte nach dem Unerreichbaren, da wußte ich: Das ist sie. Ich hatte Sie nie vorher gesehen, aber Ihre Anwesenheit teilte sich der Luft mit, die wir atmeten, doch lassen wir das, Sie halten mich für einen alten Schwärmer. Was tun Sie hier in Glückstadt?“
„Ein kleiner Umweg.“
„Auf dem Weg wohin?“
„Zurück.“
„Ach, Sie waren fort?“
„Unfreiwillig.“
„Man hat Sie entführt?“
„Nennen Sie es, wie Sie wollen, Sie kennen ja die Entführerin.“
„Wer war es?“
„Ihre schwarze Frau es war.“
„Meine schwarze Frau … ?“

In Glückstadt, 26. September. Zwei Flaneure begegnen sich, der pure Zufall will es so, an der Kaianlage auf Höhe eines Schiffes, das gerade umgerüstet und auf den Namen Groenland hören wird. Der eine ist Krüger, Eigenbrötler und Gastwirt aus Fernewinkel, die andere ist Mrs. Yolland aus Dublin/Irland, zur Zeit wohnhaft Nirgendwo/Ausland, gelernte Krankenschwester, Tütenkleberin. Seine Seßhaftigkeit, ihre Wanderschaft. Beide suchen sie ihren Ort, aber das wäre das Ende aller Begierde, also furchtbar, eine Hölle der Langeweile, also laufen sie weiter nebeneinander her durch Glückstadt, jeder mit anderen Gedanken und Zielen beschäftigt. Ihr Ziel ist der Stiernacken von Niebuhr. Sein Ziel ihr schlanker Hals und die weichen Grübchen. Die kleine Stadt an der Elbe schließt ihre Tore.

„Das muß ich erklären“, sagt Krüger etwas später am Abend im Gasthaus Cup of Good Hope, „diese schattenhafte, oder wie Sie sagen, meine schwarze Frau hat sich mir in den Weg gestellt. Ich hatte mich auf ein Leben ohne jede Richtung eingestellt, ich wußte, es gab Millionen von Straßen, und alle wollten zu Ende gegangen sein, so geriet ich auch in die Landvogt-Johannsen-Straße, hinterste Provinz, und hatte sie schon halb zu Ende gebracht, als sich über mir ein Fenster öffnete und eine Frauenstimme herunterschrie: Haltet ihn, haltet den Dieb!

Ich blieb stehen und sah mich um.

Haltet ihn, haltet ihn! Die Straße war leer, gähnend leer. Und über mir die Frau, die schrie und schrie mit brechender, klirrender Stimme. Und sie war die Fremdeste von allen, das sah ich sofort. Die anderen Bewohner der Landvogt-Johannsen-Straße, die rechtmäßigen, blieben in ihren Häusern. So wurde die Ordnung gewahrt. Haltet den Dieb, den Dieb, den! Sie sprach die Worte auf eine ausländische Weise aus. Sie hing dort oben im Fenster, die Ellenbogen auf eine bestickte Decke gelegt und schien ganz ruhig, nur ihre Stimme explodierte. – Ich sah sie an. Sie erwiderte meinen Blick nicht. In eine namenlose Ferne schrie sie ihr ‚Haltet den Dieb!' – Sie muß verrückt sein, dachte ich. Aber sie war es nicht. Nach einer Weile, ich stand immer noch wie erstarrt unter ihrem Fenster, änderte sie ihre Stimmlage und flüsterte mir zu: „Kommen Sie rauf, kommen Sie, aber schnell." – Ich ging, wie hätte ich diesem Rätsel widerstehen können.
Als ich ihren Flur erreicht hatte, stand sie schon in der Türfüllung. Sie sei Tänzerin und aus der Gegend von Smyrna, sagte sie mir, als wäre es das Selbstverständlichste von der Welt, erst dann durfte ich mich setzen. „Meinen Vorfahren floß das Blut der Ghawezi in den Adern, sie sprechen alle Sprachen der Welt und tanzen alle Tänze der Welt. Sie haben eine lange Wanderung hinter sich, aber an jedem Ort, an dem sie rasten, tanzen sie und fangen ein Gespräch an…", sagte

sie und fing vor meinen Augen an zu tanzen. Ja, so war das, und damit setzt Krüger ein vorläufiges ENDE unter seine Geschichte.
Pauline hat ihm mittlerweile ihre Hand auf den Arm gelegt: „Erzählen Sie mir von Niebuhr, bitte."
„Ich kenne ihn nicht", sagt Krüger verärgert, und draußen, über Glückstadts Häusern, wird es langsam dunkel. Tasse zur guten Hoffnung.

29

Niebuhr ist eingeschlafen in seinem Zelt. Die erste Nacht. Frieren wird dieser Mann nicht mehr. Träumen und sich erinnern, die Brandgänse am nächtlichen Himmel zählen. Der Vogelwart von Trischen verläßt seine Insel. In Meldorp vermißt man den Landschreiber, aber sein Fehlen ist entschuldigt. Er hat sich ordnungsgemäß abgemeldet. Was nützt dem Land ein Landschreiber, durch dessen Kopf die Brandgänse fliegen und der in wehendem Kaftan übers Tiefland eilt? – Man wird einen Ersatz finden und darauf achten, daß die Buchführung stimmt. Niebuhr betritt sein achtundsechzigstes Lebensjahr. Was man immer verschwiegen hat: Er hat eine Familie gehabt, die Tochter war die beste und schönste Tänzerin aller Dörfer, der Sohn als Kind schon ein Genie, die Frau fürsorglich, äußerst praktisch veranlagt, aber die Frau ist gestorben, bei einer späteren, viel zu späten Geburt.

Der Sohn wurde ein bedeutender Historiker in Wien, Berlin und Rom.
Die Tochter verliebte sich unheilbar in Triest.
Was man fragen könnte: Warum besucht der Vater die Kinder nicht, warum die Kinder den Vater nicht? – Es sind die Entfernungen, zu weit, zu weit, jeder bleibt in seiner Welt, Niebuhr landet im Moor, da ist Wien, Berlin, der Hafen von Triest unerreichbar. –
„... *auf der Insel Bombay sind viele Kokosbäume und Reisfelder zu betrachten, und auf der Küste wird auch viel Salz gesammelt. Der hiesige Hafen ist groß und vor allen Winden sicher, und deswegen der Nation sehr schätzbar. Die Insel selbst ist von keiner so großen Erheblichkeit. Sie ist an einigen Stellen kaum eine halbe deutsche Meile breit, und überhaupt nur zwei Meilen lang, wenn man nicht eine kleine unbedeutliche Insel mit dazu rechnet, welche die Engländer Old Womens Island (Alt=Weiber Insel) nennen. Der Boden der See zwischen diesen beiden Inseln ist ein Fels, und so hoch, daß man zur Zeit der niedrigsten Ebbe trockenen Fußes von einer zu der anderen gehen kann. Wenn also das Wasser auch auf der Malabarküste, wie im arabischen Meerbusen und vielen andern Gegenden der Welt, abnimmt, so wird man hier einen Beweis davon sehen können, weil alsdann künftig Bombay mit Old Womens Island nur eine Insel ausmachen wird. Die Stadt Bombay liegt auf dem südlichen Teil der Insel unter der Polhöhe 18°.55'.43"*. –

Das Clima zu Bombay ist wegen der kühlenden Seewinde, und weil es hier in den Monaten viel regnet, da die Sonne dem Scheitelpunkt am nächsten ist, sehr gemäßigt. Seitdem man einige Teiche in und um die Stadt ausgetrocknet hat, ist die Luft hier auch nicht mehr so ungesund, als man sie ehmals beschrieben hat. Hier sterben freilich noch viele Engländer ganz unerwartet. Aber meiner Meinung nach vornehmlich durch ihre eigene Schuld. Sie essen viele allzu nahrhafte Fleischspeisen, besonders Rind= und Schweinefleisch, welches die alten Gesetzgeber der Indier aus guten Gründen gänzlich verboten haben: sie trinken heisse portugiesische Weine, und dies in den heissesten Stunden des Tages. Sie tragen hier auch die enge europäische Kleidung, welche für diesen Himmelsstrich gar nicht bequem ist. Denn, weil verschiedene Teile des Körpers dadurch gleichsam zusammengeschnürt werden, so hindert sie den Umlauf des Geblüts, und macht uns die Hitze viel empfindlicher als den Indiern in ihren langen und weiten Kleidern. Wir sind auch gar zu sehr geneigt, uns des Abends zuviel zu entblößen."

Im Schlaf fährt Niebuhr mit der Hand über das jemenitische Gewand. Es ist gut so, wie es ist. Die richtigen Stoffe. Die Erinnerung exact bis auf den letzten Punkt. – Auf den Postkarren wartete er schon lange nicht mehr. Weder in Odderade, wo er immer noch ein unbewohntes Liebesnest bezahlte, noch in Meldorp, wo sich

Staub über den nußbraunen Schreibtisch verteilte, lag Post. Die Kinder schrieben nicht. Die Wissenschaftlerin in Frohmann saß glücklos über den Teekasten gebeugt, Pauline schrieb nur Romane. Im Kopf.

Im Schlaf legt er sich seine Worte noch einmal zurecht, Worte und Sätze, die er schon lange auf Papier festgelegt und vergeblich, vergeblich an seinen Herrn Verleger geschickt hat. – Was will sie wissen, die Nachwelt, was?

„Nachdem wir Baß el Mándeb am 25. August passiert hatten, erreichten wir am 26ten das Weltmeer. Unsere Polhöhe war des Mittags 12°.19'. Gegen Abend erhielten wir guten Wind. Am 27ten sahen wir unter der Polhöhe 12°.32'. weder die africanische noch die arabische Küste. Der Wind war uns sehr günstig und wir steuerten, die Abweichung der Magnetnadel abgerechnet, fast gerade nach Ost. Indessen fanden wir am 28ten des Mittags, daß wir um einige Minuten nördlicher gekommen waren. Wir continuierten denselben Strich, nemlich gerade nach Osten und mit gutem Winde. Anstatt aber daß wir befürchteten, durch den Strom noch weiter nördlich versetzt zu sein, so sahen wir am 29ten des Vormittags die Berge auf der südlichen Küste, und zu Mittag war unsere Polhöhe nur 12°.0'. Des Nachmittags steuerten wir nach O.N.O., und dennoch sah ich des Nachts, nach einer Beobachtung der Leier an der Nordseite, und des Adlers an der Süderseite des Scheitelpunkts, unsere

Polhöhe nur 11°.59'. – Ich nahm auch nachher fast täglich die Polhöhe unseres Schiffes.
Die Gesundheit des Herr Cramer schien von der Zeit an da er auf das Schiff kam, von Tag zu Tag besser zu werden. Herr Baurenfeind aber ward täglich kränker, und war schon am 27ten des Abends so schwach, daß er gar nicht mehr antworten konnte, wenn er nach etwas gefragt ward. Er fiel von dieser Zeit an in einen so tiefen Schlaf, daß er sich kaum erwecken ließ, wenn wir ihm einige Arzneien oder Lebensmittel reichen wollten, und in diesem Schlaf verschied er am 29. August des Vormittags um 11 Uhr. Es würde überflüssig sein, wenn ich etwas zum Lobe des Künstlers sagen wollte, da alle Zeichnungen, die ich hier von ihm versammelt habe, zur Genüge von seiner Geschicklichkeit und von seinem Fleiße zeugen. Ich bedauere gar sehr, daß er nicht so glücklich gewesen ist nach Dänemark zurück zu kommen. – Unser Bedienter, mit Namen Bergren, war gleichfalls sehr krank an Bord gegangen. Er reisete mit uns von Kopenhagen, er hatte eine sehr starke Gesundheit, und achtete die Fatiguen auf einer Reise nach Arabien anfänglich sehr geringe. Er starb den folgenden 30ten August, und beide Leichen wurden in die See geworfen. – So erreichten wir am 11ten September den Hafen von Bombay, und gingen den folgenden Morgen in die Stadt.“

Wolken hatten sich vor den Sonnenaufgang geschoben. Bald lag eine gleichmäßige Gräue über der Niederung. Kühler Westwind. Die Knochen krachten. Das Rückgrat schien zerbrechlich wie Glas. Er brauchte nahezu eine Viertelstunde, um die Horizontale zu verlassen. Dann trat er vors Zelt. Knöpfte die Unterkleider auf, hob den Kaftan, atmete lange und wartete, bis der Strahl kam und das wilde zertretene Gras ringsum näßte. Kein Vogel sang. Nur die aufeinandergeschichteten Baumstämme, die seinem Haus Fundament und Sicherheit geben sollten, starrten ihn an wie dunkle Särge.

30

Pauline erinnert sich: an den starken Geruch jener Frau, dem sie bis ins ziemlich dunkle Innere einer fremden Kutsche folgte, an ihre Stimme, die dunkel war und schmeichelnd, nicht brechend, nicht klirrend. Erinnert sich, und der nachtfeuchte Farn kitzelt ihre nackten Beine, die sensiblen Schönheiten des Körpers, ein unaussprechlicher Moment, und man möchte, daß er sich dehnt bis in alle Ewigkeit. Jetzt kann mir nichts mehr passieren, das Wasser läuft, und selbst in der Nacht singen die Vögel. – Die Kutsche wartet, steht auch in zehn Jahren noch da. Kein Wort fällt. Jetzt hilft kein Wünschen mehr, denn alles ist ohne Wunsch. Selbst das Glück. Und wir haben die Angst überwunden. Pauline liegt in der Kuhle eines mehr als ausgelegenen Doppelbettes im Hotel ‚Glückstädter Hof' und betrachtet die Tapete, auf der sich dschungelartige Szenen abspielen. Da bekämpft ein Tukan einen Schmetterling, über Strickleitern entern Menschenaffen die Kokospalmen. Das Bett aber gibt bei der geringsten Bewegung Geräusche von sich, so werde ich mich nie anschleichen können. Doch es ist nicht mehr weit, nicht mehr weit, das ist mein Trost.

Claus Niebuhr erinnert sich: an den Tag, an dem er von der Reise zurückkehrte. Es war der 20. November, ein Montag. An diesem Tag betrat er Kopenhagen. Er war auf dem Landwege zurückgekehrt, zu Fuß war er durch Polen gewandert. Nahezu sieben Jahre war er fort gewesen. Und als er sich am Königlichen Hof zurückmeldete, stellte sich heraus, daß niemand mehr mit ihm gerechnet hatte. Das Schweigen war peinlich. Seine Gönner waren inzwischen verstorben. Mit wem sollte er reden im Königreich Dänemark? Ich komme zurück von Bombay. Ich habe das Horn von Africa gesehen, das Rote Meer vermessen, die Keilschriften von Persepolis in meinem Gepäck. – Es war ein feuchter milder Tag, nahezu ohne Licht. Man geleitete Niebuhr in das Gästehaus des Königs, man tischte ihm auf, bereitete ihm warmes Badewasser. Er versank in der Wanne, Schaum und Wasser schlug über ihm zusammen.

Kerstine erinnert sich: an das erste Mal, als sie ein Manuskript des Arabienforschers in die

Hand bekam. Da war sie siebzehn und die Beste in Geographie. Das blondgescheitelte Haar noch immer zu dem einen Zopf geflochten, das blaue Tuch um den Hals gebunden, hatte sie nur noch ein Jahr bis zur Reifeprüfung. Dann lockte die akademische Freiheit. Das wußte sie. Schon als kleines Kind, selbst als Baby, als man sie tagelang unter dem Lindenbaum stehen ließ, waren es nur die Welten in ihrem Kopf, die zu bereisen sie eine Lust verspürte. Ihr Kopf wuchs. Der Körper blieb schmal. Sie war die Beste in Geographie. – Als sie sich an der Universität einschrieb, kam der erste Angriff auf ihre Seele. Sie begegnete der Angst, indem sie sich tagelang in ihr Zimmer einschloß. Dort verdämmerte sie ihre Zeit, sah nicht mehr aus dem Fenster und fing an, Briefe zu schreiben an Menschen, die in ihrem Kopf herumgeisterten. Einer von ihnen war Claus Niebuhr, wohnhaft in Meldorp/Holstein, ein Geist.

Krüger erinnert sich. Schon am ersten Nachmittag hatte sie ihm etwas vorgetanzt, er saß in dieser kleinen Stube in der Landvogt-Johannsen-Straße auf dem kleinen Sofa, und sie fing an, sich zu bewegen. Es war ein Tanz ihres Bauches, auch wenn die Haut unsichtbar blieb unter den dunklen wallenden Gewändern. Es gab keine Musik. Die Hände hatte sie erhoben und schnalzte mit den Fingern, und sie drehte sich langsam um sich selbst, ihr rechtes Bein die Achse, und alle Muskeln ihres Körpers zuckten.

Und mit unglaublicher Geschwindigkeit liefen Wellen und Schauer über ihre Gestalt, sie tanzte, doch wen beschwor sie? – Ihre Augen waren auf mich gerichtet, doch die Müdigkeit und Gleichgültigkeit darin schmerzten mich. Dennoch war ich bereit. Und wollte mich diesmal nicht der Phantasie überlassen. Sie tanzte, und ihr riesiger Körper löste sich auf. Sie hörte nicht auf mit Tanzen, Tanzen, Tanzen und bewegte sich nicht vom Fleck. – Und als ich wieder hinsah, lag sie auf dem Boden und wimmerte wie ein Kind leise vor sich hin, meine Schwestern sind die Sterne, sagte sie, und brennen kleine Löcher in dein Dach, und sie kroch auf das Sofa zu und bettete meinen Kopf in ihre dunklen Tücher, darunter ist eine Hitze, so erinnere ich mich.
Zeyla hat vergessen, an was sie sich erinnern wollte. Sie liegt, von einer Reise zurückgekehrt, in all ihrem Plunder ausgestreckt auf dem bequemsten Diwan der Welt. Der steht in Fernewinkel. In der ehemaligen Wohnung des Meieristen. Sie hat die Vorhänge zugezogen, was interessiert sie die Außenwelt, der Garten, der Chef am Ende des Grundstücks.
Der Älteste der Suahelis, ihr Führer, erinnert sich: an das erste Mal, als sie in diesem Zirkuszelt auftreten mußten, wie die Scham ihm den Hals hochkroch, so daß er beinahe daran erstickt wäre, diese Erniedrigung, und wie er doch segnend die Hände gegen die Menschen-

massen hob. Und nicht wußte, warum er dort stand, wer ihn gekauft hatte, und warum der Mensch so gewaltige Reisen auf sich nehmen muß. Zerpflück die Matte und gib uns Frieden. Die Kinder singen und pflücken Früchte.
Im Kopf des alten Suaheli machen sich die Tiere auf den Weg.
Mit Trauer und Freude denkt er zurück an den taunassen Garten des Pastorats, an diesen unheimlichen Menschen, der versuchte, mit ihnen in ihrer Muttersprache zu reden..., was wollte der, war er einer der bösen Geister, die sie verfolgten, ein Abgesandter der Erdmächte, der Himmelsmächte? – Der Älteste der Suahelis beklagte sich. Er schlug sich auf die Knie, die Schenkel, er pfiff und heulte. In ein paar Wochen war sein Leben zu Ende. Als wenn er es wüßte, und als wenn er wüßte, daß er die Affenbrotbäume und den weißen Korallenstrich nie wieder berühren würde.

31

Es war höchste Zeit, daß Pauline Yolland wieder zurückgekehrt war. Selbst die Bauern in Odderade vertraten diese Meinung. Sie betrat die Gaststube von Thedens Gasthof. Es war um die Nachmittagszeit, und nur wenige Gäste saßen dort verstreut, aber alle hielten inne in ihren langsamen Bewegungen und Reden und hoben die Augen, als suchten sie Paulines Blick. – Die hob die Hand zum

Gruß. „Hallo, ich bin", und sie zögerte, „wieder da."
Der Wirt kam auf sie zu, streckte ihr, distanziert, aber nicht ohne Freundlichkeit, die Hand entgegen: „Ja, Fräulein, wir wußten ja gar nicht, was los war. Stand so lange leer das Zimmer. Aber bezahlt ist es. Immer im voraus. Und das Bett ist so, wie es war. Sie können gleich raufgehen, wenn Sie wollen."
Sie wollte den Augenblick noch ein bißchen herauszögern, stellte sich an die Theke und sagte: „Ein Glas Tee bitte, mit Milch und Honig."
In ihrem Rücken kitzelten die Blicke. Sie griff nicht danach. Sie war hier so fremd wie überall, und doch gehörte sie dazu, als Fremde.
Das Glas heißen Wassers kam.
„Honig ist uns ausgegangen", sagte der Wirt und grinste.
Hier bereitete man den Tee anders als in Smyrna. – Pauline schwenkte das Tee-Ei durchs Wasser, die hellbraunen Wolken eroberten schnell das ganze Glas.
„Es ist Post für Sie da"; sagte der Wirt, „zwei Briefe. Wenn Sie wollen, hole ich sie sofort."
„Danke. Es hat Zeit."
Der Wirt kratzte sich am Ohr: „Zeit, wieviel Zeit?"
„Ich bin jetzt müde, ich werde schlafen. Morgen früh lese ich die Briefe. Wenn Sie mir noch einen Krug Milch aufs Zimmer bringen könnten ..."

„Ja, ja, und der Schlüssel liegt unterm Teppich." Pauline nickte, blies sich ein Haar aus der Stirn. Schluck für Schluck rann ihr der Tee den Hals hinunter. Zum ersten Mal in ihrem Leben verfolgte sie nun auch den Weg, den der Tee in ihrem Körper nahm. Dann stand sie auf, blickte noch einmal die Gäste in Thedens Gasthof wortlos, aber freundlich an, und begab sich auf den Weg zu ihrem Zimmer. Der Schlüssel lag, wo er lag. Doch an der Tür klebte ein Zettel, den sie im Dämmer des Flures kaum entziffern konnte. *Fremdenzimmer* oder *Frauenzimmer*, sie war sich nicht sicher, vielleicht auch *Freudenzimmer*. Sie betrat das Zimmer, dem sie niemals einen Namen gegeben hätte, und sie war unendlich froh, ans Bett treten und in den Decken ihren und seinen Geruch wiederfinden zu können.

Hatten sie hier die Regenzeit verschlafen? Die Regenzeit.

Die Luft im Zimmer war abgestanden, ungeatmet. Aber Pauline zögerte, das Fenster zu öffnen. Immerhin könnte diese Luft ein Geheimnis bergen, so alt und unberührt, wie sie war. Sie setzte sich auf die Bettkante, streifte Schuhe und Socken von den Füßen, riß sich eine Locke aus dem Haar, Pauline, 27 Jahre, Irland, und blies sie durch die alte Luft. Die trug das Haar, bewegte es aber nicht mehr fort. Die Locke, rotverschmiert wie Blut, lag still in dieser Luft, nichts bewegte sich mehr, es war höchste Zeit, daß Pauline zurückgekehrt war, und sie ließ ihren Kopf und all die irischen Haare aufs Kissen sinken und schlief ein.

32

Zum Frühstück lagen die Briefe neben dem Vier-Minuten-Ei. Beim Frühstück ordnete Pauline die Gedanken der Nacht. Ich will, ich will. Oder auch laß kommen, was will. Beim Frühstück prüfte sie ihre Fingernägel und befühlte die Muscheln ihrer Öhrchen, die nicht aus Zufall die Form des Fötus in seiner Gebärmutter hatten. Sie hielt den Atem an. Es funktionierte, dann pfiff es durch ihren Mund hinaus, die verbrauchte Luft. Ihre Lungen blähten sich wieder, sie legte die Hand auf ihre linke Brust, knetete und befühlte den Takt ihres Herzens. Beim Frühstück vergewisserte sich Pauline Yolland, daß sie lebte und noch kein Ende in Sicht war. Ich will. Ich will. Es geht mir gut, es geht mir gut. Flüchtig musterte sie die Absender der beiden Briefe. Thaddäus Wohlleben, Architekt, zur Zeit Hamburger Hof, Meldorp. Und: C. N.

Da schoß ihr das Blut in den Kopf. Das Köpfen des Eies mißlang. Der Dotter schmierte über die Finger, sie erbrach das Siegel, sie riß das Papier auseinander, Eigelb leckte in die ersten Zeilen:

Dieser Brief wird auf dich warten, keiner weiß wie lange. Vielleicht findest du ihn, wenn ich gar nicht mehr bin. Vielleicht aber auch jetzt, und ich sage dir, daß ich ein Zelt hingestellt habe, wo einmal unser Hof sein wird, und daß ich von hier aus weit ins Land sehe und daß ich dich dort gesehen habe, wie du zu Fuß gingst, und daß sich meine Augen bei diesem Anblick mit viel zu viel Glück füllten. Mehr ist nicht zu sagen. Das ist alles. Niebuhr.

Sie schloß die Augen und lachte. Ein Poet, mein Arabienforscher, ein Poet, viel zu viel Glück. Der Wirt kam, alarmiert durch dieses Lachen, das kaum Raum fand in der Stille der morgendlichen Gaststube, eilfertig mit einem Schwamm und wischte den Eidotter vom Tisch. „Kann ja mal passieren“, murmelte er und besah sich auch Paulines verschmierte Finger, „geben Sie mir Ihre Hand“, sagte er wie zu einem kleinen Kind, „erst die rechte, dann die linke, ja, so“, fast hätte er ihr noch den Mund abgewischt, der lachte aber schon wieder: „Viel zu viel Glück in den Augen.“

„Ja, ja“, sagte Thedens, der Wirt, „das macht ja nichts.“

Sie ließ sich eine zweite Kanne Kaffee bringen. Hunger hatte sie keinen mehr, aber Durst, Durst, Durst (auch den Weg des Kaffees verfolgte sie). – Dann ging sie auf ihr Zimmer, zog sich Gummistiefel an, den dicken karierten Rock, zwei wollene Pullover und Kopftuch und flog die Treppe hinunter, um endlich das Freie zu gewinnen. Aber als sie durch die Gast-

stube eilte, war dort Besuch für sie. Ein junger, nichtssagender Mann, der sich artig, aber viel zu ungelenk verbeugte und seinen Namen nannte: „Thaddäus Wohlleben, Architekt des Herren Niebuhr. Ich nehme an, Sie haben meinen Brief erhalten und wissen Bescheid."
Pauline zuckte zusammen. Irritiert blickte sie zu ihrem Frühstückstisch, wo der zweite, vergessene Brief noch unerbrochen lag.
„Oh, ja, bitte, verzeihen Sie", stammelte sie, „ich bin sehr in Eile. Dort liegt der Brief", und sie blickte zum Frühstückstisch, „ich habe ihn noch nicht lesen können, verzeihen Sie, ich vergaß, aber lesen Sie ihn selbst, wenn Sie wollen", in ihrem Kopf rasselten jetzt alle Rädchen und verwirrten sie, sie wollte weg, weg, nichts mit diesem Mann, der sich Architekt nannte, anfangen müssen.
„Bitte, lassen Sie mich gehen", fast flehentlich klang ihre Stimme, „bitte", und sie versuchte, sich an ihm vorbeizudrücken. Er aber streckte die Hand aus und nahm ihren Unterarm: „So warten Sie doch. Ich möchte mich erklären." –
Sie stand ganz allein mit diesem Menschen in Thedens Gaststube, niemand sah zu, keiner hörte, was gesprochen wurde, auch der Wirt war nicht mehr da (runter zur Weide, die Schafe zählen), eine Unheimlichkeit wuchs in den Raum hinein, füllte ihn wie der Tee das heiße Wasser. Pauline schrie. Schrie dreimal,

was ihre Stimme hergab. Warte! Warte! Warte! – Sie zitterte am ganzen Körper, der Architekt sah sie mit unsicheren Augen an, sie riß sich los von ihm, er konnte sie nicht halten, sie riß die Tür auf, stürmte ins Freie, die offene Tür schwankte ein wenig im Wind, Luft von der Straße, von den Weiden kam herein. Der Architekt stand und war verlegen und fühlte sich ertappt. Doch dann siegte die Ratlosigkeit in ihm und er trat an den Frühstückstisch, setzte sich und erbrach seinen Brief.

33

Und immer noch sang kein Vogel. Bedächtig knöpfte er den Latz wieder zu. Der Rücken schmerzte. Die Prostata. Die Leistengegend. Das linke Auge. Ein Ziehen an den Schultern. Möglich, daß ich alt werde, dachte er. Ein paar Dinge vermißte er. Das Fernrohr zum Beispiel. Seine astronomischen Tabellen. Eine blasse Mondsichel war noch am Himmel, aber der Abstand zu den Fixsternen nicht mehr sichtbar. Zu schnell erhellte sich die Himmelskuppel, viel zu viel Tau im hohen spröden Gras. Seine Kleidung war klamm. Schon vermißte er seine Papiere, die weißen Blätter mit den leeren Spalten, seine Instrumente. Aber hier im Zelt hatte er nicht einmal ein Thermometer dabei, um die Temperaturen zu messen, die morgendlichen, die mittäglichen, die abendlichen. Claus Niebuhr war so allein auf der Welt wie niemals zuvor und niemals danach. – Er verließ die Landschaft und betrat wieder sein Zelt. Damit beendete er diesen Tag.

34 Wohlleben las seine eigene Handschrift. Wertes Fräulein, ich bin zuständig für den Bau des Niebuhrschen Moorhofes. Mein Auftraggeber bat mich, mit Ihnen die Aufteilung der Zimmer durchzusprechen. Sie sind, das werden Sie wissen, vorgesehen als Frau des Hauses. Ihnen allein obliegt die Verwaltung der Räume. Ich habe erste Pläne angefertigt, die ich Ihnen vorlegen möchte. Ich werde mich daher am Mittwoch, den 23. Oktober in der Gaststube Ihres Domizils einfinden. Ergebenst …
Der von seinen Schafen zurückgekehrte Wirt stand im Rücken des Architekten und verbarg seine Neugier nicht.
„Ich kenne Sie nicht“, fing er an, und das Mißtrauen in ihm gewann die Oberhand, „dürfen Sie denn das, fremde Briefe lesen, weiß das Fräulein davon, zu wem wollen Sie überhaupt?“
„Ich lese meinen eigenen Brief“, antwortete der Architekt und wandte sich langsam um, „es ist in Ordnung.“
„Das wollen wir hoffen.“ Thedens, der Wirt, baute sich zu einer Respektsperson auf.
Der Architekt faltete seinen Brief zusammen. „Falls das Fräulein zurückkommen sollte, richten Sie ihm bitte aus, daß mich sein Benehmen

in höchstem Maß erstaunt habe, in höchstem Maße. – Aber“, fügte er nach einer gedankenvollen Pause hinzu, „mein Glück bei den Frauen ist von jeher nur schwach ausgeprägt gewesen.“

„Was soll ich denn nun sagen?“, fragte der Wirt mit der Ungeduld des geradlinigen Menschen.

„Ach, sagen Sie: nichts.“

Und der Architekt verließ wortlos die Gaststube. Den Brief ließ er im Windfang liegen. Draußen hatte es angefangen zu regnen. Reden wir vom Wetter, vom Wetter. Der Winter stand vor der Tür. Niemand machte auf. Ein schräger Regen fiel, westliche Wetterlage, man kann auch sagen, der Regen fing an, das Gesicht des Architekten zu peitschen. – Es kümmerte ihn nicht, er war viel zu sehr mit seinem Schicksal beschäftigt. Auf Dauer ist dem Erfolglosen seine Erfolglosigkeit egal. Er läßt sich von anderen Dingen berühren, verkommt zum Genußmenschen. Aber heute ist der Weg nach Fernewinkel beschwerlicher als sonst, die ungünstige Wetterlage, der schräge Regen, der naßkalte Wind. Von seiner Nase tropft es. Er zählt die Schritte. An seinen Stiefeln klebt der Schlamm. Immer wieder tritt er in tiefe Pfützen, in denen sich so gut wie kein Himmel spiegelt. Die Beinkleider kleben an seinen Schenkeln, die Haut scheuert sich wund. Eine Kutsche, die ihn überholt, ohne anzuhalten, bewirft ihn mit

Kot und Dreck. Der Architekt flucht innerlich, aber sein Ziel wird ihn entschädigen. Niebuhrs Dukaten schleppt er ins blaue Haus. Das wird den alten Forscher wenig freuen.
Die ehemalige Meierei stößt ihren sinnlos gewordenen Schornstein an die unterste Schicht der Wolken. Wie ein Zeigefinger aus rotem Backstein streckt sich dieses Gebilde, das man heute für ein Minarett hält. Nichts stimmt mehr, und auch der rote Backstein ist dunkelblau gestrichen worden. Die Frau aus der Gegend von Smyrna riecht den sich nähernden Mann schon von weitem. Geschäft ist Geschäft.

35 Der Regen fiel unaufhörlich auf das Zeltdach, aber es war kein Trommeln, eher ein schmatzendes Versacken in der groben Leinwand. Das Zelt schlürfte den Regen, durch den offenen Rauchabzug fielen manche Tropfen bis auf den Boden in die kalte Asche. Diese Zelte benutzen die nomadisierenden Völker und wenden den Hammel am Spieß über gleichmäßiger Glut. Niebuhr schläft. Die Sumpfschildkröten lassen sich auf den Grund der Gewässer sinken und wühlen sich mit sehr langsamen Bewegungen in den Schlamm hinein. So beginnt ihr Winterschlaf, bald schlägt das Herz nur noch alle zwei Stunden. Sie atmen mit der Haut und hören auf zu sein. Er schläft, und seine Tage vergehen. Er sieht die Suahelis

tanzen, hört ihre Musik, die jede Melodie auf den Kopf stellt. Er sieht seine Mutter, wie sie daliegt in der Erde in jenem buchsbaumbekränzten Garten, den Findling, vor den er jedes Jahr an ihrem Geburtstag im August Rosen stellen läßt, im Leben hat er sie nie gesehen, geh aus mein Herz und suche Freud in dieser schönen Sommerzeit, so soll sie gesungen haben, als sie noch lebte und er noch nicht war. Das Gesicht seiner Frau, auch das in grenzenloser Einsamkeit, die Gestalt seines Sohnes, der ein bedeutender Mann geworden ist im fernen Berlin. Schläft und niemand deckt ihn zu. Schläft und kehrt als erwachsener Mann in seine Heimat zurück, zumindest in ihre unmittelbare Nähe. Dort trifft er auf eine sehr junge Frau. Für Augenblicke vergißt er alles, was er gewesen ist. Seine Familie ist zerbrochen, sein Amt wird ihm immer fadenscheiniger, nur eine Art der Abfindung, Großmut des dänischen Königs. Er ist ein erwachsener, siebenundsechzigjähriger Mann, der sich einem jungen Mädchen hingibt. Er hat den Orient bereist. Von Irland weiß er nichts. Er hat Africa entdeckt und wieder vergessen. Er hat ein dreibändiges Werk verfaßt, das auch in zweihundert Jahren noch lieferbar sein wird, sofern er bis dahin einen Verleger gefunden hat. Seine Leser verehren ihn. Sein Stil ist ein spröder. Ein Erzähler ist er nicht. Aber ein äußerst genauer Berichterstatter. Alles ist nachmeßbar, alles stimmt. Zu seiner Zeit maß niemand genauer als er. *„In der Provinz Jemen reist man gelegentlich auf Eseln. Ein solches Tier geht so stark, daß ein Mensch, der ihm folgen will, in einer halben Stunde 1750 doppelte Schritte zurück legen muß, und sie gehen ziemlich gleichförmig. Dies mußte ich gleich anfangs untersuchen, wenn ich Anmerkungen zu einer verbesserten Karte von Jemen sammeln wollte. Nachdem mir erst die Geschwindigkeit bekannt war, mit welcher wir reisten, so durfte ich nur die Zeit bemerken, welche wir von einem Ort zum andern zubrachten, und diese nachher in doppelten Schritten und Meilen berechnen, um die Entfernung der Örter zu bestimmen. (Da ich anderorts die Geschwindigkeit der Kamele aus der Gegend des Berges Sinai angezeigt habe, so wird es einigen Lesern vielleicht nicht überflüssig scheinen, wenn ich den Gang der Kamele in Jemen vermerke, ob wir gleich hier nur selten neben Kamelen gereist sind. Wir hatten in unserer Karawane große und kleine Kamele, um unsere Bagage zu tragen. Erstere machten nach meiner Sekundenuhr in zwei Minuten 65, und letztere 75 doppelte Schritte, nemlich die größeren rückten in einer halben Stunde einen Fuß nur 975 mal vorwärts, anstatt daß die kleineren in eben dieser Zeit eben die Bewegung 1050 mal machten. Eine Person die nebenher ging, machte in zwei Minuten 100, oder in einer halben Stunde 1500 doppelte Schritte.) Ich nahm während meiner ganzen Reise auch so oft die Polhöhe, als ich Ge-*

legenheit dazu fand." Die Zahlen lagern in seinem Kopf, selbst im Schlaf kann er sie abrufen. Jede ist an ihrem Platz. Selbst die Abweichung der Magnetnadel, *die zu Beit el fakih ohngefehr 11°.50'. beträgt.* Träume hat er sonst keine, höchstens diesen einen von einer exotischen Rinderherde, die, bewacht von Pauline, über die Fieler Niederung zieht. Mit ihren breiten Klauen sinken sie nicht ein im weichen nachgebenden Boden. Und Pauline, deren Oberkörper weit über die dunklen wolligen Rücken der Tiere ragt, ist ihnen eine gute Hüterin. Meine geborene Hüterin. Aber noch immer kann ich ihr kein Haus bieten, und ich bin nachlässig gewesen in meinen Gedanken an sie.
Als die Luft gesättigt war, hörte der Regen auf. So ist das. Und von Westen klart es auf, *und ihr schneeweißer Busen war halb nur bedeckt.* – Pauline hatte schon mehr als die Hälfte des Weges hinter sich gebracht. Miß Yolland allein im unwegsamen Gelände. – Aber hier würde sie niemandem begegnen. Die Bauern mieden dieses Niemandsland, schlugen immer weitere Kreise um Niebuhrsland. Gummistiefel trug sie, aber immer wieder kam sie an Punkte des Geländes, wo es nicht mehr weiter ging, Hochwasser, überschwemmte Gräben. Sie ließ sich nichts anmerken, wählte einen neuen Weg. Mehr als einen halben Tag war sie unterwegs, zählte nicht die Doppelschritte und hätte die Zeit nutzen können, unter ihrer Schädeldecke

eine Geschichte zu weben. Eine Geschichte, die nur sie erzählen konnte und die sie weit tragen würde. Denn es ist immer so: Wenn der Mensch sich allein in endlosem Gelände fortbewegt, verrichtet der Körper mit all seinen Sehnen und Muskeln von einem bestimmten Zeitpunkt an die Arbeit allein. Dann braucht er den Kopf nicht mehr. Dann ist der Kopf frei, völlig frei, dann beginnt es, sich unter der Schädeldecke zu regen, entsteht dort eine Geschichte, dein winziger Roman, Paulines klitzekleiner Kosmos, Faden greift in Faden, dein wunderbarer Schädel, den wir blank lecken mit der Zärtlichkeit einer besorgten Katzenmutter.
Jetzt sitzt sie fest, zieht und zieht, aber das Moor saugt sich am Gummistiefel fest, und nur der bestrumpfte Fuß gewinnt die Freiheit wieder. Ein schmatzender, Blasen schlagender Grund schließt sich über den leeren Stiefel und füllt ihn aus für alle Ewigkeit. Ratlos steht Pauline, einbeinig wie eine Störchin. Plötzlich schießt ihr der Garten in den Kopf, der Meiereigarten, den sie betreten wollte, um den Schlüssel zu suchen. Sie hat es vergessen, vergessen! Es hat sie davon-, es hat sie abgetrieben. Mein Kopf, mein armer Kopf! Unter der warmen Schädeldecke verdichtet sich etwas, es kann der Anfang ihres Romans werden, oder wieder nur eine Geschichte aus ihren tausend Nächten, aber das hilft ihr jetzt wenig, sie muß die Balance halten, sie hat den rechten Stiefel verloren und

steht wie eine Störchin. Es lachen die Wildkaninchen.
Als sie das Zelt erreichte, war sie barfuß, und die Kälte hatte das Blut ihrer Füße in Wallung gebracht. Sie war überrascht, ein Zelt vorzufinden. Als sie das Tuch zur Seite schlug und wie ein verkommenes Hauskaninchen in die dunkle Höhle kroch, schlief er nicht mehr. Als erstes wärmte er ihre Füße mit seinen großen kalten Händen. Es kitzelte. Wenn man Glück hat, bekommt man nichts geschenkt.

36

Ehe man es merkt, ist das Leben vorbei. Pauline, dieses magere, nasse Tier, war ihm jetzt ganz nahe gekommen. Was wäre gewesen, wenn er in Bombay nicht umgekehrt wäre, wenn er schon dort verlorengegangen wäre, was? – Zu diesem Zeitpunkt hatte er schon fünf Tode erlebt. Als erster war von Haven gestorben, der Philologe, in der Nacht zum 25. Mai in Mokka, dann Forsskal, der Naturwissenschaftler, am Tage des 11. Juli in Jerim. Während der Überfahrt nach Bombay erlagen auch Baurenfeind, der Zeichner, und Bergren, der Bediente, der Malaria. Es waren dies der 29. und 30. August. Am 11. Februar starb auch Cramer, der Arzt. *Nunmehr war von unsrer zahlreichen Gesellschaft Niemand mehr übrig als ich allein. Und ich hatte alsowenig Hoffnung Europa jemals wieder zusehen.*

Aber nichts ging verloren. Niebuhr war der gewissenhafteste Mensch unter der diesseitigen Sonne. Die Pflicht und die Pflicht und die Beantwortung aller Fragen, die man der Expedition mit auf die Reise gegeben hatte. Die königliche Instruction trug er beständig bei sich, nichts ging verloren, und er beobachtete stellvertretend für die Verstorbenen, fünffach nahm er die Aufgaben wahr und achtete darauf, nicht krank zu werden. Es war seine Pflicht, am Leben zu bleiben, die Manuskripte und Zeichnungen und Karten versandfertig zu machen, die Naturalien, die sie am arabischen Meerbusen gesammelt hatten, in wasserdichte Kisten zu verpacken und alles mit dem nächsten englischen Kauffahrer via London nach Kopenhagen zu schicken. Nichts ging verloren, der Forscher selbst am wenigsten, er blieb ein Jahr in Indien und sammelte, was es zu sammeln gab, und maß und rechnete, er schlang seine Arme um das magere nasse Tier und wußte nicht mehr, wo er war.

37

Pauline Yolland aber wurde sehr krank. Sie redete wirr in Fieberphantasien, der Birnbaum, der Birnbaum, sein Schlüssel, ihr ganzer Leib war mit roten Flecken übersät, die Zunge so trocken wie Schmirgelpapier. Sie rief nach ihrem Bruder, den Flügeln, sie lag unter schwerem Zudeck in Thedens Gasthof, und der

Medicus, der täglich von Meldorp herüberkam, wurde täglich ratloser. Sie wird sterben, so wie meine Frau damals starb am dritten Kind, und das dritte Kind wird nie sein, auch sie nicht, Pauline, Pauline, Sterben, Sterben, Sterben, Niebuhr schrie und hielt sich die Ohren zu, alles ist vergebens, vergebens, vergebens.
Die Dorfbevölkerung aber tuschelte: Er hat sie krank gemacht, da draußen in diesem verrückten, feuchten Zelt. Er selber war's.
Es ging auf Weihnachten zu. Niebuhr saß an ihrem Bett. Er beschwor die Geister, an die einer wie er nie geglaubt hatte. Sie halfen. In der Silvesternacht stand Pauline zum ersten Mal von ihrem Lager auf. Sie war so geschwächt, daß beide, Mann und Mädchen, wußten, daß Monate vergehen würden, bis sie wieder die alte war.
Die alte?
Wollte sie das?
Unter ihrer Schädeldecke schrieb sich der Roman fort: '...ganz am Ende des Gartens fand sich ein alter Stuhl, den der Regen und die Zeit morsch gemacht hatten. Schafgarbe und Sauerampfer durchbrachen das Holz der Sitzfläche. Für immer würde es ein Rätsel bleiben, wer hier gesessen und zugesehen hatte, wie sich ein Gebirge aus Wolken über dem Haus aufbaute. Einmalige Wolken! Mit nichts zu vergleichen. Sie jagten Träume. Sie wuchsen. Die Sonne machte sie weiß wie Wolle. Sie blieben den

ganzen Tag so. Auch am anderen Morgen standen sie noch da. Eisberge, Gletscher. Sieben Wochen später fand man einen alten rostigen Schlüssel, er hing am Nagel des Birnbaums, an diesen Nagel hatten Generationen von Garten- und Hausbewohnern irgendwelche Dinge gehängt, Bindfäden, Strohband, Haarschleifen, Lederriemen, Gürtel, Trensen, und auch der Schlüssel wird dort schon mehr als eine Generation gehangen haben, aber er wurde eben erst jetzt, sieben Wochen, nachdem die Wolken sich überm Haus gestaut hatten, entdeckt. Die irischen Gärten sind anders...' Draußen läuteten die Glocken, Kanonen schossen Salut in die schwarzen Schneewolken im schwarzen Himmel. Ein Jahrhundert war zu Ende gegangen, das neue begann. Im Zimmer No. 3 saßen Claus und Pauline auf dem zerwühlten, durchschwitzten Bett. Noch immer glühte das Gesicht der Kranken. Sie betete ein wenig, dann versuchte sie zu lachen, und Niebuhr zauberte eine Flasche Lübecker Rotspon aus den Kissen hervor. – Die anderen beiden Zimmer in Thedens Gasthof waren leer wie in all den vergangenen Monaten. Gäste stiegen hier schon lange nicht mehr ab. Von der Gaststube her war eine Drehleier zu hören, dann Gesang und Tanz, das Klappern der Hacken, das Klatschen der Hände, *wenn hier een Pott mit Aven steiht un dor een Pott mit Brie, dann lat ick Brie und Aven stohn un danz mit min Marie,* wenig später drang leich-

ter Rauch und der Geruch nach angesengelten Borsten durch die Ritzen der Dielenbretter, man hatte die Sau geschlachtet und übers Feuer gelegt, damit der Braten fertig wird zum großen Fressen am Neujahrstag. Und alle sind eingeladen!
Pauline wechselt ihr verschwitztes Schlafhemd. Der alte Mann reibt ihr mit dem Schwamm den Rücken ab. Er sorgt für sie, besser als ein Vater. –
Manchmal ist er gerührt über sich selbst. Ein guter Mensch. Auch wenn ihn außer seiner Reise nichts wirklich interessiert. – Pauline hat sich wieder ins Bett fallen lassen, schläft mit weit aufgerissenen Augen. Welche Gesichte peinigen sie? Claus Niebuhr richtet sich langsam auf und tritt ans Fenster. Mit den Fingern wischt er sich einen Ausguck ins Beschlagene und legt dann das Auge an das kalte Glas. Über die dunkle Dorfstraße flimmern Glühwürmchen, Männer und Frauen halten sie an trockenen Buchenstäben. Mit der kleinen Glut schreiben sie, des Schreibens unkundig, unsinnige Worte in die schwarze Luft. –
Jetzt könnte er das Fenster öffnen und herunterwinken: Prosit ihr Leute!, aber er ist hier nicht in seiner Amtswohnung in Meldorp, hier ist er der Verrückte, der einem kranken, rothaarigen Mädchen verfallen ist und sich mit Geld sein Geheimnis erkauft. Hier ist er nicht mehr der Herr Landschreiber, hier ist er... aber danach fragt er nicht und läßt das Fenster geschlossen.

Eine halbe Stunde denkt er nach, dann legt er sich zu der Irin. Als gegen Morgen der Schneefall beginnt, schlafen beide fest. Sie berühren sich mit der äußeren Haut, und das Kranke und Gesunde fließt hin und her. Das Fallen der Flocken soll nun kein Ende mehr nehmen.

38 Vor ihnen lag die Ebene völlig unberührt. Sie mußten ihre Augen zu winzigen Schlitzen zusammenpressen, so sehr blendete das Weiß. Der Schnee lag einen Meter hoch, und nur dank der fellbespannten Zweigkonstruktionen, die sie sich unter die Schuhe gespannt hatten, sanken sie nicht ein. Pauline war wieder zu Kräften gekommen, aber sie würde nie wieder die werden, die sie vor der Krankheit gewesen war. Claus Niebuhr trug den Rucksack. Ziel ihrer Expedition war das verlassene Zelt. – Mit bloßem Auge konnte man es nicht erkennen. Manchmal flimmerte der Schnee, oder Millionen von Kristallen stoben über die Ebene. Flach wie die zugefrorene See schien alles, was vor ihnen lag. Kälte. Der Atem flockt heraus. Niebuhrs Winterbart wächst ins Eisige. Manchmal halten sie sich bei den Händen, wie Tatzen liegen die Handschuhe ineinander. Dann stapft wieder jeder für sich allein. Das einzige, was aus dem Weiß heraussticht, sind die verlorenen Stümpfe der Mooreichen. Schwarz wie ein paar herausgefallene Satzzei-

chen stehen sie hier und dort, alles andere hat der Schnee zugedeckt.
„Es ist ein seltsames Land geworden“, keucht Niebuhr aus seinem Wollschal hervor. „Nur alle sechs oder sieben Jahre schneit es in der Nähe dieses Meeres. Dann ist das Land wie neugeschaffen. Ja. Ja.“ Trotz der Kälte ist ihm warm. Schweiß unter all den wollenen Hemden. Es fiel ihm schwer, die Schneeschuhe zu heben, immer und immer wieder, Pauline sprach kein Wort. Ein Kollege von Niebuhr, John Caspar Ross, hatte als erster Mensch seinen Fuß auf das nördliche Packeis gesetzt. Er wußte nicht, daß unter dem Eis mehr als tausend Meter tiefes Meer war. – Eis und Schnee sind trügerische Dinge. Sie haben etwas von dem alten, längst vergangenen Zauber. Aber der Schnee unter ihren Füßen lag auf Land, auf keinem Eis, das über die Meere trieb. Pauline preßte ihre Lippen zusammen, sie war erschöpft, aber auf eine ratlose Weise glücklich. Das geht nie zu Ende, das geht nie zu Ende. Noch nie war ihr das Land so eben erschienen, so großartig. Sie konnte kein Wort sagen. Allmählich ging die flache Sonne ins Grau zurück. Ganz feiner Schnee fiel, das heißt, stand in der Luft, sonst nichts. –

39

Das Zelt war leer. Plünderer waren hier am Werk gewesen. „Grabschänder!“, und Niebuhr hob drohend die Hand. Aber nur feiner

Schnee rieselte durch den offenen Rauchabzug über ihnen und hatte auf dem Boden des Zeltes einen glitzernden Zuckerhut geschaffen. Wie die Pyramide einer Sanduhr. Und still war es im Zelt. Pauline zitterte. Warum hatte er sie hierher geführt? – Plötzlich hatte sie Angst, daß er sie hier, in all dem unberührten Weiß, heiraten wollte. Sie sah ihn zweifelnd von der Seite an. Er spürte diesen Blick. Aber er hatte keine Ringe in der geschlossenen Hand, er hatte nichts bei sich, nicht einmal einen Plan.
„Ich wollte nur“, sagt er, „sehen, ob so ein Zelt auch den Winter überdauert. Es überdauert.“
Und dann fügte er in der Sprache der Suaheli hinzu: „Saa ngapi?“
„Es ist kurz nach Mittag“, antwortete Pauline.
„Ich werde das Zelt aufgeben“, sagte Niebuhr und sagte es als endgültige und abschließende Feststellung. – Sie konnten den Rückweg antreten.
Aber sie konnten nicht, denn da stand plötzlich die Zeit still. Beide, Niebuhr genauso wie sie, wagten nicht, sich zu bewegen. Selbst die Atemwolken vor den Mündern verschwanden. Die Zeit war eine Schnee-Eule, ein seltenes Tier unter dieser Polhöhe. Sie stand, die Füße in den Schnee gespreizt, vorm Eingang und beäugte die Eindringlinge. Alles hatten sie erwartet, nur das nicht. Claus Niebuhr ist Wissenschaftler. Er glaubt nur das, was er sieht. Die Schnee-Eule

sieht er nicht. Er hat sich in der Geometrie klug gemacht, in der Mathematik. Er zeichnet einen Prospect der Stadt Raschid, da stimmt jeder Winkel, kein Fenster wird ausgelassen, kein Torbogen: Es ist genau das, was er sah am späten Nachmittag des 4. November, selbst die langen Schatten hat er nicht vergessen, ein Mittwoch war es. – Schnee-Eulen hat er nie gezeichnet. Jetzt steht die Zeit still.

40

Mitte März, die ersten warmen Tage waren übers dürre Wintergras gekrochen, fand man die Leiche der Schnee-Eule vor dem Zelteingang. Das Zelt selbst war leer. Der Vogel war auf die Seite gekippt, seine befiederten Greife ragten ins Leere. In den Augen nisteten Käfer. Sonst war alles unbeweglich, völlig erstarrt.

Niebuhr saß an seinem Schreibtisch, er hatte die Fenster ein wenig geöffnet, damit etwas von der ersten warmen Luft hereinkäme: Ab und zu sah er hinaus. Dann wieder auf das weiße Papier, das vor ihm lag und das sich nur langsam mit der schwarzen Tinte füllte. Auf dem Marktplatz jagten sich die Hunde. Ein paar Monarchen hatten sich an der Südmauer des Domes niedergelassen und genossen die verschleierte Sonne und den roten Fusel.

Niebuhr schrieb einen Brief, zögernd und nicht bei der Sache: ... und so dachte ich in dem letzten schneereichen Winter auch wieder an Sie und Ihre Pinguine. Wir leben verstreut über den ganzen Erdball, und vielleicht ist es gut, daß wir uns nie sehen. Dennoch spiele ich mit dem Gedanken, in Ihre Residenzstadt zu reisen. Gemächlich Schritt für Schritt. Ich bin ein alter Mann, wie Sie wissen, aber ich traue mir zu, Ihre Stadt zu erreichen und im Hofgarten mit Ihnen ein Gläschen Weißherbst zu trinken. Dann können wir uns auch über die eventuelle Fortsetzung unserer Reise besprechen. Hier oben kennt man nur die schweren Rotweine, gelagert in Lübischen oder Bremischen Kellern...

Immer wieder blieb die Feder in der Luft hängen und trocknete aus. Niebuhr träumte in Gedanken. *Denke nie, gedacht zu haben, denn das Denken von Gedanken ist gedankenloses Denken* – so lautete ein zungenbrecherischer Kinderreim, der bei den Meldorper Mädchen und Jungen zur Zeit in Mode war. Niebuhr schrieb diesen Satz dreimal auf die Rückseite des Papiers, versiegelte den Brief und verwirrte damit die Empfängerin ein wiederholtes Mal.

Zur gleichen Zeit saß Krüger in Fernewinkel und blätterte der dunklen Frau, genannt Zeyla, eine größere Menge Geld auf den Tisch.

Zur gleichen Zeit wusch sich Pauline ihre großen Füße, trocknete sie sorgfältig ab, rieb sie mit einem geschmeidigen Öl ein, zog wol-

lene Strümpfe darüber und beschloß, morgen das Zimmer zu kündigen. Morgen. Das Fremdenzimmer.
Zur gleichen Zeit trank der Architekt seinen dritten Krug Bier, und das am frühen Nachmittag.
Zur gleichen Zeit schlug die Brieftäterin an ihrem Schreibtisch in Frohmann ein neues Kapitel ihres Lebens auf.
Zur gleichen Zeit fand ein namenloser Jäger die tote Schnee-Eule im braunen Gras vorm Zelt. Er hob sie auf, band das federleichte Wesen an seinen Gürtel und ging gleichgültig weiter. Weit und breit keine Spur mehr von Schnee, das weiße Federkleid der Eule bot keine Tarnung mehr. Die Zeit stand nicht mehr still.
Zur gleichen Zeit lief ein Feldhase mit unerhörter Geschwindigkeit über die gesamte Fieler Niederung von Ost nach West, als wenn sie ihn jagten.
Zeyla nahm das Geld an sich und steckte es unter den Rock. Dort hing irgendwo um ihren großzügigen Bauch geschlungen ein kleines Felltäschchen, das sie als reiche Frau auswies, die sich die Welt kaufen konnte.
Der Architekt bestellte den vierten Krug. Die Zeiger der Uhr standen immer noch auf halb zwölf. Wenn der Architekt sich an etwas erinnert, muß er sich immer an alles erinnern. An alles.
Zur gleichen Zeit …

41 Daß Odderade einmal einen Hafen gehabt hatte, glaubte heute keiner mehr. – Und doch: es gibt noch eine Handvoll uralter Leute im Dorf, die beschrieben den Hafen und seine Schilfboote so eindringlich, als hätten sie noch gestern am Kai gestanden. Hinrich Hinrichsen ist einer von ihnen, oder auch Hone Tuwhare, oder Alma Zürn, die alte Lady, die etwas außerhalb des Dorfes in ihrer ererbten Hütte wohnt. – Mit diesen Dreien sitzt heute Krüger, der Eigenbrötler aus dem Nachbardorf, zusammen und läßt ihnen Eierpunsch und Mehlbeutel servieren. Krüger möchte etwas in Erfahrung bringen.

„Jetzt erzähl doch mal, Alma, du warst damals ja noch ein kleines Kind ...“

„Ein junges Mädchen war ich und war schon einem aus dem Nachbardorf versprochen, und hübsch war ich und klug, und mein Vater hatte die Seilerei gehabt hier im Dorf, und im Hafen sind wir oft gewesen.“

„Wie sah es dort aus, wie tief war das Wasser und ...?“

„Ach, das Wasser, das interessierte uns ja gar nicht, wir waren ja Landbewohner, guckten immer nur über das Land, das Wasser war ja flach, meine ich mal, und die Schiffe ja langweilig, aber ein Schuppen stand da, den nannte man weit und breit die Kaffeehütte, warum weiß ich nicht, der interessierte uns ja mächtig.“

„Kaffernhütte, nicht Kaffeehütte, Kaffernhütte hieß der, das weiß ich noch ganz genau“, sagte Hone Tuwhare und schob den Mehlbeutel in die linke Backentasche.
„Nein, Kaffeehütte.“ Alma Zürn ließ sich nicht beirren.
Hinrich Hinrichsen sagte gar nichts.
„Sie stapelten dort die Kaffeesäcke.“
„In jenem Schuppen?“
„Ja, aber er war immer abgeschlossen.“
Krüger fragte noch einmal: „Aber daß da Kaffee drin war, das wußte man?“
„Das roch man.“
„Und niemand hatte den Schlüssel?“
„Die Kaffern, die Kaffern, die hatten den Schlüssel“, sagte Hone Tuwhare mit leerem Mund.
„Wie verstehe ich das?“
„Gar nicht, gar nicht“, kicherte Alma Zürn, und ihr Gesicht lief puterrot an. – Puterrot, und sie saßen zu viert auf alten Gartenstühlen vor Thedens Gasthof, im Sand und am Straßenrand scharrten Hühner und ein Hahn, Krähen und kleinere Raubvögel warteten auf die größere Beute der Straße, die Sonne schob sich zwischen die Wolken ins freie All und ließ die Gesichter glänzen, auf dem grünen Gartentisch stand der Mehlbeutel noch aufrecht wie ein Turm, Kirschsoße gab’s dazu, die Farbe blätterte von den Stühlen, der Eierlikör löste sich im heißen Teewasser, die drei ältesten Bürger Odderades ließen es sich gutgehen. Unbeküm-

mert blinzelten sie in die Spätnachmittagssonne, wenn es sein mußte, beantworteten sie jede Frage, es gab für sie keine unwichtigen, keine wichtigen Dinge mehr, und Erinnern brachte immer Freude, auch die Röte in Alma Zürns Gesicht zog sich langsam zurück. Diesen jungen Menschen, der ja gerade erst ein halbes Jahrhundert auf dem Buckel hatte, konnten sie ohnehin nicht ernst nehmen, den und sein nervöses Scharren mit dem Fuß im Vorgartenkies, wie die Hühner, wie ein Hahn, nein, der sollte ruhig krähen, wer war er denn, warum wollte er wissen, was er doch nicht verstand?

Der Hafen von Odderade, die Schilfboote, die Kaffernhütte, der Schlüssel, nach dem sie ihre ganze Jugend gesucht hatten, ein magischer Schlüssel soll das gewesen sein mit einem Ring aus Anker, Herz und Kreuz. Ineinandergeschmiedet. Keiner hat ihn je gesehen. Höchstens Hinrich Hinrichsen, aber der sagt ja nichts.

„Mir geht es gut", sagt Alma Zürn, „hab mein Haus bestellt. Und den Garten. Die Hühner sind versorgt. Jetzt kann er kommen."

„Die Kaffern kamen aus den Wäldern", sagte Hone Tuwhare mit glänzenden Augen, „sieht man jetzt nicht mehr, die Wälder." Er bat nun darum, den Eierlikör schier trinken zu dürfen.

„Ich sagte doch schon, es handelte sich um Kaffee, Kaffee in Säcken, das roch man doch schon meilenweit vorher. Wie gut das war!" Man

merkt, daß Alma Zürn Hone Tuwhare nicht ernst nimmt, ein ganzes Leben lang nimmt sie den schon nicht für ernst. Sie ist eine ordentliche Kleinhäuslerin. Ihre Hütte ist aufgeräumt und pieksauber, nicht so wie die Räume, die Hone bewohnt, abgetrennte Kammern auf den Heuböden und Kornspeichern der Bauern. Nirgendwo ist er länger als zwei, drei Jahre, und jetzt wird er siebenundachtzig. – Arbeiten kann er schon lange nicht mehr. Eierlikör am Morgen, am Mittag, am Abend, und kleine Spiele, mit Holzkugeln in Mulden am Südseestrand. Sein Name klingt fremdländisch, aber er ist in Odderade geboren, Kind des Mißgeschicks, wie seine Mutter sagte und es liebte, statt es zu prügeln. An den Hafen erinnert er sich, auch an den Strand, aber er kann es nur schwer in die richtigen Worte fassen, die Kaffern kamen aus den Wäldern und standen am Ufer, und da sie ihren Weg fortsetzen wollten, brauchten sie etwas, das schwimmt. Das schwimmt. Ist es das, was Krüger in Erfahrung bringen will?
Nein, die Bilder sind zu ungenau.
„Aber, ihr könnt es beschwören, daß Odderade einen Hafen gehabt hat? Ihr könnt das?"
Hinrich Hinrichsen nickt.
„Und daß die Schiffe dort ihre Fracht gelöscht haben ...?"
„Kaffee, nichts als Kaffee, mein Vater hatte eine Seilerei, aber die Seile verkauften wir an die

Bauern, nie an die Schiffer, ich war die dreizehnte. Die dreizehnte."
Hinrich Hinrichsen nickt.
„Kaffern, es waren Kaffern."
Jetzt sackt der Mehlbeutelturm langsam in sich zusammen. Die Sonne wird ganz rot und wärmt nicht mehr. Aber der Backstein von Thedens Gasthof in ihrem Rücken hat genug Wärme gespeichert. Ja, ja, so war das, jetzt fehlt nur noch, daß Alma leise vor sich hin summt und dann lauter wird und eines ihrer Operettenlieder singt, *Das ist bei uns so Sitte…*, und dann jeden, den sie meint vorbeikommen zu sehen, zu ihrem hundertsten Geburtstag einlädt. Hübsch war sie und klug.
Krüger gibt die Erforschung seiner Umgebung auf, überläßt das anderen, wird wieder zum Eigenbrötler und versinkt in ratloses Nachdenken, langsam versickert der Eierlikör und geht die Sonne unter. Bald wird es Zeit sein, die drei alten Leute einzuhaken und sie in ihre Behausungen zu führen. Sofern wir die finden, sofern.
Aber einmal möchte Krüger noch an den imaginären Hafen treten, die paar Schritte über den Landweg machen und übers Wasser blicken. Ich bin gleich zurück, bin gleich zurück, sagt er und geht, aber im Gehen geht ihm vieles durch den Kopf, da fällt ihm auch, er weiß nicht woher, der Schlüssel zur Kaffernhütte ein, der Schlüssel zum Betätigen von Schlössern, beste-

hend aus Rohr, Bart und Ring. Der Bart hat mannigfache Gestalt und dient zum Bewegen des Riegels unter Anhebung der Zuhaltungen, und manchmal ist auch der Ring des Nachdenkens wert. Glaube Liebe Hoffnung, eisengeschmiedet Kreuz, Herz und Anker. Als wenn er das schon einmal gesehen hätte, als wenn er das in Erfahrung hatte bringen wollen, als wenn dieser Hafen so wirklich wäre wie der Schlüssel, so wirklich wie die Kaffeehütte an diesem Hafen am unendlichen Fuhlensee. Und dieser Hafen hatte über die Nordermiele Verbindung zum noch gewaltigeren Fieler See, in dem sich schon Salz ins Süßwasser mischte, Salz, das durch die Südermiele vom offenen Meer hereintrieb, und die wagemutigsten der Schilfbootcaptains riskierten die Reise von Odderade nach Amerika-Westindien.
Ja, genauso sah er es. Und die drei Alten vor der sich abkühlenden Backsteinmauer hat er vergessen, überläßt sie einfach dem Abend, in den der Eierlikör gelb und sämig ausläuft, und wir hören noch lange, wie Hone Tuwhare von den Kaffern spricht und Alma Zürn den Kaffee riecht in der Hütte und Hinrich Hinrichsen nickt und nickt. Aber das hören wir nicht.

42

In der Kaffeehütte sitzt Claus Niebuhr und setzt seine Mitreisenden in Kenntnis über den weiteren Verlauf der Reise: *„Die*

Stadt Damiat liegt nach meinen Beobachtungen eine viertel Meile nördlicher als Raschid, nemlich unter der Polhöhe 31°25'. Sie ist ohngefehr zwei deutsche Meilen, und also auch etwas weiter von dem mittelländischen Meer entfernt, als die erwähnte Stadt an dem anderen Arm des Nils. Sie hat eine ebenso vortreffliche Lage zur Handlung als Raschid. Dem ohngeachtet findet man in dieser Stadt aber keinen einzigen europäischen Kaufmann. Der Grund dafür liegt, bitte höret, *in der Verhaltensweise der Franzosen, denn als die Einwohner zu bemerken glaubten, daß die Europäer den mohammedanischen Weibern zu sehr gewogen würden, ermordeten sie alle, die sich nicht mit der Flucht retten konnten.*"
Sie sitzen in einer Kaffeehütte auf der Halbinsel Sinai, immer noch am Anfang ihrer Reise, inmitten eines ebenen weiten Tals, das zu beiden Seiten von steilen Sandsteingebirgen begrenzt wird, auch Granitadern hat es schon hin und wieder, rot und schwarz gesprenkelt. Noch ist die Reisegesellschaft vollzählig. Man ist guten Mutes. Und Petrus Forsskal, der Führer der Gruppe, mahnt zur Einhaltung der Königlichen Instructionen: „*Die sämtlichen Reisenden haben sich gegen die Einwohner Arabiens und der umliegenden Länder der grössten Höflichkeit zu befleissigen. Sie sollen ihrer Religion nicht widersprechen, noch den Verdacht erwecken, als wolle man Schätze ausgraben, Zauberei treiben. Keinesfalls solle man durch europäische Freiheiten*

gegen das Frauenzimmer zu der bei diesem Volke unauslöschlichen Eifersucht und Rache reizen; so wird ihnen ernstlich verboten, irgend eine unrechtmässige Liebe auf solche verheiratete oder ledige Personen zu werfen.“

Die Kaffeehütte ist von sehr einfacher Art, ein einziger, träger Bedienter, der eher nachlässig den Wünschen seiner Gäste nachkommt. Sie schlürfen den heißen, bitteren Trunk aus ihren eigenen Tassen, die sie in einer hölzernen, mit Leder überzogenen Büchse mit sich führten. Tischtücher brauchten sie nicht. Ein großes rundes Stück Leder war ihr Tisch. Dieses hatte am äußeren Rand eiserne Ringe, die von einem Strick durchzogen wurden, an dem sie, nach aufgehobener Tafel, ihren Tisch wie einen Beutel an ein Kamel hängen konnten. Anstatt der Gläser hatte sie kupferne, in- und auswendig schön verzinnte kleine Schüsseln. Ihre Laterne war aus Leinwand und konnte zusammengelegt werden wie die papiernen Laternen, die die Kinder in Europa zu machen pflegen. Jeder von ihnen hatte eine Wasserkruke aus dickem Leder und, weil sie in den nächsten Tagen kein Wasser finden würden, so führten sie noch etliche Ziegenfelle mit Wasser angefüllt bei sich. Diese Felle haben die Haare auswendig, die aber, welche man zum Transport des Weines braucht, haben die Haare inwendig. – Sie waren also wohlausgerüstet, und nach Raschid kam Damiat, dann das Katharinenkloster, der

Berg Sinai, Dschidda, Loheia, Sana, Mokka, Bombay…
Aber noch sitzen sie und schlürfen.
Kaffa, eine Landschaft in Abessinien.
Doch selbst am nächsten Morgen waren sie noch nicht gewiß, ob die Karawane sich versammeln würde. Dennoch machten sie sich zur Abreise fertig und standen auf.

43

Da steht Pauline und verläßt Odderade ein zweites Mal. Nichts kommt, wie es kommen soll, eine kleine falsche Bewegung, ein Zeigefinger aus dem Himmelszelt, eine Kränkung und man wird wieder zum Gespenst. Sie steht, noch unschlüssig, in der Mitte des sandigen Landweges. Zwei Richtungen hat sie zur Auswahl. Sie wartet, ob sich ihr erneut irgendein Zeichen zeigen wird. Sie wartet fast zu lange. Aber dann hat sie Glück. Zwei europäische Sumpfschildkröten, auf dem Wege in ihre feuchtere Heimat, tauchen im noch kurzen gelben Gras auf und gehen unendlich langsam, aber zielgerichtet in die nördliche Richtung.
Hier und da wuchs schüchterner Löwenzahn aus dem Winter heraus. Auch das Schildkrötenpaar hatte seinen Winterschlaf verlassen und wollte neues Leben hervorbringen. Daß überall in der Erde, im Sand Samen versteckt sind, überwältigte Pauline. Sie dachte an ihr erstes Herbarium zurück, gepreßte Pflanzen, einge-

fangene Augenblicke. Ein paar Namen fielen ihr ein. *Lily, juniper, vetch, crowfoot, buschwindröschen.*
Die Sumpfschildkröten hatte sie schnell überholt. Schwärme von Tauben zogen jetzt über ihren Kopf dahin. Märzlicher Dunst dämpfte ihr häßliches Gurren. Pauline trug den schweren, fellbezogenen Tornister, mit dem schon ihre Großmutter ins vermeintliche Leben gezogen war. Überall sproß es, wenn man genau hinsah. Eine knappe Meile nördlich von Odderade fand man den Hafen, wenn man genau hinsah. – Sie erkannte noch die zerbröckelte Kaimauer, ein paar rostige Eisenringe, Holzpoller im Gebüsch. Es ist ja ein Märchen, daß hier nur Schilfboote anlegten. Auch Holzkähne und segelbare Schaluppen kamen hierher vom jenseitigen Ufer und von der See und löschten ihre Ladung. Jetzt ist das Wasser gewichen, Pflanzenhorden keimten aus dem Schlamm und rückten unablässig vor.
Im Sommer, wenn das Wollgras blüht. Oder das Glück, Schiffbruch zu erleiden. Aber alles ist auch jetzt schon zu ahnen. – Pauline setzt sich auf die abgeschliffenen Steine, läßt die Beine baumeln. Und die Rechnung schicken Sie bitte an Herrn Niebuhr, Landschreiber in Meldorp.
Die Sonne spiegelt sich im Fieler See, der nicht mehr ist, im Fuhlensee, der nicht mehr ist. Wieder muß sie an ihr Herbarium denken, wie

sorgfältig die Pflanzenleichen zwischen Löschblätter gelegt wurden und dann mit riesigen Gewichten beschwert die Nacht überdauern mußten, um am nächsten Morgen befreit und auf das blütenweiße Papier gelegt zu werden, das dann in viele Seiten zerschnitten und zu einem Buch gebunden wurde. Ein Heft. Mein Pflanzenheft. Herbarium von Pauline Yolland, Phoenix Park 76, Dublin, Class 3c.
Auf der ersten Seite prangte das Tausendschönchen, daisy daisy.
Der wird das schon richten, das wissen Sie.
Ich aber bedanke mich für die schweigsame einjährige Gastfreundschaft und gehe, um nie nie nie wieder zu kommen. Ich bin eine Fremde, wie Sie wissen, ein einfaches Mädchen aus Irland, very simple.
Dann kamen die Wiesenschaumkräuter. Und alles war ausgetrocknet, tausendmal tot, und doch war es da, es existierte für immer, auch wenn es die Farben verlor. In hölzernen Kisten verwahrte er seine Funde, die dürre Pflanzenwelt rings um das Rote Meer, Fischgerippe, salziges Holz, lebende Steine, lauter Beweise.
Erst jetzt nahm Pauline den Tornister vom Rücken, sie würde eine längere Pause einlegen, und wenn Odderade auch erst eine Viertelstunde von ihr entfernt war: Nachdenken würde sie und auf die Schildkröten warten, für die der ehemalige, verlandete Hafen der Einstieg in ihr Sumpfparadies bedeutete. Nachdenken, das

hieß nicht zurückdenken, das hieß einfach die Gedanken auftauchen zu lassen, komme was wolle, und unter der Schädeldecke Claus Niebuhr auftreten zu lassen anstelle des Romans, anstelle der Gestalt am Ende des Grundstücks. Nein. Ja. C. N. Arabienforscher. Keilschriftexperte. Väterlicher Freund junger Mädchen. (Und er hat sie tanzen gesehen.) Den wird sie nicht vergessen, dem denkt sie nach.
Das Schildkrötenpaar brauchte sechseinhalb Stunden für diese Strecke (vielleicht hat es Pausen eingelegt und die langen Hälse starr in die Sonne gestreckt), aber es erreichte den alten Hafen und stieg hinab in die Feuchtgebiete von Seesimse, Wasserhahnfuß, Schachtelhalm und Hornblatt; es war halb vier Uhr nachmittags, und Pauline war im Sitzen eingeschlafen. – So geschah es, daß die europäischen Sumpfschildkröten unbemerkt in Niebuhrsland einstiegen und in den letzten noch verbliebenen Wassertümpeln wegtauchten.

44

Die Brieftäterin schlug ein neues Kapitel in ihrem Leben auf, denn sie hatte ein Tier zu sich genommen. Keinen Pinguin, nein, einen winzigen, gelb geflaumten, erst elf Tage alten Erpel. Der war ihr im Zoologischen Garten nachgelaufen. Es schien so, als hätte er die Mutter verloren, wie auch immer. Sie hatte ihn adoptiert. Durch die Straßen von Frohmann getragen bis in ihre verborgene Wohnung. Holzkiste an den Ofen gerückt, ein Nest aus alter Wäsche gebaut. Und jetzt saß sie daneben und fürchtete um das Leben ihres Tieres. Sie dachte nur an den Tod, nie an Rettung. Der Tod eines Tieres:

Erst sieht es aus wie Schlaf, dann krümmt sich der Hals und öffnet sich der Schnabel, am Ende öffnet sich auch das Augenlid, und das Tier blickt uns blind an, und wir glauben daran, daß das Tier wieder lebt. Ein Erpel, ein König, noch im gelben Flaum, aber am nächsten Morgen ist er kalt, und sie fühlt jeden einzelnen Knochen durch die Federwatte. Sie hat es gewußt und schlägt das Kapitel zu und schreibt, ein vorletztes Mal, Briefe an die Welt:

Sehr verehrte gelehrte Herren,

es war mir klar, daß Sie meinen Antrag ablehnen würden. So sind Sie, genauso sind Sie! Außerdem habe ich mein 1. Wissensgebiet, die Zoologie, aufgegeben. Und zwar endgültig. Bitte schreiben Sie mir nicht mehr (Please don't write me anymore).

gez. K. Nonulla.

Mein Herr,

ich weise Ihr Geschenk zurück. Außerdem finde ich rote Seide geschmacklos. Unterstehen Sie sich, sonst sehe ich mich gezwungen, die Gerichte einzuschalten. Kerstine Nonulla, Magister.

Oh, Anna,
ich liebte Dich, jetzt ist es tot, das kleine Vogeltier. Mich tröstet keiner mehr.
Lucca.

Verehrter Herr Niebuhr,
ich bitte Sie, retten Sie mich. Kommen Sie nicht, retten Sie mich! N.

45

Claus Niebuhr betrat, im gestärkten weißen Hemd und dem langen Überrock, die Linde. Sein Tisch war gedeckt. Er war zu den alten Gewohnheiten zurückgekehrt. Er wollte sich nicht mehr gehenlassen. Er war eine Amtsperson, die Leute sollten ihn respektieren. Er wollte auch wieder seine Korrespondenz mit den Wissenschaftlern der Welt aufnehmen. Er achtete darauf, daß Sophie seine Wohnung in Ordnung hielt, er dachte daran, wenigstens ab und zu kleine Empfänge zu geben, Gesprächsrunden, einen Salon zu unterhalten. Man brachte ihm die Vorsuppe. Lauchcreme mit geröstetem Brot. Er steckte sich die weiße Stoffserviette in den Kragen. Vom Nachbartisch her wünschte man „guten Appetit“. Der Wirt stand in reinlicher Schürze am Buffet und deutete eine leichte Verbeugung an. Wohl bekomm’s. – Löffel um Löffel füllte sich Niebuhr Wohlbehagen ein. Und beim Hauptgericht, zartes Deichlamm mit junger Kresse, war er der König in der Linde. Alle Gäste, die ihn kannten und die ihn nicht kannten, brachten ihm Achtung entgegen und streiften seinen Tisch mit ehrfürchtigem Blick. So sehr ruhte er in sich.

Das zweite Glas Bier schob ihm der Kellner zusammen mit einem Stück Papier an den Tellerrand. Diskret, diskret. Und auch Niebuhr hielt die Spielregel ein und ließ sich Zeit und las die Nachricht erst, als er das Bierglas hob, und auch nur beiläufig:

Verehrter Herr Landschreiber,

uns ist zu Ohren gekommen, welch gewaltiges Stück Sie die Wissenschaft durch Ihre Expedition vorangebracht haben. Auch wir möchten Ihnen dafür unseren Dank aussprechen und würden hocherfreut sein, wenn wir Sie heute zur blauen Stunde in unserem Hause zum Tee begrüßen könnten. Wir bitten um eine kurze Antwort.

Mit hoher Achtung, Kaufmann Heinrich Jakob Reuter, auch im Namen seiner Frau Silme.

Niebuhr spießte noch ein, zwei Lammstückchen auf die Gabel, bestrich die Kartoffeln mit Butter, hob das Glas Bier an die Lippen, erst dann gab er die kurze Antwort, indem er einmal in Richtung des Tisches nahe am Eingang nickte. Dort, das wußte er, saß der Kaufmann Reuter, Hamburger Gewürzhändler, der sich manchmal in seinem Sommerhaus auf Helmsand aufhielt und der für alle in dieser Gegend

eine sagenhafte Gestalt war, mitsamt Frau Silme.
Niebuhr nickte nur einmal und vergewisserte sich kaum, ob die Antwort den Empfänger erreicht hatte. Er aß weiter mit großem Genuß sein Hauptgericht, freute sich auf's Dessert, Pflaume in weißem Rum, und war der König der Linde. Allerdings trommelte seine Fingerspitze ein wenig auf der Besteckbank, ein erstes Zeichen von Nervosität, vielleicht die beginnende Ahnung von dem, was ihn jetzt einholen könnte. – Als er die Linde verließ, hatte auch der Gewürzhändler den Gastraum verlassen. Niebuhr klopfte sich die Asche vom Revers und trat auf den märzlichen Marktplatz.

46

Das Sommerhaus von Heinrich Jakob Reuter lag an der seezugewandten Seite. Helmsand selbst hatte, seit es mit dem Festland durch einen Damm verbunden war, sein eigentliches Inseldasein aufgegeben. Mit Trischen war es nicht mehr zu vergleichen, aber dennoch blieb es ein magischer Punkt in der Dithmarscher Bucht.
Deshalb hatte Reuter auch gewußt, warum er sein Sommerhaus gerade dorthin baute. – Die weiße Holzveranda ging auf die See hinaus, in korbgeflochtenen Stühlen schaukelte das Ehepaar träge und gottergeben in diesem nördlichen vorfrühlingshaften Nachmittag. Silme

stammte von einem gänzlich anderen Kontinent. Das sah man. Reuter war ein hanseatischer Kaufmann, der einen eintragsreichen Gewürznelkenhandel mit Zanzibar und Mombassa betrieb. Das sah man, zumindest das erstere. Geheiratet hatten sie auf Mombassa Island. Sultan Madschid bin Said, ein Bruder der Braut, war Trauzeuge, Gesine Thiessen, geborene Reuter, eine Schwester des Bräutigams, sollte die andere Trauzeugin sein, wurde aber in diesem Zusammenhang nicht anerkannt.
Dafür gab es unermeßliche Mengen von Reis, Ziegen, Maniok, Papaieien, Sesam, Hühnern, Kühen. Und so weiter, und so weiter, und die Frauen tanzten die Lelemame, und die Männer wirbelten die Schwerter durch die stehende Luft von Mombassas geheimen Distrikten. – Eine solche Hochzeit gab es noch nie. Nichts stimmte.
Windstille lag über der Nordsee, das Meer war ein ganz und gar leerer Raum, völlig unbewegt, ohne jede Andeutung einer Grenze, von nichts unterbrochen, lag es einfach so da wie eine graue, ganz gewöhnliche Wüste.
Niebuhr erschien pünktlich zur blauen Stunde. Ein Diener nahm ihm den Regenschirm ab, half ihm aus dem Überzieher. Der Hausherr ging ihm mit federnden Schritten entgegen. Ein junger Hamburger Kaufmann, weder gut noch schlecht aussehend, solide und gediegen, aber mit einem gewissen Hang zur Abenteurerei

ausgestattet, der sein Wesen in ein interessantes Zwielicht hüllte.
„Ich freue mich“, sagte er, „gehen wir auf die Veranda, ich denke, Herr Niebuhr, wir sind Männer gleichen Geistes. Unsere Augen sehen die Dinge in zweifacher Hinsicht. Bitte, wenn Sie mir folgen. Immer noch ein Dahinterliegendes. Meine Frau erwartet uns. Bitte.“
Und sie traten auf die weiße Holzveranda, und die Wüste lag ruhig und in Grau. Im Schaukelstuhl saß Frau Silme und reihte Perlen auf einen langen dünnen Faden. Sie hatte nichts zu tun all die Tage. Sie war die meiste Zeit abwesend und litt an Heimweh, einer noch wenig erforschten Krankheit.
„Das, meine Liebe“, sagte ihr Ehemann, „ist Herr Niebuhr, Landschreiber dieses Kreises und ein weitgereister Mann und Wissenschaftler.“
Die Glasperlen fielen klirrend in den Schoß zurück, eine matte bräunliche Hand flatterte mühsam in Niebuhrs Richtung. Er führte diese Hand für eine Schrecksekunde an seine Lippen. Frau Silme zuckte.
„Vielleicht gibt es heute noch ein Gewitter“, sagte der Hausherr und blickte über die Nordsee wie über sein Feld, „es wäre das erste in diesem Jahr.“
Claus Niebuhr hatte noch immer so gut wie nichts gesprochen. Jetzt saß er zwischen seinen Gastgebern am kleinen Rattantischchen

und blickte ebenfalls über die Nordsee. Ihm fielen seine seltenen Dienstreisen nach Trischen ein, wo er die Vogellisten zu überprüfen hatte. Das konnte ein Thema der Konversation sein, dachte er, auf Zanzibar und Mombassa könnte man dann immer noch zu sprechen kommen.
„Kennen Sie Trischen?“ fing er an und wandte sich mit dieser Frage an Frau Silme. Die aber schwieg mit leeren Augen.
„Meine Frau beherrscht unsere Sprache noch nicht“, beeilte sich der hamburgische Gewürzhändler zu sagen.
„Ich verstehe“, sagte Niebuhr und schwieg wieder.
Glücklicherweise wurde jetzt der Tee aufgetragen.
Anschließend kam das Gewitter.
Jetzt zuckten kleine Blitze über das leere Grau dahin. Heinrich Jacob Reuter bot dicke Zigarren an. Niebuhr griff dankbar zu. Eine Unheimlichkeit machte sich breit. Er schloß die Augen und stieß gewaltige Wolken aus.
„Ja“, sagte er, „ja. Nach Zanzibar bin ich nie gekommen.“
„Aber Sie kennen Mombassa Island?“
Niebuhr zögerte mit der Antwort: „Möglicherweise ja“, sagte er dann und biß sich mit großer Verzögerung auf die Zunge.
Der Boy goß Tee nach. Reichte noch einmal das silberne Schälchen mit den gezuckerten Pista-

zien herum. Ein letzter Blitz zuckte. Frau Silme saß ganz unbeteiligt.

„Ich bin, so muß ich zugeben, durch das Geschäft meines Vaters in den deutsch-ost-afrikanischen Handel hineingezogen worden. Als junger Mann hatte ich andere Pläne. Die alten, längst verschollenen Sprachen und die Entzifferung ihrer Schriften lagen mir am Herzen. Ja, mein lieber Herr Niebuhr, da staunen Sie, aber es ist wirklich so gewesen, das hätte ich gerne studiert, nur das Leben stellt einen Mann oft an ganz andere Stelle. Und ich will mich nicht beklagen, es geht mir gut. Aber fremde Kulturen reizen mich noch immer...", und er warf einen schrägen Blick auf seine Frau, die sich wieder ihren Perlen gewidmet hatte.

Niebuhr dachte: Pfeffersack bleibt Pfeffersack. Gleichzeitig bewunderte er diese Menschen, Reichtum flößte ihm stets Respekt ein. Da war es wieder, dieses lebenslängliche Minderwertigkeitsgefühl des Mannes aus einfachen Verhältnissen. Hielt er die Tasse Tee richtig, öffnete er die Pistazien auf die geforderte elegante Art und Weise? „Erzählen Sie von Ihrem so unfreiwillig langen Aufenthalt in Bombay. Wer hielt Sie fest? Welcher Unstern stand über Ihrer Reise?" Jetzt begann der Kaufmann aus Hamburg und Mombassa das Teegespräch. Niebuhr ließ sich darauf ein. Die blaue Stunde.

47 Pauline Yolland verbrachte die Nacht im Freien. Von nun ab wollte sie es immer so halten. Frieren, wenn es kalt war, schwitzen, wenn die sommerliche Schwüle kam. Unmerklich altern. Während der Nacht zog sich eine dünne Nebelschicht über den verlandeten Hafen. Es war der Nieselregen ihrer Mädchenjahre, ein ersten unmerkliches Wachsen der Brust, striktes Berührungsverbot für alle Menschen, die sie umgaben. Der Dubliner Süden: Mann mit dem Akkordeon, warmer Regen. Von Theben komm ich. Barfuß über'n Sand. Die Muschelsplitter bleiben zwischen den Zehen hängen. Tangblasen zerplatzen lauter, als sie sollen. – Paß auf, paß auf. Denk an deinen Vater. Dem wurde so eine wie du zum Verhängnis. Dein depressiver Vater. Immer schwermütig. Wie er da sitzt im Regen, auf irgendeiner Bank oberhalb vom Phoenix Park, und kein Ton kommt mehr aus dem Akkordeon, und er merkt nicht einmal, daß es regnet.

Ganze Wochen am Strand und immer barfuß, das war mein wunderbares Leben als Mädchen, und zu Hause hingen die Schutzengelflügel, Mutter hatte ein großes Herz und zeigte ihre Angst nie. –

Ich hatte ein Zelt an den Landungsstegen von Laoghaire, roch nachts im Schlaf noch nach Teer und bekam Haare unter den Achseln.

Nach Theben ging ich. Und ein paarmal noch nach Bombay. Lag viele Nächte wach. (So wie auch jetzt, und denke zurück.) Als ich schlief am Strand von Dùn Laoghaire, war ich immer auf dem Sprung wie eine von den Hafenkatzen. Die eine Gesichtshälfte bestrich der Wind, die andere lag in völliger Windstille. Der Wind wehte gleichmäßig von See her die ganze Nacht. Ein Zelt brauchte ich nicht mehr, der Wellenschlag schlüpfte ins rechte Ohr hinein und zum linken wieder hinaus. Die Wolldecke wurde klamm, und Nebel legte sich auf meine Haare. Man träumt anders. Und in der Nähe lagerten Bretterstapel, die brauchte niemand mehr. –

Und zwischen den Brettern hausten die ägyptischen Katzen, denen streute man Gift in die Mäusemägen, aber sie krepierten nicht, denn sie hatten sieben Leben. – Ich legte mein erstes Leben zu diesen Katzen und schnurrte und wartete, bis Vater und Bruder kämen und mir mein Fell kraulten. Und wollte von nun an alle Nächte im Freien verbringen, daß mir die Nässe und das salzige, übelriechende Hafenwasser das Rückgrat heraufkröchen. Ich war noch keine Dreizehn, und sie nannten mich die Verrückte.

Niemand wußte, wo sie meine Nabelschnur vergraben hatten.

Ich leckte mir das Fell wund wie alle Katzen aus dieser Zeit.

48 „Schwer fällt es mir, mich zu erinnern, alles Wesentliche habe ich aufgezeichnet und viele Beweisstücke gesammelt, Herr Reuter, warten Sie die Veröffentlichungen meiner Bücher ab. Ich lade Sie zur Subskription ein. Und Sie werden ein äußerst genaues Werk in Händen halten, in dem ich nichts auslasse, was das Auge sah. – Alles andere, wenn Sie schon von dem Dahinterliegenden sprechen, ist das Geheimnis und als solches auch kenntlich gemacht von mir, also unsichtbar und nicht in den Büchern enthalten und selbst aus meinem Kopf verbannt. – In Bombay, wenn Sie das wissen wollten, habe ich nichts anderes getan als meine Karte des Roten Meeres ausgearbeitet, täglich habe ich Stunden mit dieser Arbeit verbracht, lediglich Teile der Westküste fehlen, weil ich sie nicht kennengelernt und auch keine Gewährsleute für sie gehabt habe. Aber mit Stolz kann ich sagen, daß meine Karte Voraussetzung dafür war, daß die Engländer eine erste Postroute zwischen London und Bombay einrichten konnten, die nicht mehr um Africa herum, sondern über Ägypten und durch das Rote Meer führte. – Seit nunmehr elf Jahren lebe ich in Süderdithmarschen. Und habe mich eingerichtet hier, wenngleich mir die hiesigen Menschen immer fremd bleiben werden. Dabei sind sie meine Nachbarn, doch reden kann ich mit den wenigsten. Sie essen Wurst und trinken

Kaffee. Nur mein Boje, der junge Landvogt, ist mir ein Freund geworden. Wir können uns über Dinge austauschen, die jenseits vom Alltag dieses Landstriches sind, denn den dithmarscher Geist werden wir uns nie zu eigen machen können. Und es gibt da noch die junge Einwanderin, die ein wenig in meinem Leben aufgeräumt hat und der ich, so Gott will, ein Heim schaffen werde draußen im Tiefland ..."

Niebuhr wußte selbst nicht, warum er jetzt redete wie ein stetig dahinziehender Fluß, warum er redete von Privatem und sonst Verschlossenem, aber er wußte, daß er nun nicht mehr aufhören konnte. In seinem Geiste schrieb er ein weiteres Kapitel, und der adrette Kaufmann nebst seiner wie abweisend erscheinenden Frau Silme interessierte ihn nicht. Manchmal kam der Diener und schenkte Tee nach.

„Dort kann sie bleiben, solange sie lebt. Ich weiß zwar, daß sie zur Bäuerin nicht taugt, aber es wird ihr Ruhe geben, daß sie durch die eigenen Fenster hinaussieht und die Herde unserer Rinder betrachtet. Und mir ist es wichtig, sie in meiner Nähe zu wissen und mich der Leere des Tieflandes hinzugeben."

49

Die Smyrna-Bar hatte heute geschlossen. Von der kleinen Kirche her hörte man das Sterbeglöckchen, dann öffnete sich das Tor, und der schmucklose Sarg wurde

ins helle Mittagslicht herausgetragen. Nur wenige folgten ihm. Man hatte Krüger nicht geliebt in diesem Dorf, er hatte nicht dazugehört. Sein Tod hatte zwar alle überrascht und war gestern und vorgestern das Gespräch gewesen, aber kaum jemand hatte das Bedürfnis, ihm nahe zu sein auf jenem letzten Rest seines Weges.
Der Pastor sprach. Er hatte Krüger nicht gekannt. Das, was er über ihn sagen konnte, war die übliche Geschichte. Angehörige, die er hätte befragen können, waren nicht zu finden gewesen. Herr, vergib. Und: Gewähr ihm Einlaß. Hier steht er: der arme Sünder. Öffne ihm die Tür. Und Friede seinem Gebein.
Die Smyrna-Bar hatte geschlossen heute. Der Tod, der ohne Ankündigung wie ein Stein vom Himmel fällt, ist ein gnädiger Bruder.
Krüger lag leblos auf dem Teppich der Meiereiwohnung. Flusen und ein paar tote Brummer leisteten ihm Gesellschaft; es war einer der üblichen Teppiche, weich und häßlich, weder billig noch teuer. Diese bürgerlichen Teppiche! Mit den orientalischen Mustern! Krüger war gestorben. Mitten im Traum. Der hinzugerufene Arzt konnte keine Todesursache feststellen. Zeyla, in noch mehr und noch schwärzere Tücher gehüllt, bot sich als Klageweib an. Man ließ den Teppich, wo er war. Den Leichnam bahrte man auf in der Kapelle des Fernewinkeler Gottesackers. Langgräber. Drei Tage lag

Krüger dort und nahm Abschied, er atmete den eiskalten Duft der Blumen rechts und links von seinem Haupt. Er blickte aufmerksam in Richtung der rundbogigen Tür, die in den drei Tagen nur ein einziges Mal aufging. Herein trat eine Männergestalt, die er vorher nie gesehen und die, nachdem sie ein grünes Blumengebilde an seinem Fußende abgelegt hatte, noch eine Weile still stehen blieb und die Hände vor der Brust gefaltet hielt. – Sonst geschah nichts in diesen drei Tagen in Eiseskälte und Abschiednehmen. Dann hörte man das Sterbeglöckchen, und das Tor öffnete sich. Die Smyrna-Bar hatte an jenem Tag geschlossen.

50

Mitten im Sommer war Richtfest. Niebuhr hatte den Bau eigenhändig vorangetrieben. Plötzlich drängte ihn die Zeit, nichts konnte schnell genug gehen. Er verließ sich auf niemanden mehr. Wenn, dann mußte es jetzt passieren. Und die Bauern rammten ihm die Eichenpfähle in den Grund, und die Zimmerleute bauten das Gerüst, und Steine wurden herbeigeschafft aus einem Abbruchhaus in der Nähe von Elpersbüttel. Auf dem First ritt der Meister und sprach seinen Spruch: „Mit Gunst und Verlaub! Dank dem Bauherrn, dessen sinnreich Walten gleich einem Leitstern über allem steht. Der letzte Schluck, er gilt der Ehre“, und warf

das geleerte Glas rücklings der Erde entgegen. Dort standen Niebuhrs Gäste, die ihm Glück wünschten.
Der *Verein Gelehrter Männer* war vollzählig vertreten, auch Thies Boje, der Landvogt, war anwesend: „Daß Sie, mein lieber Niebuhr, nun ein Bauer werden wollen, das hat uns alle überrascht, zu groß war unsere Vorfreude auf die Gesellschaften und Gespräche in Ihrem Hause, nun mögen wir nur hoffen, daß Sie der Wissenschaft nicht Lebwohl sagen und auch hier draußen in der Wildnis Ihr Werk nachbereiten und, falls noch möglich, vorantreiben."
Niebuhr lächelte, wie immer hin- und hergerissen zwischen dem Heischen nach Anerkennung und Ruhm und dem Wunsch, ihnen allen den Rücken zu zeigen und nur mit sich allein zu reden und zu kämpfen.
„Ja", sagte er, „ja", und hob erneut das Glas. Und seine Gäste, unter denen auch der Architekt war, der Medicus und Arzt von Meldorp, der Pastor, der Küster, das Volk von Odderade, der Wirt, die Großbauern der umliegenden Dörfer, die drei alten Leute, der Fuhrmann, selbst die schwarze Zeyla war da, nur Pauline Yolland fehlte und der tote Krüger, diese Gäste alle hoben erneut ihre halbvollen Gläser und stimmten ein in die Trinksprüche, die gelogenen und die wahren. Die Luft war diesig, zitterte ein wenig, auf rotbramsigen Gesichtern glänzten Schweißtropfen, manche Adern platz-

ten auf breiten Nasen, selbst die feine Blässe der gelehrten Männer rötete sich unter dem fortwährenden Alkoholzuspruch. So viele Schlucke wie Trinksprüche und mehr und mehr. – Doch plötzlich sah Niebuhr nur noch das Haus, den MOORHOF. Das matte unregelmäßige Rot der Backsteine, daraus senkrecht emporwachsend die groben Pfosten, auf denen das Dach ruhte, Buchenholz, fest, aber schon etwas luftig, und ringsum wehten die Späne herum. Mit Stroh würde er dieses Dach decken lassen, Reet, Schilf, Bambus, Palmblätter. Zögernd leckt und tropft das Regenwasser. Kühl im Sommer, warm im Winter.

Wo war Pauline, wo war Pauline?

Ein flüchtender Schatten legte sich über Niebuhrs Augen und war schon fort am jenseitigen Ende der Ebene, da, wo die Meereshäfen lagen und das Meer, das mal Wasser, mal Land war.

Die Zimmerleute hatten sich abseits gesetzt, leerten die Kornflasche bis auf den letzten Tropfen. Niebuhrs Gäste waren müde geworden und lagerten sich in die hohen Gräser. Vom Boden her drang die Feuchte durch ihre Kleider bis in die Zentren ihrer Körper.

Niebuhr, erschöpft von seiner Rolle als Gastgeber, war im Sitzen eingeschlafen. Sein Architekt sollte ihn vertreten. – Wo aber war Pauline? Wo? – Die Häfen nahmen sie auf, Dublin, Mombassa, Kopenhagen, Rio Elba.

51 Zeyla bewohnte jetzt allein die ehemalige Meierei. Sie hütete den Packen Geldscheine, den Krüger ihr vor seinem Tod auf den Tisch gezählt hatte. Sie war die rechtmäßige Erbin. Das Dorf begegnete ihr mit offener Feindschaft. Sie richtete sich darauf ein. Die Smyrna-Bar wurde nie wieder geöffnet, der Stuhl am Ende des Grundstückes verrottete im Auf und Ab des Wetters. Und bewahrte seine Geschichte. Und die des Schlüssels.

52 „Ich lade Sie ein, zu einem Glas Wein", sagte die Stimme ihr schräg gegenüber. Doch auch wenn der Klang der Stimme ihr gefiel, so lehnte sie doch dankend ab.
„Nein, nein, nein." Von nun an lehnte sie alles ab. Und schrieb einen Roman. Diese Stadt war ganz anders als der Dubliner Süden. Und doch. Bald würde der Fluß anfangen zu stinken. Rio Elba. Unter ihrer Schädeldecke der Roman, die Fortsetzung des Romans, was ein Mensch sich ausdenkt, siehe, ein Mensch! Sie bat, das Fenster öffnen zu dürfen. „You can smell it?" „No, no, no." Das Fenster war eines von vieren, die die Fassade der Washington-Bar bestimmten. Leuchtend rot die Rahmen gestrichen, Bild für Bild, und matt das Gelb der Hauswand, auf die die schräge Abendsonne fiel. Hier also wohne ich, sagte sie sich. Keine Nächte mehr draußen

im Gras, kein Staub mehr in jeder Falte meines Körpers.
Es ist nicht die beste Wohngegend, und meine Arbeit ist mehr als kompliziert, aber ich sehe alle Schiffe, keines kann mir entgehen. Hier ist die engste Stelle des unendlich breiten Flusses, Eingang zum Hafen. Die Lagerhäuser drüben riechen nach Zimt und Nelken, an ihren Kränen schweben die Pfeffersäcke nach oben. Oh, hängt ihn auf. And save my soul! Aber was soll ich tun, meine Seele?
„Ich lade Sie ein, Fräulein, zu einem Glas Wein."
„Danke, danke, danke." -
Schiffe wurden entladen. Tag für Tag, es waren kräftige junge Männer vom Land, die unter der Last der Säcke taumelten, als wären sie betrunken. Die Schiffe kamen von Westen den Fluß hinauf. Ihre Namen zu entziffern am Bug und ihre Heimathäfen, davon konnte Pauline nie genug bekommen. Die Washington-Bar war ein quadratischer strenger Raum. Eine Handvoll Kaurimuscheln hatte jemand auf der Theke vergessen, Cigarettes and Whisky; es sind dies jene winzigen porzellanhaften Muscheln mit dem Haifischmaul, die fest an den Unterwasserfelsen kleben und erst mit Messer oder Daumennagel gelöst werden müssen. Jahrhundertelang waren sie das einzige Zahlungsmittel, das wir kannten. Vierhundert Kauri für eine Frau. Das sind viele Hände voll. Das wird so bleiben.

„Ich lade Sie ein, zu einem Glas Wein."
„Oh bitte nicht, oh bitte nicht."
Mit Bleistift auf Papier: Ein altes Kontobuch ist das, bei Blohm & Voss hat sie's aufgetrieben, mit vielen blaßgrünen und senkrechten Strichen; quer über die Spalten der Tabellen schreibt sie. Das Schwarze vom Himmel herunterholen: Ganz am Ende des Gartens fand sich ein alter Stuhl. Für immer würde es ein Rätsel bleiben. Wie sich ein Gebirge aus Wolken über dem fernen Haus aufbauen konnte. Er hing am Nagel des Birnbaums. Und auch der Schlüssel wird dort schon mehr als eine Generation gehangen haben. Vielleicht war er schon tot. Die irischen Gärten sind anders. Ich hatte meine Gesellenprüfung bestanden und wollte einen gänzlich anderen Beruf ergreifen. Mein Name ist Cecil Charlotte. Ich habe zwei Schwestern, Bruder, Vater, Mutter, den Mörder als Onkel. Man wird geboren, so oder so. Ist ein Junge und wird Kartenspieler. Ist ein Mädchen und wird Puppenmutter und schneidert sich alle Kleider selbst. Oder wird Verkäuferin. Was verkaufe ich? Mein Name ist Charlotte Cecil, und ich verkaufe Romane. Keine Zeit für Romane, sagen Sie? Oh, doch! Wenn die Schulzeit zu Ende ist, sollst du dich entscheiden. Wähle klug. Erkenne deine Neigungen! Ich neigte zu nichts, ich machte eine Lehre als Verkäuferin, aber meine Phantasie sprengte jeden Laden, in dem ich stand. Als ich ausgebildet und die Prüfung bestanden

hatte und von der Haarspange bis zum Rollschinken alles und nichts verkaufen konnte, fuhr mir ein Blitz unter die Schädeldecke. Ein kleiner feuriger Kugelblitz, der dir nicht das Leben raubt, aber dich zwingt, an einem gänzlich anderen Ort als ein gänzlich anderer Mensch wieder aufzuwachen.

Charlotte Cecil tritt zögernd an den alten, schon ein wenig vermoderten Birnbaumstuhl heran, Spitzwegerich und Farn wachsen durch das Holz. Nachbars Gänse schlagen die Luft, sonst kein Laut, Hambourg, Hambourg. Welche Gesellenprüfung? Ein Wolkenbruch geht nieder über die tausend glänzenden Häuser, und dann pinseln sie einen Regenbogen über den nördlichen Himmel, und die Straßen trocknen und dampfen. Aus den Schächten strömt der Geruch, oh nein, mein Herr, danke, kein Glas Wein, geben Sie Muschelgeld, einen Beutel voll.

53 Zeyla hatte die Beine unter ihren weiten Rock gezogen. Von ihrem Diwan aus regierte sie die Welt. – Die ganze Meierei, von den Kühlräumen über die Butterei bis hin zur Bar, stand nun still und leer. Zeyla hatte auch nicht die Absicht, daran etwas zu ändern. Ihr Leben spielte sich auf dem Diwan ab, den sie nur verließ, um nebenan Trauben und Nudeln in sich hineinzustopfen. Tee trank sie halb im Liegen.

Ihr Körper wuchs. In den Hautfalten sammelte sich kleiner feiner Schweiß, süß und klebrig wie Honig von den Rapsfeldern der Marsch. – Sie war damit beschäftigt, sich ein neues Opfer zu suchen. Das füllte sie ganz und gar aus.
Und zwischen den Teeschlucken kleine Würfel von Halva und Gazellenhörnchen.
Wen konnte sie verführen?
Sie spulte alle Gesichter ab, die ihr in ihrem Leben begegnet waren (noch immer hielt die Bildmaschine bei dem Gesicht jenes Mädchens, das sie einst in ihre Kutsche gelockt und in die Persepolis-Klause verschleppt hatte: wie schön diese roten verschmierten Haare, dieser Blick, diese Ostsee), und je mehr Gesichter durch ihren Kopf liefen, desto müder wurde sie.
Zeyla schlief viel. Die reiche Witwe. Manchmal schlugen Steine gegen ihre Fenster. Glas klirrte oder zerbrach. Sie beachtete den Windzug kaum, befühlte nur vorsichtig ihre Schädeldecke unter der Kopfhaut, in der Unmengen von Haaren ihre Wurzeln hatten.
Als die Zeit des Richtfestes nahte, wußte sie, wen sie verführen wollte. Und ein vorletztes Mal verließ sie ihren Diwan. Sie stand auf. Es war mitten im Sommer, und sie schwitzte sehr. –
Nie hatte sie die Ebene betreten, flach wie ein Teller, der sich nur an den Rändern ein wenig hob. Das Gehen bereitet ihr Mühe, und sie gab

es bald auf. Eine Kutsche hielt, als sie auf dem Meilenstein am Dorfende von Fernewinkel saß. „Können wir Sie mitnehmen, schöne Frau?“ kam eine angeheiterte Stimme aus dem Wagenschlag heraus. Es war der Landvogt Thies Boje im Kreise einiger gelehrter Männer, die neugierig ihre Hälse aus den frisch gestärkten Kragen streckten, um besser sehen zu können.
Wie Schildkröten, dachte Zeyla und sagte: „Oh ja, zu nett, die Herren.“
Es war etwas schwierig, Platz zu schaffen für diesen Frauenkörper samt Kleidern und Unterröcken, samt Ketten und Schleifen und duftender Haarwolke. Die Herren schafften es. Und begannen dann ein Gespräch, unverhohlen neugierig, aber in keiner Weise zudringlich. – Es stellte sich heraus, daß einer der Herren, der Apotheker Dr. Lange, schon einmal das Vergnügen gehabt hatte, ein paar Worte mit der schwarzen Frau zu wechseln. Sie konnte sich nicht erinnern. „Aber doch“, beharrte er, „es war an einem frühen Sonntagvormittag, und ich hatte Sonntagsdienst, Sie drückten auf die Nachtglocke, und ich hörte das Läuten zunächst nicht, weil die Glocken, die zum Gottesdienst riefen, viel zu laut waren. Doch dann ließ ich Sie endlich ein, und Sie waren in heller Aufregung, und Sie sagten: Es ist am Sterben, es ist am Sterben!!, und ich verstand nichts und wollte Sie zum Doktor schicken, der mein

Nachbar ist, aber da fingen Sie an zu lachen: Nein, nein, es ist gar nicht wahr, ich bin eine ein wenig betrunkene Frau und mache Spaß, eine betrunkene, zuviel gefeierte Frau..., ja, ich weiß noch jedes Wort, seltsam, jedes Wort."

Dr. Lange rieb sich die Augen, die Kutsche hatte Odderade erreicht.

„Aber ich bitte Sie, lieber Apotheker, nicht solch ernste Gespräche, wir haben die Dame noch gar nicht gefragt, wohin sie denn reisen will, wir jedenfalls müssen nun die Hauptstraße verlassen und abbiegen in unsicheres Gelände."

„Ich komme mit, ja, es ist natürlich", antwortete Zeyla und wurde in einer sanften Kurve sanft an den Landvogt Boje gedrückt, der der Männer gelehrtester ist und Briefwechsel mit dem Göttinger Hain und anderen Professoren unterhält.

„Gut, Verehrteste, sehr gut, ich denke, unser großer Reisender wird erfreut sein, eine solche schöne, fremdartige Blume unter seinen Gästen zu erblicken."

So geriet Zeyla auf das Richtfest des Landschreibers Niebuhr. Der Nachmittag war schon fortgeschritten, und der Zimmermannsmeister ritt auf dem Dachfirst. Man schob ihr einen Hocker hin, und sie setzte sich erschöpft, aber zufrieden, ihre schwarzen Röcke fielen ins gelbe Sommergras. Niebuhr erhob sein Glas und ließ sich feiern. Dann sah er nur noch das Haus, den Moorhof.

54 Mitten im Winter fand der Einzug statt. Niebuhr ließ nur das Nötigste hinschaffen. Er hatte sein Haus in vier gleich große Räume aufgeteilt. Ein Arbeitszimmer, ein Schlafzimmer, Paulines Zimmer und ein leeres Zimmer. Die Küche hatte er vergessen.
Es war der 4. Januar, als die vier Pferdewagen Meldorp verließen und die mit nur wenig Schnee bestreute Ebene ansteuerten. Niebuhr hatte sich auf den ersten Wagen gehockt. Er führte selbst die Zügel, dies sollte seine letzte Expedition sein. Er wollte keinen Fehler mehr machen. Die Wege waren tief und nur an der Oberfläche gefroren, über den Spuren lag weißes Lufteis, das bei der kleinsten Berührung zerbrach. Die letzten Häuser Meldorps versackten in Nebelresten, ein paar rote gefrorene Äpfel, die noch in den Bäumen hingen, dann war nichts mehr. Die wollene Unterwäsche tat ihm gut, die Leibbinde. Die Sonne stand noch im Osten, matt wie ein Mond. Die Kälte um ihn her isolierte ihn von allen. Er dachte an das Ziel, den vierfachen Kamin. Die Pferde liefen, ohne daß er sie antrieb. Bald hatten sie Hesel erreicht, die letzte menschliche Siedlung. Niemand stand vor den Höfen. Der Rauch aus den Schornsteinen legte sich nach Osten, der Wind blies gegen die Sonne. – „Adieu ihr Salons, ihr Empfänge, ihr kalten Buffets, ihr Vernissagen, ihr Gesprächskreise, ihr Vorträge, ihr Clubses-

sel, ihr gelehrten Reden, ihr Weinkelche, auf Nimmerwiedersehen..." Niebuhr sang es laut über die dampfenden Pferderücken hin. Er würde Meldorp nicht wieder betreten. Er hatte sich selbst seines Amtes enthoben, die großbürgerliche Wohnung über der Goldschmiede aufgegeben. Was er nicht mehr benötigte, hatte er dort gelassen, was ihm nötig erschien, wußte er auf den vier Wagen. Der letzte war leer geblieben.

Er dachte zurück an die Kisten, die sie damals auf die GRÖNLAND hatten schaffen lassen. Voller Instrumente, Beobachtungsbestecke, Zeichenmaterial, Wörterbücher, Geschirr, Medikamente, Silberlinge, Empfehlungsschreiben... Alles zugenagelt und wasserdicht verpackt. Die konträren Winde. Dreimal hatten sie zurückkehren müssen nach Helsingör. Dreimal? Und als sie zum vierten Mal ausliefen, gelang die Reise, kein Matrose fiel von der Rah, kein Mast brach, *und wir machten fleißige Beobachtungen über die zunehmende Salzigkeit des Wassers. Ich bemühte mich auf allen meinen Seereisen nicht nur des Mittags, sondern oft auch des Nachts die Polhöhe unseres Schiffes vermittelst eines guten Oktanten zu bestimmen. Obgleich man nun von den Seebeobachtungen, besonders im Winter und in dieser Gegend, wo die Sonne nur wenig, und also nicht so merklich steigt, keine so große Genauigkeit erwarten kann als von denen, welche mit einem guten*

Quadranten am Lande gemacht werden; so sind sie doch immer sehr nützlich.
Die Sonne verschwand wieder, und der Tag wurde nebliger. Gegen Mittag sah Niebuhr nach Norden hin einen Tau- oder Nebelbogen, der sich von einem Regenbogen in nichts unterschied, außer daß er ganz weiß und also ohne Farben war. Ein paar Schneehühner hatten sich verirrt, denen schaute er mit wehmütigem Blick nach. Dann begann es zu grieseln. Gefrorener Nebel. Niebuhr sah nichts mehr. Unsicher prüfte er die Luft, schloß die Augen. Dann zog er die Zügel, die Pferde standen und scharrten. Dung fiel ins gefrorene Gras und dampfte. Weglos war das Land. Die nachfolgenden Wagen stießen gegen ein Hindernis. Pferde wieherten. Es klirrte. Heisere Stimmen riefen, stellten bruchstückhafte Fragen. Niebuhr gab keine Antworten. Die Schneehühner hatten sich verirrt. Die Methode des Professors Mayer, die Länge zur See durch Beobachtung des Mondes zu bestimmen, ist ohne Zweifel die richtigste.

55

In dem verflossenen halben Jahr hatte Zeyla alle Arten der Verführung ausprobiert, mehr als einmal hatte sie den Kaufmann Reuter und seine Frau Silme aufgesucht, im Korbstuhl gesessen und auf das schiefergraue Meer geblickt. Es war nicht einfach, diesen

einen weißen Fleck aufzudecken. Diesen dunklen Punkt auf der Reise Niebuhrs, der von allen verschwiegen wurde und in keinem seiner Bücher auftauchte. – Der Kaufmann aus Hamburg, das glaubte sie, kannte ihn. Aber er schwieg nur vielsagend und redete unaufhörlich über sich und die Welt. Silme war eine lächelnde Salzsäule. Dort draußen, weit hinter Trischen, lag der weiße Fleck, ein leichtes Sausen in der Luft, Ströme von Schweiß und krummgeprügelte Palmen.
„Es ist natürlich", sagte sie, „vor viel mehr als dreißig Jahren, ein kleines Mädchen war Zeyla, hab' ich ihn dort gesehen, den Erforscher, ihn allein, seine Herzensfreunde waren alle tot."
Reuter schüttelt nur nachsichtig den Kopf, weiß er, wovon die redet, interessiert ihn das? Weiß die, wovon sie redet? Die! Mit ihrem krausen Kopf.
„Trinken Sie noch eine Tasse, Verehrteste, und beehren Sie uns bald wieder." – Ja, sie versteht. The sun goes down, hätte jetzt ihre rothaarige Bekannte gesagt. Und es ist wirklich Abend geworden, Trischen liegt im allerletzten Licht, und käme der Weg zu Niebuhr, diesem eigenartigen Gewächs in ihr, nur über einen Kaufmann zustande, einen hanseatischen, ja, sie ginge den Weg, es ist natürlich.
„Ich bitte den Herrn", sagt sie und stellt die leergetrunkene Teetasse auf ihre Untertasse zurück, „mich zu begleiten zu dem Vortrage, den

der Herr Reisebeschreiber Niebuhr nächsten Freitag geben wird."

„Ach, ja, hält er Vorträge?"

„Es ist natürlich."

„Gut, wenn Sie es wünschen. Ich lasse Sie abholen. Wir gehen dann zu dritt."

56 Am Freitagabend stand der Kaufmann Reuter allein in Meldorp. Silme hütete das Haus. Er stand auf dem Marktplatz in Höhe der Tränke und verglich seine goldene Taschenuhr mit der Domuhr. Sie zeigten verschiedene Zeiten an. Einer wie Reuter wird schnell ungeduldig, aber zwischen den Zeiten traf die Kutsche ein, die er nach Fernewinkel geschickt hatte, und er war zufrieden. Die Pferde wurden an die Tränke geführt, der Kaufmann half der schwarzen Frau aus dem Wagen. Im Grunde schämte er sich, mit dieser Frau gesehen zu werden, aber er hatte sich nun einmal in seinem Leben zur Vermischung der Kontinente entschlossen, und daran mußte er festhalten. –

Zeyla sah erschöpft aus. Unter ihrer dunklen Haut lag eine Blässe.

„Sie sind müde, Verehrteste?"

„Ich schlafe nicht gut zwischen diesen Zeiten."

„Sie haben Sorgen?"

„Fragen habe ich."

„Dann stellen Sie sie."

„Ich bin nicht gut in Worten, entschuldigen mich der Herr."
„Nun gut, ich glaube, wir müssen jetzt gehen, der Saal der Linde scheint schon gut gefüllt."
„Es ist mir aufregend, bitte, gehen Sie nicht so schnell."
Vor der Linde wehten die Landesfahnen und die des dänischen Königs. Drinnen waren alle Stühle besetzt. Es war das erste Mal, daß Claus Niebuhr in seiner Heimatstadt einen Vortrag hielt, und kaum einer seiner Landsleute wollte sich das entgehen lassen.
Der Saaldiener trug zwei Stühle herein, die er noch vor die erste Reihe, direkt vors Rednerpult postierte: „Bitte, Herr Kaufmann."
So kam es, daß Heinrich Jacob Reuter und Zeyla unter den Augen Niebuhrs saßen, zum Greifen nah.
Der ganze Saal applaudierte, als der Forscher vom Landvogt Boje in den Saal geführt wurde, ja, man erhob sich von den Stühlen.
In knappen Worten schilderte Boje Leben und Leistung Niebuhrs, er stamme aus einfachen Verhältnissen und habe sich alles selbst erarbeiten müssen. Seine Bescheidenheit sollte uns allen, aber besonders der heutigen Jugend, zum Vorbild sein. „Wir sind stolz auf ihn, er ist ein großer Meldorper und unterhält sich heute mit den bedeutendsten Wissenschaftlern der Welt, er ist der wahre Geograph, er hat uns die Augen geöffnet, bitte, Herr Etatsrat."

Niebuhr nickte, versuchte freundlich in die Runde zu lächeln. Plötzlich fühlte er sich unendlich müde. Er mußte sich zwingen, ans Rednerpult zu treten. „Verehrte Anwesende, ich danke für den Applaus, verehrter Herr Landvogt, ich danke für die Worte. Ich möchte heute sprechen über die Insel Bombay. *Die Insel Bombay liegt an der westlichen Küste Indiens und gehört schon seit 100 Jahren der englischen Ostindischen Handelskompanie, welche hier eine Regierung eingesetzt hat, der alle Faktoreien unterstehen, die sie an dieser Küste von Ceylon bis Basra besitzt. Der Hafen ist groß und windgeschützt, also sehr wertvoll. Die Insel selbst dagegen ist klein. An manchen Stellen ist sie kaum eine halbe deutsche Meile breit und überhaupt nur zwei Meilen lang, wenn man nicht eine kleine Insel dazurechnet, welche von den Engländern Old Women's Island, das heißt Altweiber-Insel, genannt wird. Der Boden zwischen diesen beiden Inseln ist ein Fels, der so hoch ist, daß man zur Zeit der Ebbe trockenen Fußes von einer zur anderen gehen kann. Auf der Insel Bombay sind viele …*“, es irritierte ihn, genau unter sich, noch vor den anderen Zuhörern jenen Kaufmann der blauen Stunde und jene rätselhafte schwarze Frau zu entdecken. Immer wieder verirrten sie sich in seine Augen und ließen ihn in der Sprache stolpern.
Jetzt schien Zeyla der Augenblick günstig, ihn zu verführen. Sie warf alle Müdigkeit von sich

und zog dieses große, sprechende Gesicht da oben hinterm Rednerpult zu sich herunter. Claus Niebuhr wehrte sich nicht.
„...Kokosbäume."
Zeyla triumphierte, triumphierte.
Ja, Kokosnüsse, ein Schlag mit der Machete auf die Nuß, und sie zerfällt in ihre zwei Hälften, und noch bevor Niebuhr seinen letzten Satz („...und schließlich ist es schädlich, in dieser Gegend europäische Kleidung zu tragen, ich danke Ihnen.") gesprochen hatte, verließ sie den Saal der Linde. Niemand folgte ihr (aber die Blicke aller) –, draußen war die Sommernacht kalt. Über den leeren Marktplatz schrie sie, wie sie vor langer Zeit aus einem Fenster über eine Straße hinweggeschrien hatte: „Haltet den Dieb! Er hat den weißen Fleck vergessen, den dunklen Punkt. Bitteschön, er soll erzählen davon, erzähle er, wie es so kam, wie da ein winziger Augenblick in seinem Leben war, als er allein war, ja, und alles möglich war, und wie er da ausbrach, ja etwas taten, mein Herr, was Sie nie zuvor und nie wieder danach taten, etwas, was Sie bereuen und nicht vergessen können, aber weshalb ich, Zeyla, fremde, dunkle Frau, Sie mit Liebe bestürze."
Die Fenster zur Linde waren halb geöffnet, und das Auditorium verstand Bruchstücke dieser Rede, nicht alles, aber doch Worte genug, um mit anschwellendem Gemurmel zu antworten. „Essen viel zuviel Fleisch, schädlich dieser Ge-

gend Kleidung tragen danke“, sprach Niebuhr seinen letzten Satz, dann strömte alles ins Freie, doch der Spuk war verschwunden.

57 Die Nordsee hatte heute ein paar Schaumkronen aufgesetzt. Der Wind schuf das Land. Frau Silme lächelte. Niebuhr lehnte die ihm angebotene Zigarre ab. Leise knarrten die Korbstühle. Zeyla ließ ihre Hände in ihrem Schoß. Reuter ließ ein Streichholz aufflammen, im Nu waren die vier in eine Tabaksqualmwolke gehüllt. Ein Diener brachte Plätzchen. Es gab keinen geeigneteren Augenblick, um sich an die Veranda heranzuschleichen.

Aber niemand schlich sich heran und lauschte. Der Wind sang noch ein wenig lauter, aber er verstärkte nur die Leere des Landes ringsum. – Von Nordost zog er nach Südwest, so wie der Wintermonsun an der ostafrikanischen Küste. Auf diesen Wind ist Verlaß. Frühmorgens schläft er noch ein wenig, aber gegen zehn, halb elf macht er sich auf, und mittags weht er mit Stärke 5 bis 6 und treibt die Reiher in die Stadt. Und er tut das jeden Tag, ein halbes Jahr lang, und dann dreht er von einer Woche auf die andere auf Südost, und die Regenzeit beginnt. Wir nähern uns mit dem Schiff dem Tiefen Wasser, Kilindini. Es ist der neue Hafen, und wir kreuzen die Likoni-Fähre, die von Menschen und Regenschirmen wimmelt. Der Wolken-

bruch hüllt uns ein, warmes Wasser von allen Seiten, und dann ist die Wolke leergetrunken, und sofort schiebt sich wieder diese heiße Lampe an den Himmel und brennt und läßt wieder verdunsten.
Und dann spricht Niebuhr:
„Von Basra (oder war es Bombay) sind wir gekommen, 23 Tage (oder waren es 21) auf See, auf einem jener arabischen Schiffe, die sie Dhau nennen und die schon seit Jahrtausenden segeln, ein halbes Jahr in diese Richtung, ein halbes Jahr in jene.
Wir hatten gesalzenen Fisch, Perlen, Datteln und Teppiche geladen. Der Wind blies uns heim nach Mombasa. Unser Schiff war der älteste und kleinste Typ einer Dhau. Mtepe haben die Afrikaner sie genannt. Die Planken sind mit Kokosfaserschnur ineinander vernäht. Sehen Sie sich das an! Vernäht, Faden um Faden durchs Holz gezogen. Und erst der Vordersteven, schnabelförmig nach oben geschwungen, so lang wie der Hals von Mohammeds Lieblingskamel, und Augen in den Kopf gemalt. Augen mit Sternen drinnen. Dem folgt das Schiff, wenn es unter Segel ist. – ‚Aber', so sagte Pauline zu mir, als die Zeit nicht mehr stillstand und wir uns sehr zufällig und wie für ein letztes Mal geschaffen in Meldorp auf der Straße trafen, ‚aber', sagte sie, ‚dies sind Dinge, von denen du nichts verstehst, du liegst in deinem Liegestuhl und wartest ab, egal was passiert, du überlebst,

dich berührt nichts wirklich, Tod und Krankheit und Zerstörung sind für die anderen, nicht für dich, du mit deiner heilen Haut, Menschen sind Puppen für dich, benutzbar, und du gehst über sie hinweg.‘ Sagte Pauline.“

Und dann spricht, in ihrer Muttersprache, Zeyla:

„Sie legten also an in Kilindini, ja, meine Herren, und von den Kais führen die Treppen steil hinauf, all der Schweiß unter den Säcken auf der braunen Schulterhaut, Sklaven sind das, nichts als Sklaven, oder Sträflinge, strengstes Sprechverbot. Die entladen die Kornschiffe und taumeln die Treppen empor zu den Lagerhäusern. Wer stolpert, bleibt liegen. Können Sie mir folgen, Herr Niebuhr? Sie wissen, gleich hinter der Bohra Moschee, noch vor der Ndia Kuu gibt es eine winzige Sackgasse, die zu den Kais zurückführt, und am Ende dieser Gasse, dreißig Fuß überm Hafen und dreißig Fuß über der Indischen See, steht das mit Palmwedeln gedeckte Haus. Darin lagen Sie und ließen sich verwöhnen und achteten weder Tod noch Leben. Sie hatten den Äquator überschritten, Ihre Gefährten waren gestorben, niemand wußte, wo Sie waren, der dänische König hatte anderes zu bedenken. Sie hatten den südlichsten Punkt Ihres Lebens erreicht, Ihre Haut zitterte. Sie lagen nicht allein in dieser Hütte. Das Wesen war bei Ihnen all die Tage, es gab Ihnen zu trinken und hing an Ihrer Haut. Sie stanken. Sie starben. Sie benutzten das Wesen, das so schön war, wie Sie es nie gedacht hatten, und so mager und das Kind einer Mutter war, und am Ende fing das Wesen an zu tanzen, mit hennagefärbtem Gesicht und tätowiert unterm blauen Turban, den blauen Tüchern. Und tanzte, und sein mit Kokosöl eingeriebener Körper glitt über den Boden der Hütte, in der Sie lagen. Und das Wesen tanzte, aber heute, Herr Niebuhr, bin ich gekommen, die Kokosnüsse zerfallen in die zwei Hälften ihrer Schale, ein Messerhieb und die weiße sämige Milch rinnt Ihnen über die kaputte Haut, Ihr Mund, Herr Niebuhr, Ihr Mund, und aus großer Höhe fallen die Gehirnschalen herab, Stufen hat man in die Stämme der Palmen geschnitten, damit der Boy schneller oben ist und pflücken und stürzen kann, und im Wind liegen die Palmen, so wie die Bäume hier."

Und die Nordsee hatte heute ein paar Schaumkronen aufgesetzt. Der Wind sang. Frau Silme lächelte. Niebuhr lehnte die ihm angebotene Zigarre ab. Leise knarrten die Korbstühle.

Hier führen keine Stufen ins Meer.

58

Das Schneetreiben hatte nachgelassen. Aber von den Schneehühnern war nichts mehr zu sehen. Seine Orientierungslosigkeit schmerzte Niebuhr. – Es gab nur einen befahrbaren Strich in dieser Landschaft, von ihm selbst angelegt und befestigt, rechts und links war der Boden trügerisch und nur an der Oberfläche gefroren. Sie durften diesen Strich nicht verfehlen. Es ging um halbe Schritte, was nützte da ein Kompaß. Niebuhr kniff die Augen zusammen, schwarz und weiß, so weit sein Blick reichte. Die Bauern hinter ihm wurden unruhig, die Pferde dampften, wollten heim in die Ställe, in denen der Ziegenbock seine Hörner ins Stroh stieß. (Es geht nichts über die Freundschaft zwischen Pferden und Ziegenböcken, sie mögen sich, sie können sich gut riechen.) – Niebuhr wischte sich den Frost aus den Augenbrauen. Dann kletterte er, mühsam, doch stark genug, vom Wagen herunter: „Wir müssen die Pferde führen, den Boden mit unseren eigenen Füßen prüfen, Schritt für Schritt, wir haben Zeit“, fast beschwörend hob er die Arme, nahm eines seiner Pferde am Zügel und zog es vorwärts. Der Nebelbogen zog wieder über den Himmel, mit seinen zwei Enden.

Plötzlich rutschte eines der eisenbeschlagenen Räder ab und brach durch die Oberfläche des Eises. Die Pferde warfen sich in ihr Geschirr, zerrten mit erhobenen Köpfen und standen dann still.

Sie erwarteten den Schneesturm. Langsam neigte sich der erste der drei Wagen.

Die Bauern fürchteten sich, abergläubisch, wie sie nicht nur in Situationen wie dieser waren, wären sie am liebsten davongelaufen und hät-

ten den verrückten Indienforscher im Stich gelassen. Aber ihr Respekt und ihre Angst vor der Obrigkeit obsiegten, und sie gehorchten, als Niebuhr Befehl gab, den Wagen zu entladen. – Nach kurzer Zeit stapelten sich Kisten, Körbe, die lebenswichtigen, in Säcke eingenähten Dinge auf dem löchrigen Schneeboden, ein hoffnungsloser Berg, den das Gegriesel schnell einpuderte und ausradierte.
So weiß und grau das Papier, der Nebelbogen, die Schneeblindheit, die Tarnfarben der Wintertiere. Aber es gelang ihnen mit den vereinten Kräften der Pferde, den Wagen wieder auf festen Boden zu retten. In die Säcke hatte Niebuhr seine astronomischen Geräte eingenäht, die Säcke wiederum lagen in den Kisten, ihnen konnte nichts passieren. Wahnsinn war nur, daß Niebuhr sein Haus mitten im Winter bezog. Die Bauern fluchten, als sie das Gepäck wieder auf den Wagen hoben, so glatt und vereist war alles, daß es ihnen mehr als einmal aus den Händen rutschte. Aber der Schneesturm blieb aus, und die Schneehühner kehrten zurück.

59 Zeyla schlief. Sie hatte den Mund dabei leicht geöffnet, und manchmal lief etwas Speichel über ihre Unterlippe. Feine Rinnsale aus lauter Herztropfen. Und lief weiter und schon unsichtbar geworden übers Kinn und pflanzte sich fort in dem seidenen Stoff, den sie

um ihren Körper geschlungen hatte. Am Ringfinger blitzte die rubinrote Glasperle, die Hand hob und senkte sich, lag im Trocknen auf der Brust, die das Herz schützt, im Bauchnabel sammelte sich der Schweiß der Schläferin. Zeyla konnte tagelang schlafen. Sie wurde nicht älter dabei. Sie versäumte nichts. Die Zeit stand still. –
In diesen Breiten steht die Sonne so flach überm Horizont, wirft ein solch schräges Licht, daß jeder Schatten, selbst der einer winzigen Bisamratte, hundert Meter lang wird. Da braucht das Leben Platz, viel Platz. – Die ehemalige Meierei lag im schneereichen Winter und schlief. Durch die Kälte zogen sich die Mauern ein wenig zusammen und bildete sich ein wenig Gänsehaut auf der Haut von Zeylas Körper unterm Seidentuch. Niemand störte sie dabei. Schlief und wartete im Schlaf, daß Niebuhr käme. Und träumte im Schlaf, daß Niebuhrs Tochter (sie meinte damit jenes Mädchen, das sie vor vielen Monaten in ihrer Kutsche an die Ostsee entführt und dem Menschenhaarhändler übergeben hatte), daß seine Tochter ihr behilflich sein würde, ihr den Haushalt führte, den Tee immer heiß, die Decke bereit hielte, die Kissen aufschüttelte, ihr die Fingernägel lackierte. Blauschwarz wie keine Nacht sein kann. – Schlief in der alten Meierei von Fernewinkel mitten in Dithmarschen, im sichersten Versteck unserer Welt. – Hier ist der

Wind unerträglich, alles ist Wind, er zieht dir die Haut vom Gesicht, dringt in die Augen, ein Schneesturm, Winterlicht.
Niemand betrat die Meierei. Zwischen den Inseln ihrer Brüste hing an silberner Kette die Patrone mit dem Schwarzpulver, eines der wenigen Geschenke, die sie sich aufgehoben hatte, eingerieben mit Wachs und Kampfer glänzte und roch es. Nur manchmal bewegte sie ein Bein, klirrte eines der feinen Fußkettchen. Alles Silber, gestohlen, getauscht, für Liebe empfangen, gib mir Silberlinge, und du kannst mich haben, aber faß mich nicht an.
Sie schlief den ganzen Januar, schlief und wartete im Schlaf, daß Niebuhr käme.

60

Der aber dachte nicht daran, der hatte endlich seinen Moorhof in dem weißen klirrenden Licht erreicht und entlud die Wagen, die beschädigte und durcheinandergeratene Fracht.
Er öffnet die Haustür, die weder Schloß noch Riegel hat. Drinnen steht die Kälte. Es sind weiß gekalkte Räume, und sie haben schon viel Feuchtigkeit eingesogen. Er geht durch alle vier Räume, Schnee fällt von ihm ab und bleibt auf dem Boden liegen, ohne zu tauen.
Die Räume sind nach den Himmelsrichtungen ausgerichtet, ein Nordwest-, ein Nordost-, ein Südost-, ein Südwestzimmer. Die Räume sind

leer, keine Spur von Leben. Man kann ewiglich im Kreis laufen, das Haus besitzt keinen Flur, nur einen Windfang an der Westseite. Niebuhr schreitet durch alle Zimmer, läßt die Türen hinter sich offen. Die Bauern warten ergeben vor der offenen Haustür. Langsam füllt sich seine Seele. Und er läßt den ersten Wagen entladen.

„Entschuldigt mich“, sagt er, „entschuldigt mich. Stapelt alles auf einen Haufen, alle Wagen in den ersten Raum, hier gleich neben die Tür, alles, ich richte mich dann schon selbst ein. Jetzt entschuldigt mich, ich werde ein paar Schritte gehen müssen.“

Die Bauern nicken stumpf. Übermüdet sind sie, und sie werden froh sein, wenn sie wieder fort können von diesem unheimlichen Ort, mit leeren Wagen zurück in ihr Dorf, in ihre Stuben, weit fort von dem verrückten Indienforscher, zurück in sicheres behagliches Land. Ein paar Schritte wohin, durch welchen Schnee, über welches Eis? Ein paar Schritte nur?

Schon nach kurzer Zeit ist das Haus nicht mehr zu sehen. Nun kann sich die Atemlosigkeit beruhigen, der alte Mann bewegt sich kaum noch vorwärts, er bleibt auf dieser unsichtbaren Linie, singt leise und krächzend in die wattige gesättigte Luft hinein. – Wird sein Haus nicht verlieren, wird warten, bis alle fort sind. Und wird es dann noch einmal entdecken, es aus all dem

Nebel und Schnee und Licht herausschälen und endgültig in Besitz nehmen.

61 In allen vier Feuerlöchern brennt das Feuer. Buchenscheite, die unterm Dach, auf dem Heuboden gestapelt waren. Umständlich muß Niebuhr sie aus der Luke in den Schnee werfen und sie dann ins Haus tragen, neben die Kamine schichten. Vier offene Kamine, die ihre Hitze durch einen gemeinsamen Schornstein in die Höhe treiben. Der höchste Punkt des Hauses, das ist dieser Schornstein, ungeschützt reitet er auf der Spitze des Daches, die acht Winde fahren in ihn hinein, der Qualm fährt Karussell, es heult der Sturm, es heilt die Einsamkeit, wenn nur etwas mehr Wärme wäre, nur etwas!

Seit einer Woche leidet Niebuhr. Nie war das Überleben schwerer. Das Wasser im Brunnen ist eingefroren, die Speisekammer viel zu karg bestückt, das Badehaus noch unbetretbar.

Als die Dämmerung kam, machten sich die Bauern auf den Heimweg, sie nahmen alle Pferde mit, die leeren Wagen. Niebuhr, der allein war im Eisnebel, in der Wüstenei, sich seiner selbst aber ganz sicher war, fand, ohne zu suchen, sein Gehäuse, Niebuhrslust, den Moorhof.

Er stand im Windfang. Er verschnaufte, schüttelte sich den Schnee vom Pelz, trat mit den Stiefeln auf der Stelle, dann öffnete er die Eichentür und stand unvermittelt im ersten Zimmer. Das glich einem Heerlager. Die Kisten waren nur unzureichend beschriftet, die Teppiche türmten sich in grober Unordnung wie nach einer Kinderschlacht, Blechtöpfe waren umgekippt, einer der Weizenmehlsäcke verlor sein Mehl, Meßlatten lehnten an der Wand, ein Tintenfaß war ausgelaufen, die gebündelten Papiere hatten Wasser aufgesogen, aber unverrückt wie für die Ewigkeit stand in der Mitte des Raumes der hölzerne Globus, den Niebuhr sich vor Jahren hatte anfertigen lassen, der riesige Globus mit all seinen weißen und dunklen Flecken, mit all seinen Genauigkeiten und all den ungefähren Abgründen.

Niebuhr schritt hindurch und durch die offene Tür in den zweiten Raum: In dieser Leere war noch alles möglich. Aber er überlegte nicht lange, plante nicht, trug nur alle Teppiche in diesen zweiten Raum, bedeckte die nackten Fliesen doppelt und dreifach. Kelim auf Anatol, Berber auf Afghane. Täbris. Er wunderte sich selbst, wie viele Teppiche er besaß (und alle hatte er mit ins Moor genommen), hätte er die Ruhe und Gelassenheit eines Menschen, der weiß, daß er von nun ab unendlich viel Zeit hat, dann wäre ihm zu jedem Teppich die dazugehörige Geschichte eingefallen. – Aber in ihm war eine fiebrige Unruhe, der Schüttelfrost, die plötzliche Angst. Wo war der vierte, der leere Wagen?

Fort war er. Sie hatten das Nichts nicht abgeladen, sie hatten es hergeschafft und wieder zurückgebracht, hatten sich keinen einzigen Gedanken darüber gemacht. Die Dummheit der Bauern war unerträglich.
Auf seinen Schultern trug er die längste aller Teppichrollen, einen Berber, der sich nach Africa verirrt hatte, Geschenk des Sultans der Mazrui, am Ende der Reise von einem befreundeten Kriegsschiff gen Dänemark verschifft.
Er rollte diesen Teppich aus mit schmerzendem Rücken. Das Blut stieg ihm in den Kopf. Möglicherweise würde er sterben, der Teppich war sehr schön, morgen oder übermorgen, aber möglicherweise würde er die Kälte und alle Jahreszeiten überstehen und ewig leben.
Er strengte seine Augen an, das Licht verpuffte mehr und mehr. Er suchte nach den Zündhölzern, suchte in dem Heerlager nach den Kerzen, der Petroleumlampe. Alles war da. Diese Expedition war gut vorbereitet. Sie hatte nichts mit der ersten zu tun, sie war die letzte. Er hatte eine Woche lang Kisten zusammengestellt. Kisten mit den lebensnotwendigen Dingen. Er vergaß auch das Astrolabium nicht. Er würde mindestens ein Jahr lang leben können, ohne an Land gehen zu müssen. Sein Schiff war gut bestückt, gegen die Fenster trieb der Wind. Es stimmten die Weinvorräte, das Trockenbrot, der Zwieback. Er stellte den Samowar in die Mitte des Teppichzimmers. Es fehlte dem Sa-

mowar das Wasser. Niebuhr lachte wie ein alter Mann. Wasser? Wo war das Wasser? – Wenn er nach draußen ginge, er würde den Schnee finden, das Eis. Er hatte das Brunnenhaus vergessen, es war ihm aus dem Sinn gefallen. Dabei gab es einen Brunnen, wirklich, nicht sehr tief, denn hier schwamm das Wasser unter der Erdkrume, saures schwarzes Wasser, er hatte es vergessen. Er füllte Spiritus aus der Flasche in das Öfchen unterm Samowar; er hatte unzählige Flaschen voller Spiritus in seinem Heerlager.

Er zündete den getränkten Wattedocht an. Die Flamme war blau und züngelte. Die Luft im Samowar erhitzte sich schnell. Er legte die Hände an die runde metallene Form, es brannte. Die Luft wurde viel zu heiß. – Wo war sein Teekasten, sein Teekasten? Er wühlte zwischen all den lebensnotwendigen Dingen, er wühlte lange und ungeduldig, bis ihm dämmerte, daß er den Teekasten verschenkt, ihn ins Pinguinland geschickt hatte an jene Briefempfängerin, die er nie von Angesicht zu Angesicht gesehen hatte. Ein paar Augenblicke lang versuchte er, sich ihr Gesicht vorzustellen. Dann vergaß er wieder, was er wollte... Spät in der Nacht tappte er vor sein Haus. Er hatte sich an das Brunnenhaus erinnert und war überrascht, daß die Nacht sternenklar und der Brunnen so einfach zu finden war. Aber das Wasser war gefroren.

62 Kongowea ist eine Ansammlung von Hütten und Wellblechställen, Teil der ostafrikanischen Hafenstadt Mombassa. In Kongowea hält man sich Ziegen und unendlich magere hellhäutige Kühe. In Kongowea sind die Menschen arm und sehr arm. Für ihre Arbeit bezahlt sie niemand. Kongowea ist eine Ansammlung von Staub und Krankheit und blinder Demut. In einer Hütte leben ein Dutzend und mehr Menschen, wenn sie nachts schlafen, gibt es keinen Fleck auf dem gestampften Lehmboden, der nicht von Tüchern mit Menschen bedeckt wäre. Man kann dort keinen Schritt tun, nur Engel und Nachtvögel schweben durch die Bretterhütten von Kongowea. In Kongowea sind die Menschen schwarz. In einer langen Reihe stehen die Frauen und warten darauf, daß sie dem Brunnen näher kommen. Manchmal reißt der Strick, und der Eimer versinkt. Ungläubig schauen die Augen der Frauen dann in die Tiefe und meinen, dort Gesichter zu erkennen. In Kongowea stirbt man, ohne daß viel Aufhebens darum gemacht wird, oft stirbt man schon als Kind, fliegenübersät mit trockener Zunge. Sterben die Mütter, während sie sich hingeben, und sterben während der Geburten. Liegen am Ende irgendeiner Gasse, vielleicht dreißig Fuß über der Indischen See, liegen in einem dämmrigen Raum und warten und warten, ohne sich zu rühren. Sie bluten nur noch

wenig, und es ist sehr heiß. Von den verblichenen Palmblättern rieselt feiner Staub herab. Sehen geradewegs in das Dach hinein, sehen die Hölzer, die schwankenden Balken, die gewundenen Zweige und darüber das Palmdach. Im Mörser werden die Blätter der getrockneten Hennapflanze zu einem feinen grünen Pulver zerstoßen, das, mit Knoblauch, Pfeffer, Zwiebeln und Zitronensaft vermischt, eine Paste ergibt, die über Gesicht, Hände, Füße und Brüste geschmiert wird. Das Haar mit Wolle durchflochten und mit Öl geglättet wie die Wogen welchen Meeres auch immer. Das war der südlichste Punkt seiner Reise.

63

Er hatte beschlossen, diese Nacht, die seine erste war, wach zu bleiben. Langsam begann auch das gefrorene Wasser im Samowar zu kochen. Das Teppichzimmer leuchtete so schwach wie es nur möglich war. Fünf, sechs Kerzen brannten und die blaue Spiritusflamme. Er tat ein paar Stangen Zimt in die Messingteekanne. – Tee hatte er einen halben Sack im Heerlager, das reichte Jahre. Und je mehr er in seinen Nahrungsvorräten wühlte, desto mehr Dinge fand er, und er war gerührt über die fürsorglichen Hände Sophies, die alles das für ihn zusammengestellt hatte. Er wußte, er hatte nichts vergessen. Er goß den bitteren Tee aus der Kanne in ein Schälchen und ließ dann kochendes Wasser aus dem Bauch des Samowars darüberrinnen, Dampf in seinem eiskalten Haus. Sein Rücken schmerzte, aber der Wahnsinn in seinem Kopf freute ihn. Wenn ein alter Mann sein gepflegtes, warmes Zuhause aufgibt und sich mitten im Winter in diese Eiswüste begibt ...

Es verhedderten sich die Stränge seines Lebens. Der alte Mann wußte gar nicht, warum er an den einsamsten Ort der Welt ziehen wollte, seine Schreibstube verlassen sollte, noch einmal etwas Neues anfangen mußte. Wußte er ja nicht, freute sich still und vergnügt an dem kleinen Wahnsinn in seinem Kopf. Was wollte er sich beweisen? Daß er noch stark war und jung und frei, daß er ein ödes, wildes Land zähmen konnte, es vermessen, es trockenlegen, es bewirtschaftbar machen konnte? Wem wollte er das beweisen? Wo waren denn die Seinen, seine Familie zum Beispiel? Tot die Ehefrau? Fortgegangen der Sohn? Und die Tochter? Für wen nahm er dieses Land in Besitz? Für wen?

Er hielt die heiße Teeschale in den hohlen Händen und führte sie langsam an seine Lippen. Die Oberlippe zuckte zurück. Er wartete eine Weile, dann versuchte er es noch einmal. Schlürfte und schluckte ganz dem Schlürfen und Schlucken hingegeben. Natürlich würde er sich nicht allein versorgen können hier draußen, so fern der Welt.

‚Versorgt von einem leicht gealterten Hausboy, einem leicht gealterten Hausboy, einem leicht gealterten Hausboy...' Wie Perlen liefen ihm die Worte von der Schnur.
Aber das Einfachste und Natürlichste von der Welt wäre es, er riefe Sophie, seine Haushälterin aus der Meldorper Wohnung. – Die kennt ihn und seine Bedürfnisse, geht ihm zu und hat alles im Griff.
Von irgendwoher kam unmerklich das Licht, schob die schwarze Suppe nach Westen, ab zum Meer, Sonne war es nicht, aber es war der neue Tag, den Claus Niebuhr, so schien es ihm, als steifgefrorenes Teil eines seltsamen Inventars begrüßte. Was war geschehen? Wo beginnt die Ungereimtheit?

64

Oh nein, mein Herr, danke, kein Glas Wein! Die Schwüle bringt mich ohnehin schon um. Glaube Liebe Hoffnung, aber zeigen Sie mir bloß nicht Ihre Tätowierungen. Es ist ja kein Zufall, daß ich hier wohne und jedem Schiff nachsehe. –
Pauline thronte wie die Kopenhagener Seejungfrau an ihrem Ausguck. Die vergilbten Gardinen hatte sie beiseite geschoben, auf dem Fensterbrett tanzten federleichte Vogelfedern, etwas Sand lag da auch und die winzigen Spuren von Hänflingen und anderen Stubenvögeln. Pauline sah hinaus auf den Rio Elba, der sich

genau an diesem Punkt verengte und einen Hafen bildete, einen Welthafen natürlich.
Sie spielte dieses Spiel, oh nein, mein Herr, das nächste Schiff, das heraus fährt, bestimmt meine Sehnsucht. Ich lese den Namen und den Hafen, zu dem es will. Valparaiso... Smyrna... Mombassa... und ich bin dann eine Spielerin, die im Bug des Schiffes steht, und langsam nähert sich das Ufer, die ersten Häuser der Stadt, Wahrzeichen, alles wird sichtbar; ich erobere jeden Hafen, niemand kann mich entwaffnen; in meinen Gedanken male ich uns ein Bild.
Die Schiffe, die hereinkommen, sind allerdings näher an der Wirklichkeit, die könnte ich tatsächlich erreichen, da könnte ich am Anleger stehen und raufgucken und fragen und anheuern als Maskottchen oder blinder Passagier. Aber die Schiffe, die rausfahren, sind mir lieber, da bin ich zu spät dran, die erreiche ich nie, da brennen sich nur die Buchstaben auf meiner Stirn ein, chinesische Zeichen, arabische, griechische, die Keilschrift meines Vaters und Lovers, mein Zeichen der ewigen Unruhe.
Sagen Sie, mein Herr, was würde es kosten, zum Beispiel, wenn ich es kaufte?
Oh, ich bin nicht der Wirt, ich bin nur der Mann der Wirtin.
War Ihnen klar, was ich meinte mit kaufen und wußten Sie, was ich kaufen wollte?
Darüber spricht man nicht, Madame.

Madame? Sie kennen mich nicht, mein Herr. Ich wünschte mir, wir beendeten das Gespräch und Sie ließen mich in Ruhe die Namen der Schiffe entziffern, und fragen Sie mich bloß nicht, ob man mit dem Herz der Artischocke den Biber fangen kann. Man kann.
Über den Rio Elba schob sich eine sommerliche Nebelbank. Das sind Phänomene, für die es eine Erklärung gibt, sicherlich. – Aber Nebel in dieser Hitze macht angst. Für ein paar Minuten zog sie die Gardine zu, gerade so lange, wie die Nebelwand brauchte, sich aufzulösen, oder zog sie nur vorbei?
Für einen Sack Muschelgeld kann man sich kein Haus kaufen, geschweige denn eine Weinbar am Hafenrand, nicht einmal ein Zimmer bekommt man dafür geschenkt. – Ich denke zurück an ein anderes Zimmer, weiß nicht mehr, ob es meines war, weiß nur noch, daß wir dort eine Regenzeit verschliefen und sich in meinem Kopf der Mittelpunkt der Welt breit machte, wie Spinnfäden lief es zu uns herein. Er erzählte von dem Tanz der Ghawezi, er war ein strenger Wissenschaftler, ein gestandener Mann, aber beim Erzählen von Kahiras Straßen tanzten seine großen, sonst eher starren Augen: *„Diese Zeit fiel kurz vor unsere Abreise nach der Wüste. Wir suchten uns die fürchterlichen Gedanken so viel als möglich auch dadurch zu vertreiben, daß wir die eine oder die andere Bande von diesen Tänzerinnen in dem trockenen Canal, der*

zu dieser Zeit als eine Straße gebraucht ward, singen, tanzen und spielen ließen. Und ob wir gleich am Anfange kein großes Vergnügen hatten diese Art Schauspiele zu sehen, weil beides die Instrumental und Vocalmusik sehr schlecht ist, und die Weiber allerhand, für ein ehrbares Auge unanständige Stellungen machten; ob wir gleich sie alle häßlich fanden, weil ihre gelbgefärbten Hände und blutrote Nägel, die schwarzen oder blauen Zierate im Gesicht, auf den Armen und der Brust, die großen Ringe um die Füße, in den Ohren und in der Nase, die viele Pommade in ihren Haaren die man weit riechen konnte gar nicht nach unserem Geschmack waren, und fast keine einzige unter ihnen eine angenehme Stimme hatte, so glaubten wir doch endlich, weil wir nichts bessers hörten oder sahen, daß die eine oder die andere sehr hübsch sänge, ja daß sie sogar schön wäre, und zuletzt hörten und sahen wir sie so gerne wie nichts sonst auf der Welt.“
Und seine Augen tanzten, und ich nannte mich die Invasorin seines Herzens.
Ich denke zurück. Ich sehe dieses Zimmer. Die Apfelsinenschalen auf dem Wachstuch. Die Brotkrümel. Die Wäsche überm Ofen. Das Blumenmuster. Die Falten im Laken. Der vage Blick durch die beschlagenen Fensterscheiben über die Dorfstraße, nach Westen. Die nasse Pelzkappe. Der Vorleger. Der Schlüssel im Schloß. Mein Herr, sehen Sie, die Sonne ist wieder da, man hört die Hämmer der Werften, dort

drüben, man lebt, man redet, man trinkt (die süßen *Niebuhr-Weine* in der Washington-Bar), man schreibt sich einen Roman. Ich habe den alten Birnbaum nie gesehen, nie. Sah ein einziges Mal diesen Gast, von dem man sagt, er hätte sich neben den Schlüssel an diesen Birnbaum gehängt, sah ihn nie wieder, doch einmal wieder, im matten Abendglanz, als er ein Gespräch mit mir konstruierte, zwei Tassen zur Guten Hoffnung, aber dann nie wieder, weder den noch den, und schreibe, verloren wie ich mir vorkomme, einen Roman unter der Schädeldecke. Egal, wo ich bin. – Jetzt, bitte mein Herr, das zweite Glas Wein.

65

Es ist Sommer, es ist um die Zeit, da Claus Niebuhr sein Richtfest feiert. Pauline Yolland weiß davon, noch immer umkreist sie ihren Stern, wandert ganze Tage durch das hohe Gras rechts und links des Mielestromes. Nur selten gibt es Brücken, kleine morsche Stege, meist ohne Geländer. Sie balanciert auf den Brettern und läßt sich vom Fließen des schwarzen Wassers fortreißen. Daß sie magerer und magerer wird, das gefällt ihr. Je sehniger die Beine, desto größer die Sprungkraft: sich hochschnellen lassen, von Grasinsel zu Grasinsel springen, Tänzerin sein. Ungekämmt ist die Moorhexe, ganz bedeckt ist der Himmel, klar, aber konturenlos die Sicht.

In der Ferne meint sie das Gerüst ausmachen zu können, Stoffbänder im schwachen Wind. Und Stimmen, die unglaublich weit tragen.

Mit der Seele von Niebuhr auf Reisen gehen. Er selbst vertrocknet in seinem künftigen Reich beim pedantischen Ordnen seiner Manuskripte, schickt aber sie, Pauline Yolland, auf die Reise, eine Welt zu entdecken und sein Leben dort fortzusetzen. Er bewahrt ihr das leere Zimmer, sie füllt sich mit Welt auf. Die beste Tänzerin war Niebuhrs Tochter, erzählte man in den umliegenden Dörfern. Aber Niebuhrs Familie ist tot. Das gute häusliche Glück begraben. Ein störrischer Junggeselle ist Niebuhr geworden, ein massiger Baumstumpf; kehrt im hohen Alter zurück zur Landwirtschaft, baut sich im Traum riesige Rinderherden auf und errichtet Moorhöfe in unfruchtbarem Gelände. Sie hört die Stimmen. Das Klatschen der Hände. Eine Art von Musik. Gelächter, das sich über die Größe der Entfernung selbst hinterherhinkt. Er braucht das Weite. Seine Augen ertragen keine Hindernisse. Als Niebuhrs Tochter noch tanzte, Louisa war ihr Name, beneidete alle Welt diese Familie, dieses Glück im Winkel, der Vater eine angesehene Persönlichkeit mit großer Welterfahrung, die Mutter eine geschickte tätige Hausfrau, die Tochter eine Schönheit, der Sohn, schon im zarten Alter von sechs, sieben Jahren ein Genie.

Dann eines Tages, eines Jahres, es hatte wochenlang geregnet, die Post war seit Tagen überfällig, befindet sich Claus Niebuhr in gänzlich anderen Befindlichkeiten.
Über die Jahrzehnte, die dazwischen lagen, und Niebuhr selbst gibt keine Auskunft.
Er empfängt Briefe:

Frohmann, 24. Dezember

Wiederauferstanden von den Toten, mein lieber Herr Etatsrat, sende ich Ihnen die glücklichsten Grüße und schönsten Tage. – Sagen Sie nicht, ich wäre ungeduldig. Aber ich denke, es ist jetzt an der Zeit, daß ich mich von Ihnen trenne. Lange genug habe ich auf ein Wort von Ihnen gewartet, jetzt bin ich es, die den Koffer gepackt hat. Ich reise dorthin, wo die Sonne nicht mehr untergeht. Von allen Seiten streben die Kontinente diesem Land entgegen. Und es ist wirklich Land, verborgen unter Millionen Jahre altem Eis, das unter der ewigen, ein halbes Jahr alten Sonne liegt. – Sie verstehen, mein lieber Etatsrat, ein Briefwechsel mit Ihnen, das hätte mir schon gefallen. Aber Sie waren so zögerlich all die Zeit –, jetzt also reise ich ab. Ich habe Ihnen nie Glauben geschenkt, nie für ernst genommen, daß wir den Stein mit Ihren Initialen ins persische Reich zurückbringen würden, wir, Sie und ich … Ich werde den Seeweg wählen. Sie hören nie wieder von mir. So viel ist sicher. Immer die Ihre, K.

66 Den Brief hatte ein Bote von Meldorp herausgebracht. Er kam im leichten Einspänner und stand noch eine Weile unschlüssig auf dem Fahrdamm vor Niebuhrslust. Der Hausherr selbst hatte sich sogleich in sein Haus zurückgezogen. Seit den frühen Morgenstunden breitete sich leichtes Tauwetter über die Fieler Niederung. Von Westen her zog eine warme Luft aufs Eis, und die Bewegung der Luft wurde schnell zum Wind. Zum Sturm. Der Bote wartete auf sein Trinkgeld. Niebuhr ließ ihn warten. Las erst, nur mäßig interessiert, den Brief, der viele Wochen unterwegs gewesen sein mußte. Dann klopfte er an die Fensterscheibe, winkte den einfachen Mann zu sich herein:

„Was ist er von Beruf?“ fragte Niebuhr den stehenden Mann, der seine Wollmütze in seinen Händen knetete und erst nach langem Suchen antworten konnte: „...arbeite als Tagelöhner, wenn Arbeit da ist, bring auch schon mal die Post aus, wenn andere den Weg scheuen.“

„Also hat er Zeit. Und wäre er bereit, die Hälfte der Woche hier draußen zu bleiben und mir das Haus zu führen?“

Der Mann zuckte zusammen. Er konnte nicht begreifen, welche Folgen so ein einfacher Botendienst haben sollte. Gegen Mittag wollte er zurück in Meldorp sein, Linsensuppe mit

Speckstreifen essen. Jetzt rann die Zeit davon, und wenn der seltsame Herr ihm befahl, zu bleiben, hatte er keine Wahl. Der Herr sah seltsam aus, als sei er am Ende, außer Landes, herausgefallen – aber das war kein Wunder in diesem Haus, genauso seltsam, nicht zum bürgerlichen Wohnen und Leben geeignet, fern der Welt, wie das Asyl eines Aussätzigen. Aber reich war der Herr, und er war einmal Landschreiber dieses Kreises gewesen, und Etatsrat und ein studierter Herr, und er hatte mehr von der Welt gesehen, als ein einzelner Kopf in sich aufbewahren konnte. Und jetzt stand er vor ihm, und die großen Augen blickten streng, aber nicht unfreundlich, und der weiße Rüschenkragen war nicht mehr weiß und die ganze Erscheinung ein wenig zerknittert und bekleckert.

„Er hat ein Bett hier und ich zahle ihm 4½ Taler die halbe Woche, und die Arbeit wird sich in Grenzen halten. Kann er ein wenig kochen?"

„Nein, mein Herr, nein …"

„Er wird es lernen."

„Ja, mein Herr."

Und das Pferd wurde unruhig, scharrte mit den Hufen im aufgeweichten Grund. Die Kutsche ruckte vor und zurück.

„Kümmere er sich um das Pferd und komme er dann zu mir."

„Ja, mein Herr, ja, mein Herr."

„Wie ist sein Name?“
„Johannes, mein Herr.“
„Gut.“ –

67 Das Tauwetter setzte sich fort. Eine Schafherde strömte vom Rande her in die wieder grün gewordene Fieler Niederung. Meilenweit keine Spur vom Schäfer. Die Mutterschafe in träger Trächtigkeit, die Zeit des Lammens stand bevor.
Niebuhr zählte einhundertvierunddreißig Schafe, keine Rinder. Zum ersten Mal seit längerer Zeit nahm er wieder das Land in Augenschein, das er vermessen hatte. Welche Umstände ließen ihn scheitern?
Er stützte sich auf seinen Stock, mit dem er sich noch vor kurzer Zeit über die Gräben geschwungen hatte. Die Magie dieser Stäbe. Wessen Häuptling war er? – Er gab sich nicht mehr viel Zeit. Aber es war gut, daß Johannes da war, auch wenn er das Kochen nie lernen würde, aber er hatte einen Herd in Gang gesetzt und überhaupt ein wenig Häuslichkeit verbreitet. – Auch bei der Rinderzucht würde er helfen können. Niebuhr lachte, dann ging er zurück zu seinem Hof, der dalag wie ein Fremdkörper auf flachem Hügel – und betrat das leere Zimmer. Er nannte es nie so, für ihn war es immer: Paulines Zimmer. Es war das wirkliche Nichts, eine kristallklare stehende Luft. – Er ging in diesem

Zimmer auf und ab, oder er ging kreisrunde Kreise oder dreieckige Dreiecke, er ging Ovale, er stand als Mittelpunkt, in diesem Zimmer war ihm alles möglich. Die gekalkten Wände reflektierten ein Nirgendwolicht. Manchmal (so wie jetzt) fragte er sich, wie Pauline Yolland so ein Zimmer wohl einrichten würde. – Sie hätte jegliche Freiheit. Er wäre Zeuge der Erschaffung ihrer Welt. Nebenan hörte er Yohannes rumoren: Ein schweigsamer Mensch, der seine Arbeit verrichtete, sonst nichts. –
Er trat an Paulines Fenster und blickte hinaus. Die Entfernung trog, die Endmoränen waren ihm näher, als er dachte:
Die Parsi haben eine besondere Manier, ihre Toten zu begraben. Sie wollen weder in der Erde verfaulen wie die Indier, sondern sie lassen ihre Toten in den Mägen der Raubvögel verdauen. Sie haben zu Bombay einen runden Turm auf einem Berg ziemlich weit von der Stadt, der oben mit Brettern belegt ist. Darauf legen sie ihre Toten: Und nachdem die Raubvögel das Fleisch davon verzehrt haben, sammeln sie die Knochen unten im Turm, und zwar die Knochen der Männer und Weiber in besonderen Behältnisse. – Ich blieb in Bombay mehr als ein Jahr, und ich war, nachdem Herr Cramer gestorben war, allein. Niemand wußte um mich. In diese Zeit fiel der Abstecher, den ich in meinen Aufzeichnungen unerwähnt lassen werde. Ich vertraute mich dem Nordostmonsun an, und nach drei Wochen

Reise tauchte die flache africanische Küste auf, Mangrovenwälder und Korallenstriche, weiße Reiher in den Sümpfen, das Kreuz auf dem weißen Sockel, das Vasco da Gama errichten ließ.
Millimeterweise näherten sich ihm die Endmoränen, mitsamt der Wälder, die sie auf ihrem Rücken trugen. Von Wanderdünen hatte er gehört, das ja, vom Alter der Steine und Sände, der Entstehung der Erdkruste, all die Proben, die sie unterwegs gesammelt und Beweis an Beweis gereiht hatten. In der Provinz Jemen reist man gemeiniglich auf Eseln. Der Schäfer, der sich jetzt seiner Herde näherte, kam zu Fuß. Seit langer Zeit die erste Menschenseele, die in den Gesichtskreis des Niebuhrschen Hofes trat. Niebuhr schickte Yohannes hinaus, er solle dem Schäfer ein Lamm abhandeln. Abstraktion und Spekulation waren seinem Wesen fremd. Er mußte alles konkret fassen.
Es waren jedoch noch keine Lämmer bei der Herde, so früh im Jahr. Niebuhrs Bedienter redete lange mit dem Schäfer , vielleicht redeten sie auch über ganz andere Dinge. – Der Entdecker stand noch immer am Fenster, ihn ging das alles nichts an. Er ging zum hundertsten Mal an Land, unterhalb von Fort Jesus ankerten die Indier ihre arabische Dhau. Die Portugiesen äugten durch die Schießscharten auf die ruhige See hinunter, Vasco war seit zweihundertfünfzig Jahren tot, und dennoch.

Claus Niebuhr blieb drei Wochen in der alten Suahelistadt. Er kam nicht als Eroberer, er lernte ein wenig die Sprache, berauschte sich an der Gestalt der schwarzen Menschen, lag krank und verkam, abstrahierte und spekulierte, träumte, daß er schlief, verlor Blut und beinahe sein Leben und verscharrte anderes mit bloßen Händen in roter africanischer Erde. Für drei Wochen verließ er seine Haut und verabschiedete sich von der Pflichterfüllung.
Claus Niebuhr bricht aus …

68

Die Hunde hielten die Herde im Zaum. Da brach keines der Mutterschafe aus, und die Böcke hatte der Schäfer daheim gelassen. Schon hatte sich die Herde wieder vom Moorhof entfernt, zog nach Westen in die salzigeren Wiesen. Aber der Ausbrecher stand noch immer am Fenster. Es war Ebbe, und der hellgraue Korallenboden lag trocken. In den kleinen Tümpeln sammelten sich die farbigsten Fische und Seetiere. Kleine, weiße Reiher standen unbeweglich, nur von Zeit zu Zeit schnellte der lange Hals vor und ergriff die Beute. Niebuhr hat für das alles kein Auge, er steigt den steilen Weg zum Fort hinauf. – Er führt nur leichtes Gepäck mit sich, die Wege ins schwarze Africa sind die unsichersten der Welt. Der Weg zum portugiesischen Fort hinauf ist beschwerlich, ausgewaschener, steinharter

Sand, Dornengestrüpp, überall lauern Augen, Vipern und Skorpione, der Biß der Tsetsefliege. Sein Bedienter mit Namen Yohannes Woldeselassie, ein Abessinier, bahnt ihm den Weg. Als sie die Kuppe erreichen, finden sie versteckt in Elefantengras und Trockenbusch ein paar eiserne Kanonenkugeln. Liegen da einfach herum. Niebuhr bückt sich. Und hebt die eisernen Eier empor. Rost bleibt in seinen Handflächen zurück, als er diese Hinterlassenschaften der Portugiesen wieder fallen läßt. Doch keine Kanonen in der Nähe, nur der bröckelnde rotbraune Putz des gewaltigen vergessenen Forts, über dem, höher als die Palmen, die Fahne des Sultans weht.
Niemand hat Kunde erhalten von Niebuhrs Ankunft. Alles, was er jetzt unternimmt, unternimmt er auf eigene Faust, er hat sich weit entfernt von den Instructionen des dänischen Königs, die da lauten: *„Dem Mathematico tragen wir zuförderst die Besorgung der Geographie auf. Dabei entwirft er eine gebesserte Charte von Arabien.“* Und die da lauten: *„Sonderlich muß er keine Quelle oder Bach unbemerkt lassen, die er vielmehr mit solcher Genauigkeit verzeichnet, daß wo er keine Quelle oder Bach nennet, man gewiss sein kann, er habe auch keine angetroffen.“* Und die da lauten: *„So oft es möglich ist, soll er von der Höhe der Gebürge bestimmte und mathematische Begriffe zu geben suchen; es sei nun durch würkliche Messungen*

oder durch Berechnungen aus dem Barometer. Bei den Meeren kann er gleichfalls, wenn sich Gelegenheit dazu ergibt, die unter ihnen fortgehenden Gebirge zu observiren suchen, zum Exempel hat er jene Meerenge Bab el mandeb im Roten Meer bei Ebbe und Flut zu untersuchen und Achtung zu geben, vornehmlich, wenn er diejenigen Spitzen desselben berühren sollte, durch welche ehedem die Israeliten gegangen sind.“

Kein Wort von Bombay, und ganz und gar kein Wort vom Schwarzen Africa. Ja, selbst von den Ländern, die zu erforschen ihm aufgegeben war, hat er sich entfernt…

Das Fort ist unverschlossen, doch Niebuhr zögert, es zu betreten.

Jetzt steht er dort und zögert und schwitzt. Atmet heftig. Er wird es nicht betreten. Aber schon bald wird er das Fell riechen, und sie werden ihm das alte, verseuchte Wasser in den Mund füllen, und an einem Nachmittag wird er Musik hören, die ihm weh tut, es sind Schalmeien, und sie krächzen und kreischen wie die Vögel. Die von den Sternen herabstoßen.

Und keine Menschenseele weit und breit. Das Herz der Stadt ist ausgestorben. An den Mauern kleben nur die Geckos regungslos, und über den Himmel driften die Wolken der Segler und zwei schlanke Kraniche, die stadteinwärts ziehen.

Noch schaukelt sein Kopf in der langen stetigen Dünung, ein Seemann, der an Land tritt und

dem Land nicht traut. Der sich selbst nicht traut, der seinen Augen nicht traut: Schwarzes Africa. Terra incognita. Er hat sich eine Frist von einundzwanzig Tagen gesetzt.
Bis dahin muß es vollbracht sein!
Ich werde, schreibt er in sein privates Tagebuch, ein einziges Mal in meinem Leben die Linie verlassen.
Mehr erfährt man nicht über seine Beweggründe. In die große offizielle, von allen anerkannte Reise schiebt er seine kleine private Reise, die nur ihn etwas angeht und von der niemand Kenntnis erhalten hat.
Die Hunde halten die Herde im Zaum.

II. Teil

Die Luft war am 6ten des Abends und am 7ten den ganzen Tag dunkel. Den 8ten des Morgens fiel ein starker Regen. Hierauf folgte sehr helles Wetter. Die Winde waren gleichmäßig stark alle Tage und wehten aus Südost, nur kam der Wind am 11ten stark aus Süden und am 14ten des Abends waren viele dünne Wolken am Himmel und ein schöner Ring um den Mond. Vom 17ten an kamen Donnerwetter mit Wolkenbruch, am 21ten des Mittags endigte die Regenzeit mit einem letzten Blitz nach Norden zu am Horizont. Die Temperatur war alle die Tage ziemlich hoch und unterschied sich kaum in Tag und Nacht.

Carsten Niebuhr

Der erste Tag (der schwarze Süden, sahen das Korallenriff schon lange vor der Zeit; dieser weiße schaumige Strich der sich brechenden Wellen; der Kapitän, der ansonsten tagelang auf dem Vordeck seine Zeit verdämmert hatte, stand rechtzeitig auf und wies dem Boot die einzig mögliche Durchfahrt; nur ein einziges Mal hatten wir geringe Grundberührung, nur ein fernes Kratzen; Mombassa ist eine weiße und graue Stadt, die Palmen sind höher als die Häuser, und die Moscheen ähneln Leuchttürmen; ich ging unbewaffnet an Land, nur gefolgt von meinem Bedienten Yohannes; vor uns die zerwitterten Mauern des Forts, mit Ochsenblut gestrichen; in diesem Moment schien die Stadt wie tot, von allen Menschen verlassen; seitab liegt das arabische Viertel, das mir vertrauter ist; zwei, drei Frauen huschen um eine Hausecke, wie große schwarze Fliegen, dann höre ich einen Schrei, kurz darauf einen zweiten, es dauert einige Sekunden, bis ich begreife, daß es mein eigener Schrei ist; so breche ich zusammen; ein riesiger Haufen überreifer Mangos, von Fliegen übersät, strömt seinen betäubenden Duft aus. So endet meine Ankunft.)

Der zweite Tag (ich kann nicht sagen, daß ich erwachte, ich lag in einer Dunkelheit, von der ich nicht wußte, ob sie verschwinden würde, wenn ich die Augen öffnete; neben mir hörte ich ein Wesen atmen; ich sprach den Namen meines Bedienten aus, aber das Wesen antwortete nicht; es war ein menschliches Wesen, wenn auch ein sehr fremdes und fernes, ich roch das; als ich die geschwollenen Augen öffnete, wich die Dunkelheit, durch ein kreisrundes Loch in der Mauer fiel ein heller Tag herein, ein weißer Tag, ich konnte die Augen nicht von diesem Loch nehmen, noch immer schaukelte die See in meinem Kopf, ich war von der Insel Bombay gekommen, und nur mein praktisch veranlagter Sinn, mein beständiges, bäuerliches Blut hatten mich davor bewahrt, wahnsinnig zu werden, nachdem alle meine Reisegefährten den Seuchen zum Opfer gefallen waren; ich lebte, ich war noch jung, ich verstand nicht, warum ich lebte, ich folgte der Rede eines Kapitäns, der mich auf sein Boot lockte, ein kleines Schiff mit nur einem, dreieckigen Segel, aber erfahren im Umgang mit der Indischen See seit tausend Jahren; ein Mischlingsblut, dieser Kapitän, gespreizt zwischen den Kontinenten, Indien und das Schwarze Africa, das einen magischen Klang hat und einen gefährlichen, wir können es kaum aussprechen; und in das kreisrunde weiße Loch dringt eine Farbe wie von Blau, und es ist das gleiche Blau wie die Tücher und Decken, die neben mir liegen, und unter diesen verwickelten verknoteten Tüchern atmet ein menschliches Wesen.)

Der dritte Tag (heute morgen werden ich zur Audienz beim Sultan der Mazrui gerufen, es wird ein Gang werden über viele Stufen, die Mazrui sind die Herrscher der Stadt, sie haben gegen die Omani gekämpft und sind die Sieger gewesen, das Arabische läßt mich nicht los, dabei liebe ich die Morgenländer nicht, nein, ich wollte noch weiter aus der Welt heraustreten und die Niloten, die Sudanneger, die Kamba und Kikuyu in Augenschein nehmen, in Augenschein und flüchtend berühren. Kein Mensch meiner Welt weiß, wo der Nil entspringt. Und auch ich werde es nicht wissen, es bleibt ein dunkles Loch, und meine Häscher waren so schnell über mir, daß ich nichts mehr begriff, Messer aus dem Sack und mir am Hals und, gottlob, war ich unbewaffnet und wehrte mich nicht; in einer Stunde beginnt die Audienz, das Verhör; sie können mir nichts vorwerfen, ich komme in guter Absicht, ich will nichts von ihnen, aber ich werde unbegreiflich für sie sein, und sie werden mir alles nehmen. Aus den blauen Tüchern hat sich ein Kind geschält, ich denke, daß es ein Kind ist, es hat einen sehr schmalen, zerbrechlichen Körper, der Schädel ist glattrasiert; aber ich bin mir nicht sicher, es ist etwas Altersloses, Geschlechtsloses an diesem Wesen; sie kommen, sie öffnen die Tür, man bittet mich zur Audienz in den Palast, ich trage keine Fesseln.)

Der vierte Tag (zerstückelt, wie alles war, ich hatte mein Empfehlungsschreiben nicht dabei, ich hatte keines, mit nichts konnte ich mich ausweisen, außer mit meinem Siegelring, den mir der Imam von Sana geschenkt hatte und der meinen Namen trägt in den Schriftzeichen der Araber, und dieses Siegel rettete mich, war magisches Zeichen; man begleitete mich in den inneren Kern der Stadt, die Gassen waren nur wenige Fuß breit, und die geschnitzten Holzbalkone über unseren Häuptern berührten sich beinahe, der Sultan von Nazrui, Herrscher über Mombassa und Pemba hatte mich begnadigt, ich war sein Gast, die Meerkatzen stoben kreischend auseinander, sprangen von Balkon zu Balkon, ich ging durch diese schattenreiche, aber heiße Luft hindurch, und dann standen wir vor einer schwarzen Öffnung, und die Gesellschaft, die mich geführt hatte, bat mich, einzutreten, und ich schlug ein, zwei Perlenschnüre beiseite und befand mich dann doch wieder in meinem Gefängnis, und das Kind, das noch nie eine Regung gezeigt hatte, lächelte mich an.)

Der fünfte Tag (Niebuhr ist krank, der junge Herr Niebuhr, vom dänischen König nach Arabien, aber niemals nach Africa gesandt, fühlt wieder ein Fieber auf seiner Stirn, Hände voller Schweiß, und die Anfälle kommen in Wellen von weither, das Schiff wird geschüttelt, der Körper, die Zähne, die feingeschliffenen, klappern aufeinander ein, die Augen schließen sich mit einem blauen Tuch, das duftet, das atmet, das ist von Ambra, Myrrhe und Sandelholz; man hat ihm dieses Wesen geschenkt; von Anfang an, Malaria, ein Name für eine Krankheit, die sie alle dahingerafft hat, Baurenfeind, Cramer, Berggren...; da stand ich plötzlich allein und war am äußersten Punkt unserer Reise, und Angst kam; der Angst aber entgeht der Mensch nur, indem er das Verbotene tut; der junge Niebuhr geriet in abwegige Gesellschaft, traf auf Kapitäne mit blauem Turban, die am Hafen von Bombay Island herumlungerten und ihre Dienste anboten: Wir bringen dich nach Africa, nach Africa, ins Weihrauchland, es ist die Zeit des Nordostmonsuns, der bläst Tag und Nacht, und die Überfahrt dauert keine drei Wochen; einundzwanzig Tage, einundzwanzig Tage, der junge Niebuhr zahlt das Reisegeld und schifft sich ein. Eine Dhau, Mtepe sagen die Africaner, die Planken sind mit Kokosfaserschnur ineinander vernäht, und erst der Vordersteven, dem folgt das Schiff, Augen mit Sternen drinnen; jetzt folgt er ihr, jetzt steht das blaue Tuch, der Teppichhaufen langsam auf und öffnet eine Tür, die unsichtbar gewesen ist; das Kind wird ihn entführen, die Fieberphantasien ertränken.)

Der sechste Tag (es ist keine Epidemie, nicht die Pest, nicht das Gottesgericht, es ist die Krankheit, die er überleben wird, der Tod, der ihn nur beleckt und sich dann wieder in blaue Tücher hüllt; sie gehen die Straße entlang, er folgt ihr, ich folge ihr, dem Kind, gleich hinter der Bohra Moschee, noch vor der NdiaKuu, gibt es eine winzige Sackgasse, die zurückführt zu den Kais, da biegen wir ab, und am Ende dieser Gasse, dreißig Fuß überm alten Hafen, dreißig Fuß über der See, sieht der kranke und junge, noch so herrlich junge Niebuhr ein flaches mit Palmwedeln gedecktes Haus, eine Hütte, und das blaue Wesen in Tüchern kauert sich davor auf die festgetretene rote Erde; und bröcklig und gelb ist der Lehm, aus dem die Wand in ihrem Rücken geschmiert ist, und vor Tagen schon hat man hellrotes Hahnenblut darüberlaufen lassen; ich achte weder Tod noch Leben, und ganz langsam, indem es die Augen von unten hebt, sieht es mich an, ein allererstes Mal; und man spürt, daß der Wind sich dreht, geht auf Südsüdost, kommt jetzt nur noch übers Meer, streift höchstens noch ein paar Federn auf den Maskarenen, aber sonst saugt er nur noch Wasser auf, und die Regenzeit beginnt; Tropfen, groß wie Hühnereier, fallen in den Staub, lauter kleine Krater, auch Blütenblätter, rot und violett, segeln unterm Regen dahin, ich möchte das Kind zu mir nehmen, fragen, wie es heißt, es wird nicht heißen, es wird uralt sein; mich nicht verstehen, wenn ich zu ihm rede, aber alles verstehen, wenn wieder die Anfälle kommen und ich in fremden Zungen rede; du sollst nicht töten, du sollst nicht ehebrechen, du sollst nicht begehren, was schon immer dein Eigen sein sollte; doch du kauerst vor diesem Haus, dessen Besitzer wir nicht kennen, auf festgetretener roter barfüßiger Erde, und du siehst mich an, ziehst mit den Augen meine Hutkrempe hoch, und er, der junge und vielgereiste Herr Niebuhr knickt in den Kniekehlen ein; kann nicht mehr, will nicht mehr; dich, ein Kind, hat man zu seinem Fieber gemacht.)

Der siebte Tag (schweißüberströmt liegt der Weiße auf einem Teppichhaufen; Verwesungsgeruch füllt den Raum, tote Skorpione liegen zu Haufen zusammengekehrt in den vier Ecken, Sandflöhe haben die Beine des Forschers zerstochen; er sieht die Mittagsblumen über seinem Kopf, verflochten mit dürren, graugelben Palmblätterstreifen; manchmal klappert ein Blech, die Hitze ist so trostlos und tödlich, daß er vergißt, daß sein Leben weitergehen wird; ich war dabei, als wir Baurenfeind und Cramer über Bord warfen; wir hatten sie in blaues Segeltuch eingenäht, aber schon der erste Haifischzahn, der sich näherte, riß die Naht auf, ferne, geheimnisvolle Unterwasserwelt; wenn der Herr Lieutenant Niebuhr bemerken sollte, daß der gemeine Mann in dem Innersten Arabiens den Gestirnen Namen gibt, die wir in unseren Wörterbüchern nicht haben, so wird er gebeten, sie anzumerken; aber hier ist er nicht im innersten Arabien, sondern am Rand von Africa, und über Sterne spricht man nicht und sieht sie nicht, und schwitzt und stinkt und reibt sich die Hüftknochen wund; wenn sich mir das Wesen als Kissen anböte, sich unter meine Knochen schöbe, ich sagte ja; in dem vergangenen halben Jahr hat er mehr als dreißig Pfund an Gewicht verloren; sagte nicht nein, und meine Schwestern sind die Sterne, brennen kleine Löcher ins Schilfdach aus Palmen, als es wieder dunkel wird, kriecht das Wesen auf mich zu und bettet meinen Kopf in seine blauen Tücher, darunter ist eine Hitze, die ich nicht erwartet habe, Bruder und Schwester, mein herzallerliebster Tochtersohn, gezeugt von einem wilden Tier und einer milden Mutter.)

Der achte Tag (es regnet und regnet und segnet und redet und heiratet, ich bin ein junger Mann, und neben aller Genauigkeit erlaube ich mir ein Gefühl, und meine africanische Tochter wird es gutheißen, ein Bastard, am Indischen Ozean, ihr Bruder hat die gleichen weißen Streifen auf der Stirn und unter den Augen, wer rettet die Kinder? Man hat mir eine Spiegelglasscherbe in meinen Verschlag gebracht, ich blicke hinein und sehe mich nicht, was mich wenig überrascht, aber Tropfen fallen herab und zerspringen auf dem Spiegel wie auf der Oberfläche eines Sees; meine Lippen sind rissig und ausgedörrt, die Zunge von Pilzen überwuchert, gehorcht mir noch immer; ich bin ein junger, gieriger Mensch, aber der Krankheit verfallen, der Sultan der Mazrui läßt mir ein Tablett mit den Innereien irgendwelcher Hühnervögel bringen, ich erbreche mich, die Zunge leckt die Lippen rein, wo ist mein Kind, das stumme, heiße Kind?)

Der neunte Tag (ist noch nicht angebrochen, ist noch Nacht, und der Raum ist stockfinster, daß ich nicht sehe, aber ich weiß, daß sich in diesem Raum ein Tier befindet, ich rieche das Fell; höre den Atem; das Kratzen der Tatzen; Katzen, denke ich, ich bin umstellt von Katzen, doch ich rühre mich nicht, bewege nur ganz leise meine Finger und schabe mit den Nägeln an einem Stück Holz; aber plötzlich gebe ich dem blauen Wesen einen Namen, einen Namen, und ich flüstere diesen Namen, und dann schreie ich ihn: Zeylazeyla!, Taufe und Hilferufe, und ich schreie ihn wieder und wieder, ich schreie ihn so lange, bis Tag wird draußen und das Licht durch die Ritzen im Palmdach fällt und sich der Name mir langsam und barfuß nähert und mir einen Napf zu trinken hinhält; ich sehe nur die Hände, so schlank und zerbrechlich, unendlich lang die Finger und in hellem Braun, wie sie sich um den Napf schmiegen, als hielten sie das Kostbarste; Niebuhr trinkt, man stillt ihn wie einen Säugling; das Kind ist die Mutter, er riecht das Fell, er steht im einunddreißigsten Lebensjahr, er ist auf eine Expedition geschickt worden, die katastrophal endet, es gibt keine Überlebenden, sie verglühen in den heißen Zonen und sind nicht mehr; das Kind hebt den Napf ein wenig, damit Schluck für Schluck von dem frischen, aber verseuchten Wasser in den Mund des Weißen fließt; das Kind meint es gut mit ihm, der Tag fließt in ihn hinein, am Nachmittag hört er Musik; höre ich Musik, die mir weh tut in den Ohren, es sind Schalmeien, und sie krächzen und kreischen, wie die Vögel, die von den Sternen herabstoßen.)

Der zehnte Tag (das Blech, das Blech, es glänzt wie Gold, es glänzt wie Silber, das Kind trägt es um die Fußgelenke, Ring auf Ring, es trägt es um die Handgelenke, es trägt es um die Oberarme, es trägt es um den langen Hals, heute wird etwas Unwahrscheinliches passieren, das Kind wird sich aufrichten, es wird aus seiner hockenden Haltung herausfinden, die Glieder strecken, das Kind wird sich zu einer unerwarteten Größe aufrichten, es wird sehr dünn sein, sehr knochig, und nackt wird es sein, denn die blauen Tücher werden zu Boden fallen, und sie steigt heraus wie eine lange, hellbraune, glatthäutige Raupe, die ihren Kokon verläßt. Man wird die Rippen des Kindes sehen. Man wird es mit zwei Händen umgreifen können, die Fingerspitzen berühren sich, die beiden Daumen, die Haut wird heiß sein, und das Blech wird glänzen und ganz allmählich, ganz leise anfangen sich zu bewegen, zu klirren und zu singen. – Zeylazeyla ist einen halben Kopf größer als Niebuhr, aber der Forscher ist ohnehin zu geschwächt, um sich ganz aufzurichten. Ein Wächter, oder ist es Niebuhrs Diener?, schiebt ein Tablett mit Brot und Früchten herein, der Forscher hat Hunger, hat Durst, zwei Messer hat ihm sein Vater mitgegeben, Himmel und Erde, aber von nun ab wird Zeylazeyla alle Speisen vorkosten und ihm den Mund sauberlecken. Draußen ist Musik und schwerer, tiefer Tropentag.)

Der elfte Tag (das ist mein schlimmer Finger, wenn das Blut siedet und die Adern schwellen, als wenn es platzt. Schafzeck zwischen Daumen und Zeigefinger und schwarz das Blut und winzig der Tropfen, a kiss and a pearl for you my child, aber das Kind spricht keine Sprache und versteht keine Sprache, das Kind ist schwarz und mager, und seine Knochen brechen im Wind, und um seine Hüften winden sich die Blicke des Reisenden;

der Wächter gibt mir einen Befehl: Ich soll mir die Fingernägel ausreißen und die Stelle markieren, wo ich mein Herz, den Halbmond vermute; ich bin reich, sage ich, ich zahle in Gold, es spielt keine Rolle, in Maria-Theresia-Dukaten, ich kaufe mich frei, aber sie haben ein anderes, ein einziges Zahlungsmittel, und das wächst an den Unterwasserfelsen, ferne geheimnisvolle Welt, wo Haifische die Nähte der Totensäcke aufschlitzen; es sei denn, mein Kind befreit und führt mich hinaus, ich folge, es ist die Zeit, da die Sonne im absoluten Zenit steht und niemand sich auf die Straßen traut; ich folge ihm, bedenkenlos, ich werde ihm von nun ab überall hin folgen, auch wenn das Fieber mir die Klarheit stiehlt und das Augenlicht; sie hebt nur einen Vorhang beiseite, ein Sackleinen, und wir kriechen hinaus in die Sonne, die mich betäubt, über die harte rote Erde, gebacken in tausend Sonnenjahren, doch es ist Regenzeit, die kleine, *vuli*, und die Sonne ist schwarz; wir entfernen uns nur wenige Schritte, erreichen die erste Stufe, die zum Meer hinabführt, bleiben auf der zweiten liegen, die Stufe ist groß genug für zwei Wesen, die Luft ist so feucht und erdrückend, als wenn der tiefe Himmel aufs Meer herab fällt und dazwischen zwei Wesen zerreibt, bald eine Leiche, bald ein Kind, hager wie eine Gottesanbeterin; Niebuhr liegt in seiner eigenen Lache. Zeylazeyla wischt die Stufen rein von Blut und Schleim und Schweiß,

Urin und Sperma, Öl und Brei und Salz, Eiter, Speichel und Tränen, mit ihrem blauen, nie enden wollenden Stoff wischt sie es rein. Und sie ist ein Geschenk des Himmels, ist ein Knabe und auch ein zahmes junges Tier, das elfte Kind einer vielköpfigen Familie, eines vom Stamm der Kamba, seine Brüste hängen schlapp und leer, wieder setzt der Regen ein, steigt das Meer um den Saum eines einzigen Rockes.)

Der zwölfte Tag (sie wachten auf von der Möwenscheiße, die in großen Flocken auf sie herabfiel; es gibt Geschichten von Schiffbrüchigen, die im Meer trieben und von Möwen oder größeren Vögeln angegriffen wurden, so daß sie für immer wegtauchen mußten, um ihre Schädeldecken vor den Schnabelhieben zu retten; es gibt von allem eine Geschichte und über alles, auch über die Wiedergeburt von Lieutenant Claus Niebuhr, der sich entfernt hat von seiner vorgeschriebenen Route ...; ich wache auf, und ich liege noch genau so, wie ich eingeschlafen bin, die Knie unter den Bauch gezogen, und die Treppenstufe ist aus hellem Stein, Muschelkalk im Gegensatz zu all der roten, festgestampften Erdkrume und den Lehmwänden der Häuser; streichst du den Lehm weiß an, du gibst es bald auf, aber die Stufen sind hell, und Stufe für Stufe könnten wir jetzt dem Meer zukriechen und wieder zurückkehren, wegtauchen wie Amphibien, wie Lurche, wie Wasserschildkröten durch den Ozean treiben, und das Wasser ist warm wie eine Fruchtblase; Claus Niebuhr, Mathematicus, weiß auch in seinen trunkensten Momenten nichts von seiner Geburt; ich führe dieses Heft mit Notizen, damit mir kein Tag verlorengeht, denn dieses sind meine eigenen Tage, die niemanden etwas angehen, in Wahn und Not und unsäglichem Glücksgefühl; Zeylazeyla spitzt seine Lippen zum Pfiff, der erste Laut, der sich diesem Wesen entwindet; ich darf den Laut nicht vorüberziehen lassen, ich muß ihn einfangen, einatmen, er könnte der Schlüssel sein für das, was mir hier geschieht, daß sie mich gefangennahmen und so reich beschenkten zugleich; die Möwenscheiße fällt auf uns herab, ohne Unterlaß.)

Der dreizehnte Tag (wir sind fünf Stufen tiefer gekrochen, ich sollte meine Kleider wechseln, der Stoff und die salzige Nässe haben meine Haut rotgerieben, es gibt Abschürfungen, Verletzungen der Haut und der Fortpflanzungsorgane, ein Wundsein, und in meinem Haar, denke ich, nisten sich oberhalb des Fiebers kleine sechsfüßige Tiere ein, denke ich, daß ich denke? Zeylazeyla scheint ohne Bedürfnisse zu sein, wer ist ihre Mutter, hat sie einen Vater? Ich muß es nicht wissen, ich habe Africa nur um einige wenige Doppelschritte betreten, und schon falle ich wieder ins Meer zurück, dabei bin ich Bewohner des Landes, Bewohner der Ebene; die Meerfahrten sind mir immer fremd geblieben; über diese Stufe schwappt vieles, treiben Algen und Federn in jeder Rille; Unrat, eine tote Ziege, aufgebläht mit ihrem Wasserbauch, übersät mit häuserlosen Schnecken, so nah dieses Tier jetzt mit den nach hinten gebogenen Hörnern, die von einem Tod in den anderen gefallen sind, das Fell, das sich zersetzt, das schwarze mit den Salzkristallen, ganze Ladungen von Ziegen und Schafen werden über die Meere verschickt, gehen unter in nicht vorhersehbaren Stürmen, wie lange schwimmt eine Ziege? Weiß sie, was ihr geschieht? Was, außer der Todesangst, kann uns verbinden? Kriechen wir noch eine Stufe tiefer? Let's... together; Wer ist deine Mutter, daß sie dich hierher schickt? Sollst du mir gefallen? Mir meine Haut abziehen, mich verhöhnen, dem weißen Mann das Blut aussaugen? Zeylazeyla, welches Wort in eurer Sprache läßt dieses Blut gerinnen? Mich verwöhnen? Aber du bist ein Kind, hundert Jahre alt, du sprichst nicht mehr, älter als diese Stufen, aus Stein, aus Kalk, nicht aus africanischem Lehm, aus dem Stein der Portugiesen, der gespreizten Eroberer, aus Europa hierher gebracht, welche Umwege: zum Beispiel Claus Niebuhr aus Lüdingworth in Niedersachsen, Landkreis Hadeln, gelangt im Auftrag des dänischen Königs bis nach Indien, Bombay, wo er die Kontrolle über sich verliert, zum Beispiel auch ich: Meine Ausbildung befähigt mich, ein Land in Augenschein zu nehmen und anschließend einen genauen Plan davon auf ein Stück Papier zu werfen, ich kann die Himmelsrichtung bestimmen, die Polhöhe eines jeden Ortes messen, die Entfernungen zwischen zwei Punkten vermerken, selbst die Tiefe des Meeres kann ich anhand meiner Logleine messen, meine Pläne werden mehr als hundert Jahre Bestand haben, mit Gewissenhaftigkeit, Exactheit, Pflichterfüllung: Anders ist diese Arbeit nicht zu vollbringen, aber dennoch: auch ich!, und losgerissene Algen, ausgerupfte Federn schwappen mit den Wellen hin und her, das Meer besteigt die Treppe.)

Der vierzehnte Tag (ich träume, ich träume, daß jemand meinen Kopf betritt, man hört die Schritte nicht, weil der Boden zu weich ist, und ich träume, daß ich träume; auf Flößen ziehen die weißen Reiher vorbei, Himmelfahrt mit fliegenden Wolken, stahlblau der Himmel wie über den Birken des Süderholmer Moores, selbst ein Eisvogel betritt meinen Kopf, doch die Schritte, die man nicht hört, gehören zu Menschen, zu Männern, ich zähle vier, und sind acht Beine und gehen auf und ab und auf und nieder; und holen mich ein, mich, Claus Niebuhr, der davonkommen will; als wir uns das erste Mal begegneten in der

Sommerresidenz von Louisenlund, ein erstes Treffen der Expeditionsteilnehmer, und Bernstorff, der Vorsteher der deutschen Kanzlei in Kopenhagen, hielt die Ansprache, stellte uns einander vor, da war ich stolz und aufgeregt und dachte zurück an meine einfache Herkunft; in den hohen Fenstern des Salons funkelten die Sonnenstrahlen, draußen lag das Blau der Ostsee, alles war sauber und vornehm, und Bernstorff sprach mich an: *HochEdler, hoch geehrter Herr, demnach die Wahl auf Sie HochEdlen gefallen, um Dieselbe zur Arabischen Reise in Vorschlag zu bringen, so setze ich in ganz keinen Zweifel, daß Sie dazu erforderliche Geschicklichkeit und Gaben besitzen werden, und gratuliere Ihnen zu solchem Vorhaben von Herzen mit der Versicherung, daß ich mich sehr erfreuen werde, Sie HochEdlen so wohl vor in während der als auch nach der, Gott gebe, glücklich zurückgelegten Reise, nach Vermögen nützlich seyn und Ihnen in der Tat diejenige Dienstbegierde beweisen zu können, die Ihnen zusteht …*; aber sie sterben wie die Fliegen, sie erbrechen sich, und saure Dämpfe ziehen über ihre verschwitzte Lagerstatt; und ich werfe meinen Kopf hin und her, meinen großen, viel zu schweren Kopf, und schüttle ihn so lange, bis sie ihn alle verlassen haben, alle; und dann träume ich nicht mehr, dann steige ich in eine große Wanne schaumgekrönten Wassers, Badeöle, von nie verspürter Raffinesse schmeicheln mir, Sandel, Zeder und Phantasie der hängenden Gärten; man trocknet meinen Körper in weicher Luft und salbt ihn ein, und ich dufte unerhört, und ich steige in frische Beinkleider und frische Hemden, in Beinkleider; Claus Niebuhr, also ich, kriecht alle Stufen hinauf, läßt keine aus, erreicht die Gasse und richtet sich auf; aufrecht betritt er das flache, mit Palmwedeln bedeckte Haus.)

Der fünfzehnte Tag (als wenn das Kind nicht mehr da wäre, als wenn noch immer Nacht wäre, als wenn die tristen Tropen ihn begraben wollten, gerade dort, wo er leben und sich gehenlassen wollte; ziehe lauter krumme Linien und bestelle mir die Tänzerinnen, die ich in Kahira nur mit abgewandten Augen betrachten durfte; und die Weiber allerhand für ein ehrbares Auge unanständige Stellungen machten, die Prozession ging sehr langsam und hielt dazu noch bisweilen still, unterdessen sich die Musikanten und das Feuergewehr der Araber und das Freudengeschrei der Mägde sehr fleißig hören ließen; Invasoren des Herzens, von frühester Kindheit an, sind sie zu Tänzerinnen erzogen worden, im Mörser werden die Blätter in der getrockneten Henna-Pflanze zerstoßen; sie tanzen für Schmuck und für die Ehre; das habe ich mir vorgestellt auf meinem dickbäuchigen Segler, als zahlender Passagier, ein kranker junger Mann auf dem Indischen Ozean, unter meinem Kiel geht es zweieinhalbtausend Doppelschritte in die Tiefe – Wasser wie Luft, nur so schwer, so schwer, und in der Höhe des Wassers leben die Meeressäugetiere, aber niemals gehen sie bis auf den Grund, man weiß, daß der Narwal auch in jenen Gewässern vorkommt, die ich bereiste, das Einhorn der See, ja – wenn es in die Netze der Fischer gerät, verknoten sich die Taue um dieses Horn, erster Knoten, zweiter Knoten, dritter –; oh ja, die Lakkadiven, sagst du, als wenn das Kind dort geboren wäre, aber es ist ein Kind Africas, kommt von hier, aus den Mauern dieser Stadt, deren Bewohner Suahelis sind, und die es seit zweitausend Jahren gibt, Knochen auf Knochen, Stein auf Stein, und in der ich jetzt liege, nicht mehr auf den Stufen, halb im Meer und unter freiem Himmel, sondern in einem geschlossenen Hüttenhaus, ohne viel Licht und in betäubender Hitze; aber kann es nicht erklären, schlägt mir ein restlos glückliches Herz im Busen, weder Schmerz noch Angst, noch die Pläne für morgen, ist ihm alles abgenommen, sorgt das Wesen, das er Zeylazeyla nennt, dafür; ist so; er glaubt ohnehin nicht mehr, daß er der ist, der er noch in Bombay war und in Bombay wieder sein wird; auf der Insel Bombay sind viele Kokosbäume und Reisfelder zu betrachten, und auf der Küste wird auch viel Salz gesammelt.)

Der sechzehnte Tag (sie wollten mich vergiften, meine Wächter, die kamen in der Früh und boten mir Suppe an, und ich konnte nicht widerstehen, so trocken war mir die Zunge und so leer der Magen; sie erzählten mir, daß das Kind tot wäre, aber sie logen, und daß es mir von nun ab bessergehen sollte und daß der Sultan mich zum Essen einladen würde und daß es Schwestern und Brüder genug gäbe von diesem einen Kind und die Suppe würde mir guttun; ich hörte die Schreie der Fregattvögel, die sich draußen in den Mangrovenzweigen lümmelten und auf die Flut warteten; ich öffnete meinen Mund, daß sie mir den ersten Löffel zwischen die Lippen schöben, es waren junge muskulöse Männer, sehr schwarz und nur mit einem Gürtel bekleidet, an dem sie ihr Messer hängen hatten; und schoben mir den Löffel zwischen die Lippen; und die Schwestern wie die Sterne; ich verschluckte mich kein einziges Mal und wußte doch, daß alles gelogen war, alles, alles, der Lockvogel, den sie mir gelegt, war gewiß nicht gestorben, war das dreizehnte Kind unendlich armer Eltern, das dreizehnte, das überlebt hat, von den Kinderleichen sprechen wir nicht, denn wir sind im Paradies, und es gibt Augenblicke, da denke ich manchmal an meinen Vater, er hatte nur drei Kinder und keine Mutter für uns; ich sah ihn nur an den christlichen Festen, Ostern, Pfingsten, Weihnachten, und immer war etwas

Angst mit im Spiel, aber er ließ mich meine Studien treiben; das, was ich lernen wollte, war ihm so fremd und fern, daß er nicht wagte, ein Wort dagegen zu erheben; und wenn er jetzt mit meinen Augen sehen könnte, nur für einen Augenblick in meinen Schädel hereinkröche, er stürbe einen zweiten Tod vor Schreck vor soviel Fremdheit, mein Vater ist lange tot, er wird seine Enkelkinder nie sehen, werde ich meine Kinder sehen, die ungeborenen, werde ich lebend dieses Land verlassen können, für immer und ein Leben lang das Paradies im Auge behaltend? Wer stellt mir Fragen, wer antwortet mir? Sie belügen mich, aber ich schlucke es, ich schlucke es, die Suppe, und hinter der weißen Wand ist das Paradies, geht es landeinwärts über hartes Gras und geduldige Savanne, steigt das Land unmerklich an, und zwischen den Büschen werden die Feuer brennen und der Qualm sich kerzengerade emporschlängeln, und mit ihren Tänzen halten sie den Tod fern.)

Der siebzehnte Tag (das bin ich, unbegreiflich, ich sitze im Schatten einer echten Akazie, so wie sich die kleinen Herden der gehörnten Schafe im Schatten versammeln, sitze ich und bin ein freier Mann, man hat mich aus Mombassa herausgeschickt, ins Land haben sie mich hineingetragen, so wie man die verstorbenen Ahnen hinaustrug und sie den wilden und freundlichen Tieren überließ, so wie sie zum Tode Verurteilte hinausjagten, damit sie eine letzte trügerische Chance ergriffen; so also sitze ich im warmen Schatten eines africanischen Baumes, ringsum ist weites Land, nur sanft gewellt, dürres Gras, ich bin im Hochmoor meiner Kindheit; Elefanten zwischen den hohen Grasbüscheln, aber das blaue und unbekannte Wesen ist nicht mehr bei mir, in meiner linken Hand halte ich eine schneeweiße, staubige Schnecke, sie füllt meine ganze Hand aus, ist so groß, daß sie eigentlich dem Meer zugehörig sein müßte, ist aber eine weiße, leere Landschnecke, die ich an mein gesundes Ohr hebe und lausche, wie ein Wind entsteht in den verwaisten Gängen; der Himmel über meinem Baum ist von blassem Weiß, oder es ist ein Blau, und die Sonne liegt hinter Schleiern, und die Luft ist heiß, und es wird nie mehr regnen, in den Mooren meiner Kindheit gab es keine Elefanten, es gab verlandete Seen und winzige Wasserlöcher, deren Tiefen man nicht errechnen konnte, und es gab weit und breit keinen Stein, abgesehen von den Steinen, die sich die Selbstmörder an die Füße banden; hier liegt Stein an Stein, die nackte Haut der Erde nur notdürftig mit einer Humusschicht bedeckt, die dünn wie Papier ist; wer sollte hier je ein Grab ausheben mit bloßen Händen, es herauskratzen, wer, und hinter den Schleiern verfärbt sich die Sonne, eine mir fremde Blutorange, und stirbt klaglos, gleichgültig, wie nebenher, schmeckt süßlich, verfault, und schlagartig kommt die Nacht, und mit nichts kann ich mich zudecken, und die Tiere der Nacht kommen, und es brüllt in meinem tauben Ohr.)

Der achtzehnte Tag (findet mich, wo der siebzehnte mich verließ; meine Hosenbeine sind mit winzigen Schnekken übersät, die spitzen Knie; Nahrung werde ich keine mehr zu mir nehmen; nur noch trinken; ich werde mich erheben, so gut es geht, und so langsam wie es geht mich fortbewegen, hin zu den Freunden an den Wasserstellen, und noch bevor der neunzehnte Tag mich erreicht, werde ich die Wasserstelle erreicht haben und sie mit der Zunge berühren. Ich werde.)

Der neunzehnte Tag (mitten in der Nacht beginnen die neuen Tage, es ist der falsche Zeitpunkt, keine Frage, aber die Sonne war noch am Himmel und verbrannte meine Zunge, als ich die Wasserstelle erreichte; außer mir waren etliche fremdartige Tiere dort; ziegenartige, aber auch gestreifte Pferde, ein Vogel Strauß, ich gesellte mich zu ihnen und verbarg meine Erschütterung, mein grenzenloses Staunen über Tiere, die das Auge eines Europäers noch nie erblickt hat, und die Sonne ging unter.)

Der neunzehnte Tag (sobald der wirkliche Tag anbricht, gehen die Tiere davon; man muß es sich vorstellen als eine Miniaturbühne, fein säuberlich ausgeschnitten und coloriert die Figur des Gestrandeten Menschen, die Figuren der Bäume und Gräser, der Spiegel der Wasserstelle, die Silhouetten der Kaffernbüffel und Zebras, mit irgendwelchen Fingerspitzen werden sie an den Rand des Panoptikums gezogen. Nur der Mensch bleibt. Am Strand. Ich, Claus Niebuhr. Ein Waise. Einunddreißig Jahre alt. Und ein Lachen, denn ich habe mir ja alles selbst erarbeiten müssen, diese Kämpfe mit dem Oheim, bis er mich auf die Lateinschule schickte. Ich wollte alles wissen, was es zu wissen gab. Ich schlief kaum. Ich las ganze Bibliotheken während der Nacht, ich betrat meinen Kopf und behielt das alles als Geheimnis für mich. Heimat, sagen sie, ist da, wo das Haus deiner Eltern steht. Gelogen. Gelogen. Ich prüfte die Gesteinsschichten. Ich vermaß die flache Marsch. Ja. Hier hocke ich, der neunzehnte Tag, das Wasser ist flach und trüb, Zebras haben einen härteren Magen als ich; nie in meinem Leben habe ich mich einer Ausschweifung hingegeben. Und jetzt liege ich an der Wasserstelle im roten Schlamm und warte. Wie ich aussehe. Und warte. Das Kind wird gestorben sein. Es wird eine Mutter haben, mit der ich ein neues Kind zeugen kann. Ich? Ein Weißer und eine schwarze Mutter. Und meine Pferde heben den Schweif, schlagen nach den Fliegen, den gestreiften. Zebraherden, so weit das Auge reicht. Die Hochmoore meines Greisenalters. Stirb oder friß. Die Verdauung klappt schon lange nicht mehr. Dicklich ist das Blut, und der Aderlaß unerläßlich. Aber wo sind die Landärzte, wo? Hier doch nicht, stundenlang suche ich nach geeigneten Ästen, um mir ein Kreuz zu binden. Stunden. Und lange, und die Adern schwellen, einer aus dem Land Hadeln, ist nicht für Africa gemacht. Aber die Welt will, daß wir in sie hineinfallen. Wir wissen nicht, wie tief sie ist, wir stehen oben am Rand, Vorsicht am Klippenrand. Am Lippenrand. Die Lippen der schwarzen Frauen sind dunkelblau, nur die Fußsohlen sind hell und rot der Gaumen, wenn sie mich anlachen und entwaffnen. – Ich spüre das Ende meiner Reise, mein Gott, mein Gott, mach's nur mit meinem Ende gut.)

Der zwanzigste Tag

(Herr Claus Niebuhr kratzt sich eine Mulde, er benutzt die leere, weiße Landschnecke als Schaufel, er hat Zeit; Durst verspürt er keinen mehr, der Körper trocknet aus, wird zu Leder, langsam bewegt sich die Schaufelhand in immer gleichem Rhythmus, hinter ihr wächst der Berg aus Sandkörnern und Felssplittern; die Fingernägel brechen ihm, was er hier begraben will, weiß er noch nicht; manchmal memoriert er im Geiste die Daten, die ihn betreffen, Geburt, Ort und Stunde, Ausbildung, Beruf, sein Lebendgewicht kann er nur schätzen, die Polhöhe nimmt er nicht mehr, aber er weiß, wo er seine Instrumente deponiert hat, in Bombay, ja, Bombay-Insel, indischer Kontinent, aber in africanische Erde will er etwas eingraben; und dann, wohin reist die Seele dann? Ich messe die Mulde in Ellenbogen, so lang, so breit, so tief, mein Maß ist das lange schmale Kind, in seine blauen Tücher werde ich diese Schnecke legen, die Perle wächst, wenn das Fleisch verdirbt, sie muß nicht tief sein, diese Mulde, vielleicht sollte ich ihr das Sternenlicht lassen, das nachts unmerklich herabtröpfelt und den viel zu harten Sand näßt; zehn Tropfen vor und nach dem Schlafengehen; so flach ist dieser Körper, wie ein Blatt, das man zwischen zwei Löschblättern preßt, aber was hat er mir getan, daß ich ihn hier zurücklassen will, ihn festnagele für die Ewigkeit, wer errichtet das Kreuz, wer senkt den Daumen; stirb, Mutter, stirb; und aus diesem Kindwesen wird schon lange ein Frauenwesen geworden sein, ein massiger Berg aus Fleisch und Ohrgehänge und schwerem Geruch. Und das Blau wird schwarz. Sanft senkt sich hier das Land, der kleinste und der größte Stein kommt ins Rollen, auch das Wasser der Wasserstelle scheint in schräger Bewegung; wenn alles umkippt, dann habe ich endlich einen Fehler gemacht; im Regenwasser wächst eine andere Art von Fischen heran, die Giraffe, die Frau Merian gezeichnet hat, spreizt die Vorderbeine, damit der Kopf den Wasserspiegel erreicht, und kleine Fische auf der Zunge; aber ich bin nicht müde, keineswegs, ganz klar ist mein Kopf, und all dieses schreibe ich auf im Besitz meiner geistigen Fähigkeiten, doch ich werde alles vernichten, sobald ich den Bericht beendet habe, diesen Bericht, den ich buchstabiere in das Heft eines Schulkindes.)

Der einundzwanzigste Tag (jetzt tue ich nichts mehr, ich stelle mich tot, damit niemand mein Warten bemerkt; die Ebene flirrt, ich stelle mich blind; heuschreckengroße Insekten singen und stoßen Schreie aus, ich stelle mich taub, und die Sonne zerbrennt meine krebsrote Haut, ich werde fühllos wie ein Krebs, dessen Gefühle ich nicht kenne, ein Krebs in schattenloser, trockener Hitze fern dem salzigen Wasser, aber ein Krebs hat Zeit, stellt sich lange tot, trocknet ein und aus, und sobald ihn die erste Woge erreicht, erwacht er und . . . ; bei mir ist es der Abendwind, ein Ableger des Küstenmonsuns . . . ; und ich erkenne es, zweifelsohne, weiß augenblicklich, was ich sehe und daß sich das Warten gelohnt hat: Mein Wesen ist da. Aber sie hat das Blau verloren, kein einziges Tuch trägt sie um ihren Körper, alles, was sie bei sich hat, ist eine Kalebasse aus einem getrockneten Kürbis, die sie mit beiden Händen umklammert und wie einen Säugling vor ihren Bauch preßt; ihre Haut besitzt die Farbe der Erde, sie hat sich im rotbraunen Schlamm bei den Wasserstellen gewälzt; jetzt trocknet der Schlamm, wird hart und brüchig, ihre zweite Haut; es ist mein Wesen, aber es hat die blauen Tücher aufgegeben, die See, die glänzende Stadt, und wir sehen einander nicht an, nur ein einziges Mal führt sie die Kalebasse an die Lippen, und dann gleitet sie in meine Mulde und streckt sich lang aus, und wirklich, ich habe richtig Maß genommen, es ist für sie gemacht, und ich gehe ein paar Schritte zur Seite, hocke mich ins harte Elefantengras und sehe in die andere Richtung, sehe so lange, bis ich wieder erblinde und die Schönheiten der Welt mich verlassen; jetzt beginnt die Rückreise.)

Der zwanzigste Tag (ich komme nur sehr langsam voran, bleibe immer wieder mit meiner Haut im Dornengestrüpp hängen; aber die Ebene ist abschüssig, immerhin, dennoch krieche ich, von Doppelschritten kann keine Rede sein; ich habe das Grab nicht angeschaut, nie werde ich meine Augen darauf richten, weder sehend noch blind; nie; noch heute erreichte ich das Meer, trotz allem, das weiß ich; und das dornige Land wird sanft, Sände wehen die Städte zu, die Treppen; blind, wie ich bin, höre ich den Singsang der Brandung schon meilenweit vorher; ich rede von deutschen Meilen, ich rede im Schlaf, auch das, aber das Meer erreiche ich, und der Mond steht falsch herum: die Stadt, wo man mich verwöhnte und verhöhnte, in weiße reine Laken hüllte und die Töchter mir das Essen auftrugen und die Laken wechselten; die Stadt, in der ich lag auf Stufen ausgebreitet, die ins Salzige führten, wo das Wasser mir die Haut zerrieb und ich ein Kind liebte, das angeschwemmt war wie eine Schiffbrüchige, ein wunderschönes totes und so junges Wesen; ganze Schiffsladungen gehen über Bord mitsamt der Schönheit der gehörnten Schafe, in einem dunklen Raum liege ich, ein kreisrundes Loch hoch in der Mauer, aber es fällt kein heller weißer Tag herein; ich schleiche durch die Straßen, kein Mensch ist auf der Straße, nur der Kapitän treibt sich unten an den Kais herum, der Kapitän, das Mischlingsblut, das zwischen den Kontinenten segelt und mein letztes Geld haben will. Ich habe nichts. Ich bin ohne Kleider und ohne jeden Besitz; ich lasse mich auf sein Schiff fallen; er betrachtet mich, wie er das Gerippe eines ausgeblichenen Fisches betrachtet, den die Woge des Meeres vor Wochen an Deck spülte; ich antworte ihm nicht, ich sage nichts, gebe mich nicht zu erkennen; er kennt mich; ich bin kein Mörder und keiner, der ein Grab vergessen könnte; Zeylazeyla heißt das Schiff...)

Der neunzehnte Tag
(und sticht in See am frühen Morgen, der Wind ist günstig und klar die Sicht; ich lege mir die blauen Tücher als Kissen unter den Kopf, und die indische blaue See spiegelt sich über meinen Augen, die Fahrt ist ruhig und sicher und gut verzurrt die Fracht ...)

Er erreichte Bombay am 18. Juli desselben Jahres, er tat so, als wäre er nicht fort und tot gewesen, und machte sich unverzüglich wieder an die Ausarbeitung seiner Karte des Roten Meeres. Es sollte eine der genauesten Karten dieser Gegend sein, die je angefertigt wurden; erstmals überzog Niebuhr eine Karte mit dem Gitter der Längen- und Breitengrade.
Alle Instrumente waren unversehrt.
Gleichzeitig machte er Kisten versandfertig, in denen er alle im arabischen Meerbusen gesammelten Naturalien verstaut hatte.
Ebenfalls schickte er sämtliche Manuskripte seiner verstorbenen Reisegefährten, sowie einen Teil seiner eigenen Papiere über London nach Kopenhagen.
Er blieb in Bombay bis zum Dezember und schiffte sich am 8. auf dem englischen Kauffahrer Caitain Price ein, der am 3. Januar Maskat am Golf von Oman erreichte.
Sie segelten weiter in den Persischen Golf und am 4. Februar gegen Abend kam Abuschaehr in

Sicht. Sie warfen Anker vor der Hafeneinfahrt. An Land hatte er das Glück, daß eine Karawane nach Schiras zusammengestellt wurde.
Das war für ihn die Möglichkeit, sich einen großen alten Wunsch zu erfüllen:
Er erreichte den von Alexander dem Großen in Brand gesteckten Königspalast am frühen Nachmittag des 13. März und nahm die Ruinen in Augenschein. Dieses Bild, so wußten später seine Zeitgenossen zu berichten, blieb ihm ein Leben lang unauslöschlich, Persepolis war für ihn das Juwel von allem, was er gesehen hatte.
Alle hier befindlichen Mauern und anderen Altertümer bestehen aus einem grauen und sehr harten Marmor, der eine schöne Politur annimmt und dann mehr schwarz wird. Aus eben dieser Steinart besteht auch nicht nur der Hügel, sondern der ganze Berg Rachmed. Es war also ein großer Vorteil für den Bauherrn, daß er alle Steine auf der Stelle haben konnte. Kalk brauchten die persischen Baumeister weder zu der Mauer noch zu den Gebäuden innerhalb derselben. Man sieht zwar noch Merkmale, daß die Steine durch Klammern verbunden gewesen sind; allein diese sind schon längst verrostet, und doch liegen die Steine noch jetzt so genau auf und aneinander, daß man an vielen Stellen kaum die Fugen erkennen und an anderen kaum ein Federmesser zwischen denselben hineinstecken kann. Kurz, man findet in ganz Europa wohl keine Mauer von einem besseren Marmor und

mit so vielem Fleisse ausgeführt als die von Persepolis.
Und er zeichnete.
Die Perser nennen diese Altertümer Tacht Jamschid, das heißt Residenz des Jamschid, und sind der Meinung, daß dieser, einer ihrer ältesten Könige, den Grund dazu gelegt habe.
Niebuhr zeichnete.
Andere reden von Tschil minar, was soviel heißt wie vierzig Säulen. Einige Reisende haben behaupten wollen, es sei ein Tempel und kein weltlicher Palast gewesen.
Claus Niebuhr zeichnet, was vorhanden ist. *Die Wände sind ohngefähr dreißig Fuß hoch und haben gar keine Fenster. An jeder steht, vier Fuß und acht Zoll hoch, die Abbildung eines Tieres, dessen Größe man daraus beurteilen kann, daß die Entfernung von seinem vordersten bis an den hintersten Fuß achtzehn Fuß beträgt. Die Köpfe sind abgeschlagen. Vieles ist mit Sand zugedeckt und verweht. Die Wand vor den Collonaden ist voller menschlicher Figuren. Von den hundert Säulen stehen noch vierzig.*
Niebuhr zeichnete eine Woche lang. So entstanden neununddreißig Tafeln mit Ansichten, Grund- und Aufrissen. Er maß alles. Auch die Keilschriften kopierte er. Des Nachts wohnte er in einem kleinen Dorf in der Nähe. In einer winzigen Kammer, die ihm der Dorfschulze vermietet hatte, schlief er und zeichnete.

III. Teil

Hätten auch Sie meine Beobachtungen ununtersucht zurückgesandt, oder selbige stillschweigend bey Seite gelegt, so würden meine Längenbeobachtungen höchst wahrscheinlich mit mir begraben worden seyn.

Carsten Niebuhr

70 Pauline hatte sich durchgesetzt.

Die Wohnung war behaglich und solide eingerichtet, die drei Zimmer gingen, nur durch zwei bewegliche Flügeltüren getrennt, ineinander über. An die Wände hatte sie Teppiche gehängt, niedrige Möbelstücke über den Boden verteilt. Die Wohnung lag im ersten Stock, direkt darunter war die Washington-Bar, beider Blick ging, nur um ein paar Meter versetzt, aber nahtlos ineinanderpassend, auf den Fluß, den Hafen, die Werften. Dort war nie Stillstand. Durch eine geheime und glänzende Tür im hinteren Teil der Bar gelangte man in die Katakomben von Harrys Basar. Dort regierten die Puppen aus Ost- und Westafrika, Wiegen der Menschheit.

Paulines Tochter spielt auf den Schaffellen im mittleren der drei Zimmer, sie ist Cirkusdirektorin und übt heute die Verbeugungen. Fünf Jahre ist sie alt, und ihre ehemals blonden Haare werden schon dunkel. Den Namen des Vaters muß Pauline nicht verschweigen, es fragt sie niemand danach. Ein lebhaftes, waches Kind, oft sich selbst überlassen. Dann baut es rund um die Schaffelle eine riesige Manege. Die Tiere sind aus Holz geschnitzt. Widder. Kamel. Zwei Esel. Ein Seeungeheuer. Auch kleine Neger treten auf. Das Kind erfindet Geschichten dazu. Ist mal Kamel und taucht dann aus dem Meer auf, hilft den Negern, den Weg nach

Hause zu finden. Für jedes Kunststück verbeugt es sich. Akrobatin ist es auch. Spätestens um fünf kommt die Mutter, steigt aus den Katakomben auf. Sie ist dort Verkäuferin, eine geduldige und kluge Beraterin. Die Gemütlichkeit und Wärme ihrer Wohnung erschlägt sie jedesmal wieder und das Glück, diese Tochter, fliegende Cirkusprinzessin, in die Arme schließen zu können, auch. Pauline hat sich durchgesetzt.
„Was gibt es heute, Mamma?"
„Pfannkuchen."
„Gut."
Alle Türen standen offen. Von den Lampen hingen schwere Kordeln herab. Affenschaukeln. Die Mutter zog sich hinter einer weinroten Portiere um. Dann betrat sie die Küche. Im Herd hatte sich noch etwas von der morgendlichen Glut erhalten, sie legte Busch darauf, darüber Buchenscheite und blies ins Feuerloch.
„Hat Onkel Harry dir ein Geschenk gegeben?" hörte sie die Kinderstimme aus dem Wohnzimmer.
„Für dich? Oder für mich?"
„Vielleicht eine Muschel für uns beide, oder einen Haifischzahn."
„Nein, nein, Onkel Harry war heute viel zu müde."
„Ist er wieder im Himmel?"
„Nein, er schläft und schippert ein wenig nach Westafrika und kauft neue Schiffsladungen ein."

„Und das bringt er alles hierher?“
„Natürlich. Alles hierher.“
Jetzt brannte das Feuer. Pauline schlug Eier in eine Schüssel. Immer wenn Eier zerbrachen, dachte sie an eine längst zurückliegende Sache. Mehl und Milch, etwas Salz, der Schneebesen in ihrer flinken Hand. Bald siedete das Fett in der Pfanne. Das Kind sang und plapperte, schlug kleine Räder und verbeugte sich.
„Sag, Mamma, können Pfannkuchen fliegen?“
„Sie können. Aber sie wollen immer wieder schnell in die Pfanne zurück.“
Das Kind stellte keine weiteren Fragen mehr. Die Fenster zum Fluß hin waren leicht geöffnet, der frühe Abendhimmel spiegelte sich darin. Auf dem Fluß, der hier schon Hafen war, trieben ein paar Frachtsegler, die von Holland herkamen. Zweimastig in der Regel, mit luvgierigem Klüver und gewaltigen Besansegeln. Manchmal liefen auch Vollschiffe träge vorm Westwind, alle Rahen vollbesetzt mit Segeltuch, der Posten Ausguck hängt im Mastkorb, die Türme der Stadt zu begrüßen.
Was haben all diese Schiffe geladen? Weizen, Baumwolle, Salpeter, Kaffee, Tee, Genever, Kohlen; was wußte sie. Alle paar Tage kam auch noch eine der alten Fregatten, rahgetakelt mit drei Masten. Auf den Fluß zu blicken, vergaß Pauline nie, zu keiner Stunde des Tages. Sie sah förmlich das muschelbewachsene Holz der Rümpfe, die Kalfater, das in der Sonnenwärme

glänzende Teer; sie sah die Männer an Bord, die Flaggen im Großtopp und am Heck. Irgendwann dann das Aufkommen der Dampfschifffahrt.

Über den Pfannkuchen verteilte sie kleine Seen von roter Kirschsoße. Ihr kleines Mädchen strahlte sie an. Mutter und Tochter aßen gemeinsam, jetzt durfte sie keiner stören. Sie schmatzten und wischten sich die roten Münder, sie erzählten sich die kleinen Geschichten des Tages und führten sie auf der Gabel spazieren: ab in den Mund damit und erledigt. Dann kamen die erfundenen Geschichten, und Pauline streckte sich auf der Chaiselongue aus, und das Kind ritt auf ihrem vollen Bauch. „Mamma, ich bin die Glücklichste von der Welt, wenn ich das Rennen gewinne. Aber ich muß viel Unterricht nehmen, am liebsten bei Frau Nolte, die hat die schönsten Pferde."

Und Mamma lachte: „Welches Rennen?" Und biß sich dann auf die Zunge: „Ja, ja, das große Rennen, ich bin dabei, und unsere Pferde mit weißem Fleck auf schwarzer Stirn und schwarzem Fleck auf weißer Stirn fliegen dahin, als hätten sie Flügel."

„Sie haben immer die Flügel. Aber ich muß lernen, sie zu lenken, deshalb möchte ich Unterricht haben bei der Frau Nolte, damit ich mich mit ihr konfrontieren kann, denn sie ist die Beste."

„Du sprichst, als wärst du schon zehn, mein Kind."

„Ich spreche in allen Sprachen."
„Jemand wird dir einen Birnbaum pflanzen: Das wäre dann meine Geschichte für dich. Und wir fragen uns beide, was bedeutet der Schlüssel, der an dem Nagel hängt, der aus dem Holz wächst."
„Ich weiß es, Mamma, ich weiß es."
„Erzähle."
„Oh, das ist eine lange lange Geschichte, da muß ich erst von meinem Pferd absteigen und es in den Stall bringen." Und das Kind steigt vom vollen Pfannkuchenbauch der Mutter und versorgt ihr Pferd. „Jetzt hör zu, Mamma, höre, es ist eine lange Geschichte, sie fängt vor so langer Zeit an, daß ich sie wieder vergessen habe."
„Wie alt bist du?"
„Jahre alt."
„Dann kann man doch nicht alles vergessen. Fang mit den Wolken an."
„Gib mir ein Stück Papier, Mamma, ein großes, und viele Farben, dann mal ich dir die Geschichte."
Seufzend erhebt sich Pauline von ihrer weinroten Chaiselongue. Sie hat sich durchgesetzt, die Wanderjahre liegen weit zurück, die Gefahren haben sie besucht. Jetzt braucht sie nichts mehr als ihre Tochter, ein, zwei Männer, mit denen sie zu später Stunde Weißwein trinken geht; die restlichen Abenteuer finden in den Katakomben von Harrys Basar statt. Wirklich? Die Zwillingsfigur zum Beispiel, der Stellvertreter, aus

Ebenholz und mit Lederamulett, blinde Augen. Oder die Negerstatue mit den spitzesten Brüsten und dem erigierten Penis, der die Früchte des Himmels erntet. Der Nashornvogel. Der Kopf eines Erdferkels. Eine unvollendete Kpelie-Maske. Der Wächter einer Reliquienschachtel. Eine weibliche Figur, bräunlich patiniertes Bein, 24 cm hoch, Nr. 8048. Weibliche Figur, Holz, schwarz bemalt, Federn, 45 cm hoch. Maske, Holz, bemalt, mit Eisennägeln. Dagu-Helm, mit Behang, Holz, Stoff, Kauri, Glasperlen. Weibliche Antilope. Stehende Figur. Frau, Holz, Leder und Muschelgeld. Zeremonialstab. Männliche Reiterfigur. Doppelmaske. Armringe. Ahnenfigurenpaar. Fingerring. Webrollenhalter. Aufsatzmaske. Nommo. Zeremonialgefäß. Speerwerfer. Stabpuppe. Maske eines Frauengeheimbundes. Bootssteven. Wahrsagefigur. Goldstaubgewichte. Fruchtbarkeitspuppe. Gelenkkopf. Gefäß. Vagina, Holz geschwärzt, Bastbehang, Borsten. Zwillingspaar. Mutter mit Kind. Huckepackfigur. Stele. Thron. Häuptlingsstuhl. Prunkmesser. Mannfrau. Flöte. Palmweinbecher. Orakel. Reibeorakel. Trommel. Zweigeschlechtliche Figur. Kopfstütze. Zauberfigur. Pfeifenkopf. Eine Ansammlung von auf Leopardenfellen sitzenden Dienerinnen. Und der Rest der restlichen Abenteuer?

Nie fällt Sonne auf diese Figuren und Erzählungen, Tag und Nacht herrscht hier künstliches

Licht, die Petroleumfunzel, die flackernden Kerzen, die ewige Glut. – Und am entlegensten und vergessensten Punkt dieses Kellerreiches hat sich Pauline einen Winkel der letzten Erinnerungen eingerichtet: ihre Abseite, in der sie *ihre* Zwillingsfigur aufbewahrt, den Stellvertreter. Immer wieder sieht sie nach dem Rechten, überzeugt sich davon, daß es dem Zwilling gutgeht, so daß er leben kann, ihr Entdeckungsreisender, und nicht von einem verstorbenen Bruder ins Jenseits geholt wird.
Das Jenseits: Was hat er ihr denn hinterlassen? Pauline verliert sich täglich in diesen Anblicken. Sie staubt ab und wedelt, füttert den Papagei und zähmt den Affen. Mit ihrem Entdeckungsreisenden hat das nichts zu tun.
Er war der erste Europäer, der diese Gegend betrat und sie in Augenschein nahm, einzig und allein in der Absicht, darüber zu berichten, klar und einfach und ohne ausschmückende Worte. Alles war wichtig, auch das Nebensächliche, die Welt verließ sich auf ihn, seine Welt, sein König. Er wollte niemanden enttäuschen.
Niebuhrs Stellvertreter ist aus Ebenholz und trägt ein Lederamulett. Ganz in seiner Nähe lagert seit ein paar Tagen ein wohlverschnürter Packen mit verschiedenen Papiersorten: etwas darunter, aber in einem Karton verborgen, drei scheinbar willkürliche Gegenstände, die sich in Harrys Weltbasar eher fremd ausnehmen.

Noch scheut sich Pauline, das näher zu betrachten; es ist ein magisches Geleit, das immerhin ahnt sie.
Harry Silbersack stammte aus Königsberg. Er blieb zeit seines Lebens ein kleiner Mann, er nannte sich Neger und träumte von einer Negerin und ihrem hellroten Zahnfleisch. Seine Zeitgenossen wußten nichts Genaueres. Da er, abgesehen von einer Reise nach Hamburg, nichts von fernen Kontinenten gesehen hatte, wurde er ein Sammler, der nachts durch seine Katakomben schlich und mit der Hand alle Feinheiten berührte. Er roch nach Katze, nach Kater. In seinem Basar lebten Dutzende dieser ägyptischen Tiere und pinkelten in die Ecken und auf die Teppiche und Stoffballen. Tagsüber zogen die sich in die Regale zurück und tarnten sich dort, unbeweglich wie sie waren, neben einer züngelnden Kobra oder einem offenen Fruchtbarkeitsauge. Tagsüber saß auch Harry unbeweglich an seinem Platz an der Tür, die Hand auf der Kasse. Wer den Weg zu ihm fand, kam nicht nur einmal. Im Lauf der Jahre war sein Laden weit über die Grenzen der Stadt bekanntgeworden. Selbst aus England kamen Menschen herüber, um sich, sobald sie im Halbdunkel der Washington-Bar die heilige Tür gefunden und passiert hatten, den Wegen und Gängen hinzugeben, die alles berührten, was Menschen des schwarzen und doch so gleißenden Kontinents mit ihren Händen geformt hat-

ten. Und nicht nur das, denn es gab auch das Paradies, die ausgestopften Tiere, von der Giraffe bis hin zum Kormoran und zum Eisbär. Es gab Springmäuse und langmähnige Schafe, in deren Wolle Sperlinge nisteten, Widderköpfe, Affen, Papageien und Warane, doch nur die Sperlinge lebten, alle anderen Tiere verloren schon von ihrer Holzwolle, und ihr Fell war räudig oder mit Brandflecken übersät, nur die Glasaugen glänzten wie neu.

In besonderen und abschließbaren Kammern verwahrte Harry seine echten Schrumpfköpfe und die verschiedenen Menschenhaare, die er von der Persepolisklause bezog. Für die Besichtigung dieser Schätze allerdings forderte er eine besondere Gebühr.

Manches kaufte er sich auch in den abgelegenen Museen der Provinz zusammen, sprach dann mit den nebenberuflichen Leitern, die oft froh waren, sich von Kleinigkeiten oder Dingen, die sie nur schwer einordnen konnten, zu trennen und dafür etwas Bargeld in Empfang zu nehmen. So war Harry Silbersack auch einmal per Zufall nach Meldorp gelangt. Seine Leidenschaft jedoch blieben die aus Holz geschnitzten menschlichen Wesen der dunkelsten Herkunft.

Paulines Aufgabe war es, sich unauffällig an die Fersen der Besucher zu heften und sie in Verkaufsgespräche zu verwickeln. „Sie können alles kaufen, nur mich nicht.“ Und sie sprach

über Sansibar und Lamu und die besten Ankerplätze im Roten Meer: über das Kikuyuland und die Kambastämme, Moran, Moran; dabei sprach sie immer so, als wenn sie dagewesen wäre, die erste weibliche Forschungsreisende. Und sie beschrieb die Entdeckung des weißen Nils. Sie verteilte Korallen als Lockvögel. Harry konnte mit ihr sehr zufrieden sein.
Sie macht Umsatz, hieß es, sie lächelt und kann mit den Leuten reden, und sie mögen ihren Akzent.
„Guck, Mamma, guck!“, jetzt erst ist das Kind mit dem Bild, das eine lange Geschichte erzählt, fertig, und es hat nichts ausgelassen, alles ausgemalt. Und die Mutter hebt ihren Kopf aus den Kissen, und was sieht sie?
Einen Baum, der Birnen trägt und grüne Wolken, mit einem Schloß aneinandergekettet. Sie sieht eine Frau, die ein Bananenröckchen trägt und zwei Ballons überm Bauch, da kommt die Milch raus; „Busen lecken“, bettelt das Kind; und sieht drei Schafe auf einer Wiese, gefesselt mit einem Strick, weil die Mutter weggelaufen ist, über ihren Köpfen fährt ein Schiff steil in den Himmel, das fährt so schnell, daß die Masten ganz nach hinten geklappt sind, und am Heck liest man noch den Namen PAULA, und oben in der Fahne flattert das Muttergesicht. Aber in der Mitte des Bildes wächst ein Schlüssel, mächtig groß wie der Birnbaum, zu dessen

Füßen ein krummes Herz liegt, und ein schiefer Anker und ein Kreuz, dem ein Stück vom Querbalken abgebrochen ist. Über die rechte Bildhälfte stiebt eine Herde von Pferden mit und ohne Reiter, und das Siegerpferd ist allen weit voraus und reißt eine Schleife aus dem Boden und trägt auf seinem Rücken bis ans Ende der Geschichte ein siebenjähriges Mädchen mit hellen Haaren, die ganz schnell dunkel werden, und aus dem Bauch läuft die Milch. Irgendwo in der Nähe von Herz und Anker züngeln Flammen, die darf man nicht vergessen. Ein frühreifes Kind.
Und Mamma hat sich alles angesehen und vieles eingeprägt.
„Es ist spät", sagt sie, „meine Malerin, Zeit für dich, ins Bett zu gehen. Zieh dich aus. Wasch dir Gesicht und Popo. Putz die Zähne. Ich komme zum Gutenachtsagen."
„Und liest mir eine Geschichte vor –"
Mamma nickt und läßt sich wieder in die Kissen fallen. Die Frau in den Kulissen. Ihr Mädchen als Nacktfrosch. Geboren in einer Wanne von Milch, aber wie war der Name des Mannes, der die Mutter begattete und dadurch die lange Reihe, die bis zu den Ururenkelinnen führt, in Gang setzte, eine lange Laichschnur, glibbrig, doch zielbestimmt, aus jeder Kaulquappe wird eine wechselwarme Fröschin nebst Frosch. Nur zu, nur zu. Und es war eine Reise durch den wilden Jemen, der heute so verkommen ist, und

es war ein Sprung in die rote See und Ausflüge nach dem glänzenden Bagdad und nach Persepolis und Ninive und ein jahrelanger Spaziergang durch Indien und eine Ekstase in Africa. Das alles war es, und er vermaß das Zweistromland, und nicht nur das, und er hat gelebt, das hat er ihr bewiesen, und er war der erste, der genaue Längenbestimmungen gemacht hat, das weiß seine Sekretärin. Die Breite kann jeder bestimmen.

Pauline, siebenundvierzig Jahre alt, graue Strähnen unter der roten Paste versteckt, gerät ins Träumen, das sie Schwimmen nennt, und vergißt ihre Tochter und die Geschichte.

Die liegt im Bett, Decke ans Kinn gezogen und wartet.

Mutter kommt nicht mehr. Sie ist eine ausdauernde Schwimmerin. Und das Kind ruft nicht. Auch das gehört zur Geschichte. Verschiedenartig kommt die Nacht.

Ein Stockwerk tiefer spielt eine Gitarre frei, und eine weißhäutige Tänzerin tanzt dazu mit den gelangweiltesten Augen der Welt. Pauline schläft ein, das Kind schläft ein, morgen früh ist der Fluß wieder da, wie neu gepinselt, und zum Frühstück gibt's das Pulver der Kakaofrucht, fein zermahlen und mit heißer Milch angerührt.

„Mamma, ich habe gewartet."

„Ich weiß, ja, ich weiß."

71

Die Rückreise trat Niebuhr zu Fuß an. Er verließ Persepolis kurz nach Sonnenaufgang, erschöpft und mit brennenden Augen, aber doch glücklich und in großer Zufriedenheit. Welche Stadt! Inmitten der fruchtbaren Ebene lag sie, unweit der Vereinigung zweier Flüsse. Er hatte die Säulen gezählt, die sich himmelwärts streckten, als suchten sie dort oben einen neuen Halt. Die Kahlheit war grandios.

Er blickte sich noch einmal um, sah durch die leeren Torbögen die Luft hindurchfließen, am Horizont dann die sanfte Hügelkette. Aber die Stadt selbst schien ganz und gar leblos, seit zwei Jahrtausenden von ihren Bewohnern verlassen, keine Blumen am Grab von Darius. Nur die Schriften waren geblieben, Hieroglyphen und der Stein, in den sie geritzt, gemeißelt waren. Er trug die Kopien der Keilschrift als seinen kostbarsten Besitz in einer Brusttasche direkt am Herzen. Kein Schuß durfte sie durchlöchern. Ansonsten führte er nur wenig Gepäck mit sich. Er ging. Er umfaßte den Knauf seines Stockes, der ihm wie ein Windhund in der Hand lag. Die auch zur Selbstverteidigung gedachte Spitze berührte den harten Sand im gleichmäßigen Tak und Tak, Rhythmusgeber für die Beine. Er ging so lange, bis die Hitze nicht mehr zu ertragen war. Er war allein, der Letzte, niemand nahm Notiz von ihm. Er konnte zu Fuß gehen, auf die Karawanen, die Postkutschen, die Flußboote, die Träger verzichten. Er wollte es auch, denn letztlich war das seine Art der Bescheidenheit. Niemandem zur Last fallen, die Reisekasse schonen, aber auch sich selbst spüren, die eigene Kraft, mit den Engeln kämpfen. Er ging täglich zwanzig deutsche Meilen; er benötigte zweihundertelf Tage für die Rückreise. Die Strapazen waren ihm erst auf den zweiten Blick anzusehen, aber sie saßen tief. Am meisten schmerzten ihm die Augen. Er kannte noch keine Sonnenbrille. Oder doch nur unzureichende Hilfsmittel. Gegen die Mittagszeit erreichte er die Oase bei Mesched Ali und breitete dort seinen Teppich im Schatten eines Baumes aus. In der Nähe lagerte eine Karawane, die, von Helle kommend, morgen noch Bagdad erreichen wollte. Ihr Führer, ein naturalisierter Franzose, sprach ihn an: „Monsieur, Ihrem Aussehen nach sind Sie keiner der Hiesigen. So wenig wie ich. Doch ich lebe seit zwei Jahrzehnten in diesen Landstrichen, kenne das Land und die Routen mittlerweile so gut, daß ich mich, anfangs als Kameltreiber, jetzt als Karawanenführer verdingen kann ... Falls Sie, mein Herr und ein Fremder, meine Dienste in Anspruch nehmen wollen, ich stehe zur Verfügung ...“ Niebuhr döste. Mit welchen Zungen redete dieser Fremdling zu ihm? Nach langem Schweigen sagte er: „Ich befinde mich auf der

Rückreise, insofern haben Sie recht, Heimreise, wenn Sie verstehen, ich habe einen vier Jahre langen Spaziergang hinter mir, jetzt bin ich müde, sehr ..."
„Ich verstehe, Sie müssen viel gesehen haben."
„Ja, und nicht nur gesehen. Ich habe es auch notiert."

72

Harry sah heute gekämmter und wacher aus als sonst. Er begrüßte seine einzige Verkäuferin, bot ihr einen Schluck Kaffee aus seiner ewigen Thermoskanne an und blitzte mit seinen versilberten Zähnen.
„Ist schon Kundschaft hinten", sagte er und machte eine leichte Hinterrücksbewegung mit dem Kopf.
„Ja, muß mich nur noch umziehen", sagte Pauline und trat an den Wandschrank, in dem sie ihren kaftanartigen Kittel und das Turbantuch verwahrte. Sie trat ihren Kunden in der Tracht des vornehmen Arabers entgegen. So hatte sie es vor langer Zeit gesehen und gelernt. Und dunkelblau der Lidschatten, schwarz die Lippen. Sie ging den langen Gang entlang, rechts und links die Ahnen.
Geister und Götter, ein jeder mit seiner Heimat und der Nummer versehen. Preise mußte man mit der Verkäuferin aushandeln. Aber manchmal hielt sie Rücksprache mit ihrem Chef.

„Guten Morgen", sagte Pauline, und die Kundschaft zuckte zusammen und stellte eine zerbrechliche Wasserpfeife ins Regal zurück.
„Kann ich Ihnen helfen?"
„Nein, danke, wir suchen nur."
„Bitte, stehe immer zu Ihrer Verfügung..." doch Pauline entfernte sich, schritt die Gänge ab, kletterte die Stufen hinunter, fand sich in Gewölben wieder, die groß genug waren, einen Kral in sich aufzunehmen. Aber sie war nur auf dem Weg zur Abseite, schob einen Vorhang zur Seite, drehte den Docht höher. Aber noch bevor das Licht den winzigen Raum ausleuchtete, wußte sie, daß die Figur fort war. Sie trat an die Wand, berührte den leeren Fleck im Regal, eine Insel im kalten Staub.
Er hat ihn geholt, dachte sie, es hat nichts geholfen. Der Tote ruft den Lebenden zu sich, er gibt sich nicht zufrieden mit einer bloßen Holzpuppe.
Aber da hört sie ein Räuspern in ihrem Rücken und dreht sich um: ein Kunde. „Bitte, was kostet diese Figur?"
Sie funkelt den bleichen Mann an, der da vor ihr steht mit fettigem Haar und unreiner Haut: „Die ist unverkäuflich!" sagt sie viel zu laut und zittert vor Erleichterung.
„Woher soll ich das wissen?"
„Sie können das nicht wissen. Bitte entschuldigen Sie den Zwischenfall", und Pauline streckt ihm die Arme entgegen und nimmt den Zwil-

ling wieder an sich, „aber ich kann Ihnen behilflich sein, etwas anderes zu finden."
„Mir ist die Lust vergangen."
Das aber hört Pauline nicht mehr, die hat sich zurückgezogen in ihr Heiligstes und hält ihm dort die Hand. Die Puppe ist ein Mann, begreift aber nichts davon, spürt auch nichts, nur Ebenholz und Leder, sonst ist sie nackt und dumm. Soll ich sie, denkt Pauline sekundenlang, mit Kleidung und Schmuck behängen, damit sein Lebensgeist ihm gewogen bleibt und ihm das Leben erhält oder, falls es schon verloren ist, es ihm aufs Neue schenkt. Das Leben schenken? Wenigstens ihm, dem anderen Zwilling aus Menschenfleisch. Oder sollte ich ihn baden, den hölzernen Stellvertreter, ihn eincremen mit dem Schönsten, was ich habe?
Ich werde ihn wiedersehen. Einmal noch wird er wiederkommen. Werde ich? Wer zählt die Splitter? Ich weiß, daß ich seine Seele und sein Geschlecht in dieser Holzfigur festhalte für alle Zeit. Ich, eine Mutter mit einem Kind. Meinem Bäuchlein wachsen Flügel.

73

Es ist Sonntag. Die Katakomben sind geschlossen, die Bar hat Ruhetag. Und das Wetter ist schön, blauer geht es nicht. Und es ist Spätsommer, der zweite Neumond. Und nur ein ganz leichter Wind. Und Mutter und Tochter machen sich auf zu einem Spaziergang. Den

Fluß entlang, sie sind nicht die einzigen. Sieben Meilen sind es bis zum Meer. Und alles kommt anders.
Die kleinen Alleebäume neigen sich über die Sandinsel, ab und zu etwas Strand, über den die Hunde jagen und seriöse Familien mit Sonnenschirmen lagern. Kastanien verlieren erste Blätter, Äpfel reifen, und die Wespe sticht. – Der Fluß ist salzig und fließt ein- bis zweimal am Tag falsch herum. Die Menschen heben grüßend ihre Hüte. Kinder jagen Schmetterlinge. Alle Bänke sind vollbesetzt. In Riemers Kaffeegarten ist kein Stuhl mehr frei, unaufhörlich schweben die Tabletts über den Köpfen dahin. Die Torten sind süß und tragen neben der obligatorischen Kirsche auch eine Dattel mit Sonnenschirm. Pauline und ihr Kind staunen, freuen sich, gehen weiter, ohne müde zu werden. Der Hafen liegt schon Stunden hinter ihnen. Teufelsbrück auch. Es kommt jetzt das Hügelland, die steilen Abhänge, in die sich die Walfängerhäuschen eingenistet haben. Alle mit gepflegten Vorgärten, in denen riesige Levkojen stehen und die bemoosten Rippenwirbel der Wale aus dem Boden wachsen. In manche der Knochen sind Jahreszahlen geritzt und magische Abkürzungen. Pauline sieht das alles zum ersten Mal, so weit ist sie noch nie stromabwärts gegangen, und sie wundert sich über die Ausdauer ihrer Tochter. Der Henkelkorb wird schwer in ihrem Arm. In der Strommitte liegt

jetzt die Gefängnisinsel Knechtsand. Eine Fahne weht über den Mauern, man traut sich kaum hinüberzugucken. Ansonsten ist wenig Verkehr auf dem Fluß, lediglich ein paar Ewer von Finkenwerder, die sich und ihre Netze mit der Tide treiben lassen. Sie gehen jetzt direkt an der Uferkante, viel Schlick ist dort zu sehen, Abbruchkante, und du mußt vorsichtig sein, mein Kind, achte auf deine Füße.

Um die Mittagszeit meldet sich der Magen, und auch Wedel kommt schon in Sicht, das Schulauer Fährhaus. Dort werden sie ihren Picknickkorb auspacken. Bunte Wimpel sind in der Luft. Lange Holzbänke stehen im Gras, grobgescheuerte Tische, auf denen schon große irdene Krüge warten. Es gibt Bier und Wein und gelbe und rote Brause. Sein Essen hat hier jeder selbst dabei.

Pauline kennt so gut wie niemanden von allen. Nein, niemanden. Die Tochter will gestreifte Brause. Wie die Tiger bei Onkel Harry. „Wir mischen die gelbe mit der roten."

Nein, es gibt auch grüne. Wenn man will, gibt es immer alles. Es gibt einen älteren Herrn, der seinen Handstock neben sich auf die Bank legt und dann seine Wanderjacke auszieht.

„Fast ist es mir zu warm heute", sagt er. Es gibt die Kellnerin, ein mütterliches Wesen, die bringt die leeren Becher und schenkt sie voll und kassiert sofort. Es gibt den höchsten Stand der Sonne und wie er überschritten wird. Es gibt

einen plötzlichen Menschenauflauf, nur ein paar hundert Schritte weiter unten am Strom, da wo der Schilfgürtel sich lichtet und ausgeblichene Baumstämme halb im Wasser liegen. Und der Menschenauflauf wird immer größer, ein Gewimmel von Köpfen und sich reckenden Hälsen. Auch Pauline steht auf, und das Kind klettert auf den Tisch, aber man sieht nichts.
„Mamma, ich möchte sehen, was los ist", bettelt das Kind und trinkt in Windeseile die gestreifte Brause aus.
„Dann lauf hin und sieh nach. Aber komm gleich wieder zurück."
„Komme wieder, komme wieder", singt das Kind und fliegt davon. So kommen Kinder abhanden. Pauline setzt sich wieder und trinkt das kühle Bier. Schaum auf der Oberlippe, wirklich, ein schöner Tag. Immer mehr Menschen strömen zusammen, dahinten am seichten Ufer. Sie sieht ihr Kind nicht mehr. Ist und bleibt verschwunden. Der ältere Herr, vielleicht ist er Reisender oder auch Bankdirektor, wischt sich den Schweiß von der Stirn und bleibt von allem unberührt. Der Handstock genießt die waagerechte, endlose Entspannung. Pauline hat dicke Käsestreifen zwischen die Brote gelegt. Mit Senf beschmiert. Scharfe Radieschen. Salz bringt die Kellnerin. „Passen Sie bloß auf Ihr Kind auf."
Zwischen all den Beinen und dicken Bäuchen hindurch, zwischen duftenden Sommerkleid-

stoffen und grobschlächtigen Knobelbechern, an knurrenden Hunden und schwankenden Kinderwagen vorbei bahnt sich Paulines kleine Tochter einen Weg. Sie bückt sich, kriecht und schlängelt, und irgendwann steht sie in der vordersten Reihe, mit ihren Füßen fast schon im flachen Flußwasser und sieht, was geschehen ist. Ein Schiff ist gestrandet.
Aber was für eines. So eines sah sie noch nie. Es liegt da ganz schief im viel zu seichten Wasser, und es hat einen hohen geschwungenen Bug mit einem Auge daran. Das Auge sieht das Kind sofort. Und es kann gar nicht wieder wegsehen. So ein Auge. Riesig. Es ist nur gemalt, aber es ist ein Auge. Und das Schiff! So eins hat sie noch nie gemalt. Ist das die Arche aus der Kinderbibel? Gucken da die Giraffenhälse aus der Kajüte und senken die Elefanten ihre Rüssel, damit die Maus an Land gehen kann? Das Segel hängt schlaff in der Luft, es ist riesig, aber es ist alt und geflickt und ganz grau, und jemand hat seltsame Zeichen darauf gemalt, und es ist dreieckig, aber falsch herum. Und das Schiff hat einen dicken Bauch, der liegt jetzt auf Grund, und die Kajüte ist ganz offen, das ist nur eine große zerfledderte Bastmatte, auf vier Pfähle gebunden, und darunter liegen seltsame Menschen. Die sind nicht von hier, das sieht Paulines Tochter sofort. Und alles ist sehr unordentlich. Die Menschen am Ufer gaffen. Vereinzelt werden Rufe

laut. Man will wissen, was passiert ist, Erklärungen, woher dieses exotische Schiff kommt und wie es überhaupt hierher gelangen konnte, so klein und zerbrechlich und mit dem Auge am Bug, das bestimmt Mohammed gehört, und diese Zeichen im Segeltuch. Was ist geschehen? Kippt die Welt um? Schreitet denn keiner ein?!

„Passen Sie bloß auf Ihr Kind auf“, wiederholt die Kellnerin bei nächster Gelegenheit.

Pauline lächelte. Um nichts in der Welt hatte sie Angst, um ihr Kind schon gar nicht. Und die Radieschen kitzelten den Gaumen. Der Menschenanlauf wuchs immer noch an. Nur noch wenige Menschen saßen an den Tischen im Schulauer Fährhausgarten. Pauline war nicht neugierig. Sie trank einen zweiten Krug Bier, gegen die Wärme und aus Freude über diesen Sonntag. Der Himmel blieb blau. Ihr Kind kam zurück.

„Mamma, Mamma!“ rief sie schon von weitem, und dann flüsterte sie, und dann fing sie leise an zu weinen. So war das. Sie hatte ein Schiff gesehen und es nicht verstanden.

Ein gestrandetes Schiff, auf Grund gelaufen, lauter Schiffbrüchige, arme Menschen. Und sie hatten verängstigt ausgesehen, so als wenn sie fürchteten, das rettende Land könnte ihnen feindlich gesonnen sein.

Pauline tröstete ihr Kind. „Wollen wir umkehren?“ fragte sie leise.

„Nein, nein. Ich möchte noch einmal zu dem komischen Schiff, aber du mußt mitkommen."
„Ja", versprach Pauline und wußte nicht, was sich in ihr dagegen sträubte. Sie mußte sich von dem Kind dorthin ziehen lassen.
Und die Menschenmenge machte Platz, und Pauline sah das Auge mit den Sternen im schnabelförmigen Bug, und das dreieckige Segel bewegte sich im Wind und verlor sich, und die Planken waren aus fremdem Holz und mit Kokosfaserschnur vernäht, und im Heck bauschte sich die Schilfmatte, unter der die Besatzung kauerte; und Pauline zog ihre Schuhe aus, raffte den Rock und watete durchs Wasser.
Das Schiff kam aus Indien, nicht wahr, aus Africa, wirklich?
Es war tausend Jahre alt, es segelt mit dem Monsun, immer von der einen Küste zur anderen, niemals aus dem Indischen Ozean, dem Roten Meer hinaus, gerät niemals ins nördliche Europa, kann auch gar nicht.
Pauline musterte die Gesichter der Männer; dunkle verschlossene Gestalten in zerrissene Kaftane gehüllt, Tücher um die Köpfe gewickelt, und wie sie vor sich hin starrten, zu keiner Entscheidung fähig. Etwas abseits von ihnen, mit dem Kopf an der Reling ruhend, lagerte ein hellhäutiger Mann. Seine Augen waren sehr hell und glänzten fiebrig, die Haut gerötet und von der Sonne verbrannt. Er mochte Anfang dreißig sein, ein kranker junger

Mann. Seine Mitreisenden, vier an der Zahl, anscheinend die Besatzung dieser Dhau, taten so, als wenn sie nicht zu ihm gehörten.
Er gehörte auch nicht zu ihnen. Pauline stand bis zu den Knien im Flußwasser.

74

Es war dann alles sehr schnell gegangen. Berittene Strandwächter, ihnen allen voran der Deichgraf, hatten die Unfallstelle erreicht und sich unverzüglich daran gemacht, die Menschentraube zu zerstreuen. Dann preschte man mit den Pferden ins Wasser, warf Seile hinüber und kletterte von den Pferderücken direkt aufs Schiff. Die Strandwächter waren bewaffnet, aber nur der Form halber und um dem Gesetz Genüge zu tun. Sie inspizierten das Schiff, notierten sich das zerborstene Ruderblatt und forderten dann die Schiffbrüchigen auf, sich zu erheben. Die ergaben sich in ihr Schicksal.
Der Deichgraf sprach sie mit deutscher Zunge an und fragte, wer der Kapitän sei.
Die Männer starrten ihn nur an, jetzt auch ganz ohne Angst und nur noch gleichgültig. Die um ihre Köpfe geschlungenen Tücher rutschten ihnen fast über die Augen. Einer von ihnen trug den kurzen Krummdolch, Griff und Scheide mit dünnem Silber belegt. Das war der Kapitän. Aber er antwortete nichts. Er hatte auch keine Frage gehört. Jetzt fuhr wieder etwas Wind in

das Lateinersegel, die Rahstange schlug hin und her, Tauenden streiften das Wasser, zweifelsohne war das Schiff aus dem Ruder gelaufen und so auf den Sand geraten.
Erst jetzt bemerkte der Deichgraf die fünfte Person, die halb in seinem Rücken noch immer an die Reling gekauert dahindämmerte.
„Und wer sind... Sie...?“ fragte er und verlor schon zwischen diesen wenigen Worten all seine Forschheit und Selbstsicherheit. Wer? Der Mann sah aus wie einer dieser Bauernsöhne aus der Marsch –; aber warum schrie denn diese Frau so unverständlich und rannte immer ins Wasser, so daß ihr Kleid bis über die Schenkel naß wurde. Und was schrie sie denn? Der Deichgraf war irritiert. Die Strandwächter entwaffneten den Kapitän. Die Frau erreichte die tiefliegende Bordwand und zog sich an Deck und kroch, naß wie eine Katze, über die Planken und das Taugewirr bis hin zum Achterdeck, und in diesem Augenblick erhob sich auch die fünfte Person. Schwach und taumelig stand er auf seinen Beinen, und die blauen Tücher baumelten an ihm herab, und allen war, als wenn er etwas wiedererkannte.
Pauline streckte ihm die geschlossene Hand entgegen, und als sie die Faust öffnete, klebten noch Eierschalen an den Fingern. Er erkannte sie. Sie hatte ihn schon vom Ufer aus erkannt. Es war Claus Niebuhr, im vierunddreißigsten Lebensjahr stehend, gebürtig aus Lüdingworth

im Land Hadeln, seit Jahren verschollen und vermißt auf einer Expedition, die ihn bis ins südliche Jemen, gegenüber vom Horn von Afrika, führen sollte.
Der Deichgraf wollte es nicht glauben. „Unfaßbar", murmelte er, „unfaßbar", dann gab er Befehl, das Schiff zu entladen, mit allen Menschen und aller Fracht. Am Ufer bezeichnete er den Fleck, wo man die Wunder aufbauen sollte. Es war mittlerer Nachmittag und der Himmel immer noch ganz still und blau.

75 Der achtzehnte Tag (die Fahrt ist ruhig und sicher und gut verzurrt die Fracht): „Sie sind so jung, mein Herr, ich erkenne Sie kaum wieder", Pauline kniet vor dem Forschungsreisenden und führt ihm einen Krug mit warmem schäumendem Bier an die Lippen. „Das wird Ihnen guttun." Und unaufhörlich plappert sie solche Sätze daher, um ihre Aufregung zu verbergen. Nachdenklich steht ihre fünfjährige Tochter daneben und beobachtet die Mutter und dann den Fremden und dann die noch Fremderen, und wieder geht der Blick zurück zur Mutter, und sie hat plötzlich Angst, etwas zu verlieren. „Bleib hier, Mamma, bleib hier!" Niebuhr schluckt das Bier wie eine Medizin.
Alles ist ihm vertraut. Er ist zu Hause. Umgeben von seinen Landsleuten, Männer, Frauen und

Kinder zuerst. Und diese Luft, der Geruch von Gras und die kommende Abendkühle, der Geruch von Flußwasser, herb und trübe. Er kennt auch diese Frau. Er erinnert sich an das Vogelei in seiner Hosentasche, grüngefleckt, ein Rohrsänger. Und auch das Fieber in seinem Kopf, so scheint ihm, geht langsam zurück. – Der siebzehnte Tag, der sechzehnte, der fünfzehnte, der vierzehnte ... waren es Jahre, ständig feucht und heiß, immer trocken, der Nordäquatorialstrom und sein Gegenstrom, der Sommer-, der Wintermonsun, die Schwüle-Dauer im mittleren Africa?
Der Deichgraf bittet um seinen Namen, damit er ihn in aller Form begrüßen kann. Er fühlt sich als sein Retter. Aber Niebuhr bleibt so still, wie er nur eben kann. Der dreizehnte Tag, der zwölfte, möglicherweise bekommt er eine zweite Chance, es kann sein, daß sein Brotherr, der dänische König, ihn ein zweites Mal auf die Reise schickt, damit er diesmal über Tripolis und Fäsan weiter nach Innerafrica bis hin zum Niger reist und dort die zwei großen zivilisierten mohammedanischen Reiche entdeckt und vermißt.
Inzwischen ist der Berg gewachsen. Die Dhau, leichter und leichter geworden, führt wieder ein wenig Wasser unterm Kiel und richtet sich langsam auf.
Ein ungläubiges Staunen wandert über die Augen der Spaziergänger, die sich jetzt wieder

dem Ort des Geschehens nähern dürfen. Aber es wird auch bald dunkel werden. Pauline denkt an den viel zu langen Rückweg, und daß ihre Tochter müde ist. – Die seltsamen Dinge sind in den Kisten verstaut, die der Deichgraf jetzt eine um die andere öffnen läßt. Wer alles ein Auge darauf wirft, ist nicht bekannt. Das Licht schwindet schnell, dennoch erkennt man eine farbige Weltkarte, in deren Mitte Mokka liegt und die an den Rändern der Welt sehr vage und abenteuerlich wird, man erkennt ein Arabisches Lehrbuch der Physiognomik, einen Kanopenkrug aus Alabaster für die Eingeweide einer Mumie, gepreßte Fische und Pflanzen, darunter Kathblätter und ägyptische Brennesseln, und ungezählte Insekten, Raupen, Falter, Käfer, mit Nadeln auf weichen Karton geheftet, ein Astrolabium, eine Reiseuhr, einen Teekasten, einen jemenitischen Krummdolch, Räuchergefäße, Kriegsübungen der Araber, africanische Tücher noch und noch, einen türkischen Kalender, eine hebräische Bibel, einen arabisch-jüdischen Pentateuch. Der Abend bricht an. Pauline friert, ihre Tochter weint, ratlos und ohne Tränen.

Die Strandwächter haben jetzt alle Kisten geöffnet und durchwühlt; der Deichgraf trägt alles in eine Liste ein, er numeriert von 1 bis 79. Um die Schiffbrüchigen hat man sich bisher so gut wie nicht gekümmert. Man hält sie für Schmuggler; was man von Niebuhr zu denken hat, weiß man nicht. Der Elfte, der Zehnte, der Neunte... Aber jetzt ist es Zeit, die Ausländer nach Wedel zu schaffen, ihnen Quartier zu besorgen und sie freundlichst zu verhören. Und den Herrn Niebuhr, sofern er wirklich mit jenem Herrn Niebuhr identisch ist, wird man in den Gasthof zur Post verfrachten, daß er sich erholen und sich säubern und den Schlaf der vergangenen Jahre nachholen kann.

Aber wo ist er?

„Herr Niebuhr ...?"

Claus Niebuhr hat die Dunkelheit ausgenutzt.

76

In Windeseile raffte Pauline das Picknick zusammen, verstaute die Reste im Korb und bot Niebuhr ihren Arm an. Im Schutz der hereinbrechenden Dunkelheit machten sie sich auf den Rückweg. Schmollend und manchmal noch, aber jetzt wie aus Protest, aufschluchzend folgte ihnen das kleine Mädchen. Der junge Mann war sehr schwach. Er stützte sich schwer auf Paulines Arm. Sein kleiner Körper schien in der Dämmerung immer mehr zu schwinden. Die Tücher waren schmutzig und blau, blutbefleckt an manchen Stellen. Man sprach nicht über das Vergangene, es schien ihm auch außerhalb seines Lebenslaufes zu liegen. Egal, es wurde jetzt so finster, daß sie sich an manchen Stellen, besonders unter den hohen Alleebäumen, vorwärts tasten mußten.

Außer ihnen war niemand mehr unterwegs. Nur auf dem Fluß trieben ein paar Petroleumlampen, die am Heck irgendwelcher Segler hingen.

„Mamma, ich kann nicht mehr." Paulines Tochter setzte sich einfach ins Gras und weigerte sich, auch nur einen einzigen Schritt weiterzugehen. Das Gras war feucht und dünn. Sie lehnte ihren Rücken an einen Kastanienbaum; über dem Fluß, der hier immer noch meilenbreit war, bildete sich feiner Nebel. Niebuhr zitterte, noch immer hing er im Arm der Mutter dieses kleinen Mädchens. Pauline ging ein paar Schritte zurück und bettete den jungen Mann neben ihre Tochter. Von Zeit zu Zeit fiel ein Blatt. Ihre Gesichter glänzten. Das Wasser war nur ein paar Schritte von ihnen entfernt. Sie spürten, wie es zog. Jetzt schon wieder gegen die Stromrichtung. Was wird in den nächsten dreißig Jahren passieren? Oder, wenn die Tide wieder umkippt, fragst du dann, was vor dreißig Jahren war? Oder sind es schon fünfzig Jahre her? – Zahlen machen krank.

„Du wirst sehr alt werden", sagte Pauline.

Aber Niebuhr ist schon eingeschlafen.

„Mamma, wer ist das?" flüsterte das Kind.

„Wie gerne würde ich dir das sagen, mein Kind, aber ich glaube ja selbst nicht daran."

„Ist es etwas, was du dir gewünscht hast?"

„Sicher."

„Und du hast gewußt, daß es in Erfüllung geht?"

„Nein.“
„Stirbt er bald?“
„Möglich.“
„Und dann?“
„Dann gibt es kein dann.“
„Bringst du ihn in unsere Wohnung?“
„Damit er dort stirbt?“
„Nein, damit wir ihn dort versteckt halten können und alle denken, es gibt ihn gar nicht.“
„Das ist nicht so einfach.“
„Oder wir erfinden ihn einfach.“
„Er hat Hunger und Durst, er ist krank, er braucht neue Kleider...“
„Ich male ihn auf ein großes Stück Papier, Mamma, dann ist er erfunden.“
Niebuhr träumte schief in dieser ersten Nacht auf dem Land. Morgen würde er an Bord der Grönland gehen. Eine Einzelkabine. Das war ausgemachte Sache. Er hätte gerne noch Zeit gehabt, ein Testament zu schreiben. Und das Astrolabium für meinen ungeborenen Sohn, sterneweit, und die See-Anemonen für meine Tochter. Aber ich komme zu spät zur Hochzeit, das Schiff, das Schiff, es wartet nicht auf mich. –
Es war jetzt kurz vor Mitternacht, er schlief und schlief. Auch das kleine Kind war eingeschlafen, den Kopf in Paulines Schoß vergraben. Sie selbst spürte keine Müdigkeit, aber ein Herzklopfen, einen Stich quer durch die linke Brust, Hexenschuß am Herzen. – Und es nahm ihr fast

den Atem, und sie raffte in Windeseile alle Gedanken zusammen, die sie bei sich haben wollte im allerletzten Augenblick ..., aber dann kam der Atem wieder, und der Hexenschuß verflüchtigte sich in dem Moment, da Niebuhr entsetzlich aufstöhnte, hustete und ausspucken mußte.

Als sein Anfall vorüber war, bat er mit leiser Stimme um ein Stück Schwarzbrot. Das Vollkornbrot seiner Jugend war ihm jetzt das wichtigste. Pauline hatte keines dabei. Im Picknickkorb lagen nur noch Käsereste, ein Apfel, ein paar Nüsse. Er bedauerte das mit fast tonloser Stimme, dann aber nahm er den Apfel. Sein Zahnfleisch blutete. Es wird zu kalt am Boden. Er holt sich den Tod. Sie müssen sich bewegen. Sie solle doch das Kind wecken. Das Kind, das Kind, der Wind, der Wind, baut sich im Traum ein Karussell mit fliegenden Schiffen, immer im Kreis herum, wer rausfliegt, hat verloren. Die Winde jagen im Kreis. Schon steht Niebuhr auf klapprigen Beinen. Pauline hebt das Kind hoch und legt es sich über die Schulter. So traten sie den Heimweg an. Jeder Schritt schmerzt. Es wird eine schreckliche, schweigsame nächtliche Fuß- und Schlafreise entlang des Flusses bis hin zu den Lichtern der großen Stadt. Das Kind wurde leichter und leichter auf ihrer Schulter. Es bewegte die Arme, als wollte es flatternd entkommen, aber es wachte nie auf.

Niebuhr schleppte sich über Sand und Gerölle, stolperte über Baumwurzeln, trat auf das Pflaster der Uferpromenaden, schlich an den Hauswänden entlang, alles an ihm war wund. Als das Morgengrauen kam, hatten sie ihn verloren.

77 Pauline kochte Kaffee und drehte die Sanduhr um. Sonne lag auf dem Tisch, das Wasser flimmerte. Ihre kleine Tochter hatte die Nacht überstanden und saß schon auf ihrem Stuhl in Erwartung des Frühstücks. Die Eier mußte die Mutter köpfen. Salz her. Sei vorsichtig. Klecker nicht. Es war Montag. Die Arbeitswoche begann. Harry, ihr Chef, war Pünktlichkeit gewöhnt. Und die Müdigkeit würde sie vergessen oder auf den Abend verschieben.

Als sie die silberbeschlagene Tür öffnete, saß Harry schon an seinem Cassa-Tischchen: „Guten Morgen", aber er war vertieft in einen Packen Papier. „Das fand ich", sagte er, „heute nacht in Ihrem geheimen Winkel, meine Verehrteste, Briefe sind das, muß mich erinnern, wo ich die zusammengeklaubt habe, seltsam, sind wohl erst vor wenigen Jahren geschrieben worden, alles noch ziemlich frisch, und man versteht kein Wort. Hören Sie mal:", und Harry Silbersack begann mit monotoner Stimme vorzulesen: *„Meldorp, den 7. Juli"*, hörte sie die Stimme dieses ungewohnten Vorlesers und rekapitulierte Wort für Wort, ohne den Sinn zu verstehen: *„Sehr geehrter Herr von Zach, Sie sagen in Ihrer monatlichen Korrespondenz vom vergangenen Mai: Ein sorgfältiger Geograph dürfte sich nicht mit angeblichen Längen= und Breitengraden begnügen; er müsse nicht nur ihre Quellen genau kennen, sondern auch die verschiedenen Beobachtungsarten und Methoden verstehen, nach welchen jede Bestimmung gemacht worden ist. – Daß nun Sie nach diesen Grundsätzen verfahren, das haben Sie auch bei Ihrer Karte von Persien gezeigt, indem Sie die astronomischen Beobachtungen aller Reisenden, welche nach jener Gegend gekommen sind, mit der größten Mühe gesammelt und den Wert einer jeden genau untersucht haben. Dies läßt mich hoffen, an Ihnen den Mann gefunden zu haben, dessen nähere Bekanntschaft ich mir längst gewünscht habe. Ich bitte daher um Verzeihung, daß ich mir die Freiheit nehme, mich gerade an Sie zu wenden, auch wenn meine Reise schon mehr als 35 Jahre zurückliegt…“*, es lief ihr wie eine Litanei durch den Kopf, und immer unwahrscheinlicher wurde ihr die Stimme ihres Chefs, und sie mußte doch hinunter in den Basar und auf Kunden warten und dachte gleichzeitig an ihre Tochter, die jetzt gerade über ihr auf dem Fußboden hockte und Bilder malte, und sie erkannte die Farben und Striche, sieht einen

Baum, der Birnen trägt, und sieht, wie das Kind das Wasserglas umkippt, und da ist viel Leben im Wasser, schon wieder diese lange Laichschnur, wie war der Name des Mannes, und Pauline geriet ins Schwimmen, hörte aber dennoch die Stimme ihres Herrn: „*Wenn unsere gewöhnlichen Kritiker nur wenig darauf zu achten pflegen, was ein Reisebeschreiber geleistet hat, sondern es gerne aufzählen, welche Nachrichten sie erwartet haben, als wenn man in den Morgenländern über alles so leicht Nachricht erhalten könnte, wie in Europa aus bereits gedruckten Länder= und Städte=Beschreibungen, so bezeigen Sie sich in Ihrer monatlichen Korrespondenz mit meinen beobachteten Polhöhen nicht nur zufrieden, sondern entschuldigen es sogar, daß ich nicht auch Längen=Bestimmungen bekannt gemacht habe, damit, weil ich nicht mit den dazu erforderlichen Instrumenten ausgerüstet worden sei. Ich kann aber das Vergnügen haben, Ihnen zu melden, daß das letzte mein Fall nicht gewesen ist, und daß ich auch Beobachtungen über die Länge gemacht habe.*
Ich nehme mir die Freiheit, zur Probe Beobachtungen über die Breite u n d Länge von Alexandrien und Kahira hierbei anzulegen. Wenn selbige Beifall erhalten, so werde ich Ihnen auch welche aus Gegenden schicken, woher Sie noch keine Beobachtung dieser Art erhalten haben werden.

Für heute verbleibe ich mit den untertänigsten Grüßen, Ihr Claus Niebuhr, Reisebeschreiber.“

Auf Harrys Stirn waren ein paar Schweißtropfen entstanden, die Augen hinter den Gläsern glitzerten. Fragend hob er die Augenbrauen und sah sie an, als wenn es an ihr wäre, ihm etwas zu erklären.

Der Montag roch plötzlich anders. Pauline schwieg.

„Stimmt“, sagte Harry Silbersack, „ich bin einmal in Meldorp gewesen, hab dort ein bißchen schnorren können, eine Reiseuhr glaub' ich, ein Astrolabium, auch so ein seltsames Teil eines Spazierstocks, ich hab's erstmal in dem Karton verstaut, dort in Ihrem Winkel, und, ich erinnere mich, ein Packen Papier war auch dabei, Briefe, ja, gebündelt und zugeknotet, aber sie sind unverständlich, oder? Gehören auch in den Karton, oder?“

Pauline horchte in die Gänge hinunter.

„Es ist schon Kundschaft da“, sagte sie. Und Harry nickte: „Worauf warten Sie dann noch?“

Und Pauline verschwand und tauchte hinab in die lichtlose Exotenwelt. Was weiß er von meinem Winkel, was spioniert er mir nach?

Aber dann vergaß sie es und spürte wieder die Müdigkeit und dachte zurück an die letzte Nacht und die Reise zu dritt.

„Was kostet diese Figur?“ fragte ein Ehepaar, das aus der Dämmerung auftauchte.

„Die ist unverkäuflich.“

78 Die nächsten Wochen verbrachte Pauline Yolland damit, das Astrolabium, die Reiseuhr, den Knauf des Spazierstockes zu besuchen. Der Teekasten fehlte. Die zur Selbstverteidigung gedachte Spitze nahm sie nicht wahr. Für die Briefe interessierte sie sich nicht, aber sie dachte auch daran, wie er Tagebuch geführt hatte, laufend, sein ganzes Leben lang. Meldorp, 10. Juli. Die Einwohner der Provinz Jemen waren schon in den allerältesten Zeiten gesittet und wegen ihres Handels mit den Auswärtigen berühmt. Gemeiniglich reist man dort mit Eseln oder zu Fuß. Was mich jetzt jedoch ablenkt, ist der Gedanke an meine Principessa, hätte sie doch öfter nach mir verlangt, nur einmal Warte! geschrien …

Sie hält die Taschenuhr in der Hand. Wenn sie sie aufzieht, rennt sie immer noch los. Sie versucht sie anzuhalten, irgendwann wird sie sie beschädigt haben. – Zum wiederholten Male riecht sie daran: der jemenitische Schweiß? Er wird sie an langer Kette aus den Falten seiner Kleider geangelt haben. Die Kette fehlt heute; oder soll sie noch einmal nachforschen? Wie wenig von ihm geblieben ist. Wenig?

Und wenn sie diese fremden Briefe läse, was gewönne sie, was käme hinzu? – Nein, lieber denkt sie an jenes Schiff. Ein Schiff voll blitzender Heimlichkeiten, das an ihrem Fluß strandete am Ende des Tages. Und lieber denkt sie

an den Schiffbrüchigen, jenen Reisenden, den sie am Anfang der Nacht wiedererkannte, auch wenn er noch so jung war, viel jünger als sie selbst.
Wenn sie sich beide beeilt hätten, hätten sie die Zeit auf ewig durcheinanderwirbeln können. Aber sie waren zu langsam und feierten kein Fest und keine Hochzeit.
Nachdenklich betrachtet sie die Zwillingsfigur aus Leder und Holz. Täglich verabschiedet sie sich von ihr. Bis morgen, gutes Wiedersehen. Den Briefpack aber weist sie von sich. Nein, *diese* Briefe nicht.

79

Manchmal, wenn es ihr an den Sonntagen zu langweilig wird, läßt sie sich ein wenig übers Land kutschieren. Einmal gelangt sie auf diese Weise auch nach Odderade, maskiert und unerkannt natürlich. Betritt nach kurzem Zögern auch Thedens Gasthof, sitzt dort mit ein paar Jungbauern, die nichts zu tun haben, zusammen, lädt eine ältere Frau, die sie kaum kennt, zum Eierlikör ein.
Doch der Likör löst schnell die Stimme, und die Einheimische sagt: „Ja“ und kommt völlig ungefragt ins Erzählen. „Einmal“, sagt sie, „es zog wieder ein Gewitter auf, ich hatte beim Heuwenden geholfen und war als letzte noch auf der Wiese geblieben, um meine Reihe in Diemen zu setzen, da wußte ich mir keinen ande-

ren Rat, als die Blitze so zuckten und der Himmel schwarz war, da ging ich hin zu dem Haus, und als ich an den Fliederbüschen vorbeiging, die nur dort wuchsen, und mir zwischen den Brennesseln einen Weg bahnte, da bekam ich schon Gänsehaut, aber es gab kein Zurück mehr, der Regen fing an, es donnerte schrecklich, und es war meilenweit kein anderer Schutz. Die Tür war nur angelehnt und öffnete sich von alleine. Ich stellte mich unter. Und zitterte. Der Raum war leer, bis auf einen kaputten Tisch. In einer Ecke lag ein kleiner Haufen Dreck. Angekohltes Papier. Der Ärmel eines Hemdes, ein paar löcherige Handschuhe, ein braunes Hosenbein, ein mottenzerfressenes Kissen. Hinsetzen konnte man sich nirgendwo. Der Putz löste sich von den Wänden. Draußen rauschte das Regenwasser. – Ich blieb stehen und verschränkte meine Arme vor der Brust, halb schloß ich die Augen, wollte die Angst nicht zu mir kommen lassen. Noch immer fror ich, trotz der Schwüle, die über dem Haus lag.

Als ich Geräusche hörte, wollte ich sie nicht wahrhaben, aber dann war es ein lautes, ruhiges Atmen ganz in meiner Nähe.

Es kam unter dem Tisch hervor, unter der schiefen Platte des halb zusammengebrochenen, zersplitterten Tisches. Es war nur ein Kleiderhaufen, halb mit einer schweren Wolldecke zugedeckt, jetzt rührte ich mich überhaupt nicht mehr. Nicht mal schreien konnte ich, und draußen fiel das Wasser wannenweise. Es donnerte, es stürmte auch. Funkelfeuer. Unterm Tisch lag ein Mann und atmete. Und ich stand neben ihm und atmete nicht und rührte mich nicht.

Ich habe vergessen, wie ich da herausgekommen bin, aber seitdem bin ich nie wieder dorthin gegangen, nicht einmal in die Nähe, für uns alle ist das verbotenes Land ..."

Mit bedeutungsvollen Augen, die sie jetzt aufriß wie ein erschrecktes Rind, sah sie Pauline an. Eierlikörreste klebten an der Unterlippe. Einer der Jungbauern stellte wortlos zwei warme Flaschen Bier auf den Tisch. Er atmete schwer, ein pustiger Mensch. Ja, er hätte mit seinem Vater schon Steine von dort geholt, und auch ein paar von den Balken hätten sie gut brauchen können, für ihren neuen Stallbau, versteht sich. Man könne, wenn man wolle, die alten Steine in den neuen Wänden gut erkennen. Und der Jungbauer hob die Flasche an den Hals.

Pauline kennt den Vater dieses Jungbauern, möglicherweise besucht sie ihn an einem der folgenden Sonntage, sitzt dann, eine Fremde, ein Eindringling, in der Küche von diesen Leuten. Es riecht nach Eingemachtem. Es ist die Zeit der Johannisbeerernte, die Sauerkirschen haben schon die Vögel gefunden. Der Altbauer hat die kurze Pfeife im Mundwinkel hängen, Tag für Tag; er guckt Pauline aus seinen winzigen hellblauen Augen an, Kinderaugen sind das in einem so alten Gesicht, er guckt sie an, unverwandt, ohne ein Wort zu sagen. So nähern sie sich. Über die Sprache geht nichts.

Die Kinder tragen die Johannisbeeren herein.

„Davon weiß ich nichts“, sagt die Frau des Altbauern und läßt ihr Gesicht dann wieder im Dampf über dem Einmachtopf wegtauchen.

„Aber es ist verbürgt“, sagt Pauline und spürt, wie das Mißtrauen wächst. Der Altbauer schaut aus dem Fenster, wo die Enkelkinder in den Johannisbeerbüschen sind und Entdecker spielen. Für einen winzigen Moment nimmt er die Pfeife aus dem Mund: „Der kommt morgen wieder“, flüstert er, „passen Sie man auf“, dabei schließt er kurz die Augen und saugt dann so stark an seiner Pfeife, daß sich der Mund ganz nach innen stülpt. Die Tauben lächeln und gurren.

Doch auf Paulines Abschiedgruß antwortet ihr keiner. So ist das in diesen Küchen.

80 Für heute verbleibe ich ergebenst und auf Antwort hoffend. Untertänigst.

Mit vorzüglicher Hochachtung immer Ihr.

Ich nehme mir die Freiheit, zur Probe Beob-

achtungen über die Breite und Länge von Alexandrien und Kahira.
Ihr Claus Niebuhr, Reisebeschreiber.
Doch das Schreiben fiel ihm schwerer, als er zugeben mochte. Alle Chronisten behaupten dasselbe: Er hat sich das Augenlicht verdorben in der viel zu grellen Sonne beim Kopieren der Keilschriften von Persepolis. Viel zu nahe mußte er die Augen ans Papier und an den Stein nehmen.
Sehr geehrter Herr von Zach,
ich war also auch mit Instrumenten zu Beobachtungen der Länge versehen, und ich muß zwar gestehen, daß meine Beobachtungen des Jupiter=Trabanten von sehr geringem Wert sind, indeß glaube ich ohne Prahlerei sagen zu können, daß meine beobachteten Distanzen des Mondes von den Fixsternen die Aufmerksamkeit des wahren Geographen verdienen. Sie haben diese Methode verschiedentlich als auch zu Lande anwendbar empfohlen. Die Beobachtungen, welche ich auf meiner Reise, und also nun schon vor 30 bis 40 Jahren, gemacht habe, können es beweisen, daß die Methode allerdings sehr nützlich ist. Ich nehme mir die Freiheit, zur Probe Beobachtungen über ...
Bei dem heiteren Himmel im Orient, wo ich mein Instrument in freier Luft aufstellen und so Sterne nach allen Seiten beobachten konnte, ohne es von der Stelle zu verrücken, war ich mit dem Astrolabium sehr zufrieden. In unserem Clima ist das

Instrument allerdings unbequem. Mit vorzüglicher Hochachtung, Ihr Claus Niebuhr, Reiseschreiber.
Doch viel zu nahe mußte er die Augen ans Papier nehmen, und dennoch verschwamm das Geschriebene schon nach wenigen Zeilen.
Die Augen werden schwarz von der Sonne.
Alt bin ich und werde mein Augenlicht verlieren, aber diese Korrespondenz, die mir alles bedeutet, werde ich nicht aufgeben können. Niemals. Jemand hat mich entdeckt!
Der Mamor ist mir in die Augen geschossen, die Iris geblendet, meine Pupillen haben zuviel Licht hineingelassen, es war alles überbelichtet damals, vor einem halben Leben. Und jetzt? Ich werde mir jemanden suchen, dem ich die Briefe diktieren kann...
Und zum ersten Mal nach vielen Jahren dachte er wieder an jene Briefeschreiberin aus Frohmann, die sich für keinen Namen entscheiden konnte, und er dachte daran, daß es eine kurze Zeit in seinem Leben gegeben hatte, da er auf Post von ihr gewartet hatte, wohl in der Hoffnung, darin eine Auflösung zu finden.
Und er wünschte sich, sie rufen zu können und sie zu seiner Sekretärin zu machen.
Des Rätsels Lösung.
Er rief nach Yohannes, dem Bedienten, der draußen im Wind stand und die Milchkannen wusch.

81 Welche Auflösung?–

Hunde stürzen sich bellend auf den Eindringling. Halt, nein, es war doch alles nur ein Scherz, alles erfunden. Heiße Küste. Norma schob sich den Kragen halb vor die Augen. Ihr Haar war naß. Auf diesen nördlichen Regen war sie nicht gefaßt gewesen. Dabei trug sie das Haar auch zu Hause naß unterm Kopftuch, die tägliche Haarwäsche sofort nach dem Aufstehen, und das Kopftuch band sie fest und turbanartig um den Kopf, daß das Haar oft abends, wenn sie es löste und ins Bett ging, noch feucht war. – Aber heute war es der Regen; sie hatte sich nach draußen begeben. Es war die erste und längste Reise ihres Lebens. Sie glaubte an kein gutes Ende. Aber sie hatte den Boten hereingelassen, als die Glocke schlug. Sie ließ sonst niemanden in ihr Reich. Aber nach all den Jahren des nicht eingestandenen Wartens schien ihr eine Ausnahme recht und billig. Sie ging die Treppe hinunter, öffnete die Haustür.

Der Mensch, der dort stand, hatte die längste und erste Reise seines Lebens hinter sich und war so durcheinandergeschüttelt, daß er keinerlei Worte finden konnte. Er streckte ihr nur nach einer Weile die Hand entgegen, schwerfällig und verwirrt die Hand entgegen und übergab ihr eine Botschaft. Der Brief war versiegelt. Und sie wollte ihn nicht in Anwesenheit

dieses Menschen, der kein gewöhnlicher Bote sein konnte, aufbrechen.
„Woher kommen Sie?“ fragte sie, und der Bote starrte sie großäugig an und stammelte dann in einem fremden Dialekt, er käme vom Moorhof und wäre einunddreißig Tage unterwegs gewesen.
Sie wußte sofort, was er meinte und biß sich auf die Lippen. Sie hatte elf Jahre keine Nachricht mehr aus diesem Teil der Welt erhalten und nie, nicht einmal im Tagtraum daran gedacht, daß ein Brief von dort auf diese Weise ihr zugestellt werden könnte. „Sie haben die ganze Zeit diesen Brief begleitet? Das haben Sie? Wollte er ihn keiner Post anvertrauen, niemandem, außer Ihnen? Wie schlimm muß diese Nachricht sein, was bringen Sie, was wollen Sie von mir?“ Jetzt spürte Norma, wie ihr das Blut in den Kopf stieg. Sie preßte den Brief an sich. Wich aber keinen Schritt zurück. „Ich soll warten“, sagte Yohannes endlich und mühsam, „und auf dem Rückweg dann Sie begleiten.“
Die Frau, die ihm gegenüberstand, eine Vierzigjährige, schien zu versteinern. Und in all dem Stein spürte sie, wie wehrlos sie war und daß ihr jemand mit einem Steinmetzmesser über die Wangen strich.
Der Bote, der sie anstarrte, hatte Ähnliches noch nie erlebt. Er spürte leichte Krämpfe im Magen, er war fehl in diesem Haus, an diesem Platz, ein restlos überforderter Mensch, der

sich nur mühsam an seinem Auftrag festhalten konnte.
Kerstine versuchte einen Schritt nach vorne zu machen, einen Schritt zurück, die Hand mit dem Brief zu heben, zu senken, alles mechanisch, wie eine Puppe, aber dennoch als Beweis dafür, daß sie noch funktionierte.
Dann fiel der Brief zu Boden, mit dem Siegel nach oben. Die zwei arabischen Schriftzeichen blinkten. Anfang und Ende, C und N. Sie bückte sich nicht, hob weiter die Hand und senkte sie, Schritt vor und Schritt zurück.
Yohannes, verlegen und peinlich berührt, drehte die Mütze in der Hand, dann setzte er einen Fuß vor den anderen, und, egal wie es kam, wie es kommt, nach einer langen Weile begannen sie im leeren Treppenhaus sachte zu tanzen, zwei, die alles unbegreiflich fanden und ein Sonnensystem voneinander entfernt waren. Einen Schritt vor und einen Schritt zurück.

82

Der Chronist weiß es genauer: Am 17. September erreichten der Bote und die Sekretärin die Posthalterstelle in Meldorp. Es war die letzte auf ihrer Reise. Sie hatten geschwiegen, nicht einmal den anderen Reisenden zugehört. Sie wußten nichts mit sich anzufangen. Niebuhr hielt sich schon seit ein paar Tagen in Meldorp auf, bewohnte die Räume über der Goldschmiede, die ihm noch immer zur Verfügung standen. Er stand am Fenster und blickte über den Marktplatz, doch trotz der Helligkeit verschwamm ihm das meiste. Auf was konnte er sich noch verlassen. Dieser Trupp schwarzer Menschen dort unten, wie lange war das her, hatte es noch einen Sinn, darauf zu warten?

Mit allem habe ich gerechnet, aber nicht mit Blindheit. Was wollte ich noch alles sehen, Tag für Tag dasselbe in allen vier Himmelsrichtungen. Ich habe nichts so sehr geliebt wie die Wiederholungen, die ewige Kontrolle, ob die Welt noch da ist, Guten Morgen.

Heute werden sie nicht mehr kommen. Gott strafe mich, wenn meine Idee die eines alten törichten Mannes war, aber wem soll ich meine Briefe diktieren, wenn nicht ihr.

Und ich werde Briefe schreiben. Ich werde bis an mein Lebensende wöchentlich einen Brief an Herrn von Zach schreiben, und es werden Briefe der wissenschaftlichsten Art sein, nichts Privates wird darin Platz finden, das verspreche ich mir. – Hätte ich Pauline nicht mutwillig und achtlos zugleich aus meinen Augen verloren, wer weiß –; aber sie wird längst an anderen Orten wieder aufgetaucht sein und sich verheiratet haben oder andere Existenzen gegründet haben, Mutter wird sie geworden sein, ja, Mutter! So lebe ich also allein als Wissenschaftler, als Landwirt; begraben möchte ich sein vor Niebuhrslust, nirgendwo sonst. Doch ich habe Angst vor der Dunkelheit. Da hilft kein Singen, kein Reden. – Heute werden sie nicht mehr kommen.

Und doch kamen sie, gerade an diesem Spätnachmittag des 17. September, und auf der Posthalterstelle lag Nachricht für sie bereit: Der Etatsrat wartet in seiner Meldorper Wohnung. Bitte sofort dorthin zu begeben.

Und sie begaben sich dorthin, müde und wirr an Kopf und Kleidung, und Niebuhr hatte sich schon auf den Diwan gelegt und probierte die Nacht, vor der er sich fürchtete. In den frühen Morgenstunden des 18. fuhren sie zu dritt im Einspänner in die Niederung hinaus. Yohannes hielt die Zügel, Niebuhr erzählte leise und stockend von Persepolis, Kerstine hörte zu und war dankbar, daß niemand sie fragte, warum sie jetzt hier sei. Nie im Leben hätte sie gedacht, daß es diesen Herrn Niebuhr wirklich gab, diese Erfindung ihres schwärmerischen Gemüts.

„Das Land geht unter in sintflutartigen Regenfällen, hebt sich noch einmal das Haupt mit dieser widersinnigen Gier nach Leben“, soll sie geflüstert haben. Sie soll. Das letzte Stück des Weges mußten sie zu Fuß gehen, es regnete heftig, und sie schob den Kragen halb vor die Augen. Niebuhrs Hunde stürzten bellend aus dem Hof.

83 Nur flüchtig musterte sie den großen Raum, in den man sie führte. Sie war fest entschlossen, ihre Frohmanner Wohnung nicht aufzugeben. Es war nur eine Sache des Willens, keine Imagination.

„Willkommen, Herr Niebuhr, es freut mich, daß Sie nach so langer Zeit den Weg zu mir gefunden haben", sagte sie mit einem leicht hochnäsigen Ausdruck, und es waren die ersten deutlich vernehmbaren Worte, die sie seit vielen Wochen sprach.

Herr Niebuhr verneigte sich höflich. „Es ist ganz meinerseits." Dann schickte er Yohannes hinaus zum Brunnen. „Bitte, hol er frisches Wasser. Unser Gast wird sich erfrischen wollen."

Sie lächelte ein wenig mühsam und löste ihr turbanartiges Kopftuch, Tropfen hingen ihr an den Wimpern. „Ich bin erfrischt genug. Aber vielleicht benötigen Sie etwas Wasser nach der langen anstrengenden Reise."

Niebuhr ließ es gut sein und antwortete nicht. Yohannes brachte Wasser in zwei großen Henkeleimern. Hinter einem Vorhang stand die Waschschüssel bereit, ein halbblinder Spiegel.

„Nach Ihnen, Herr Niebuhr."

„Nein, das erlaube ich nicht."

Sie fügte sich ihm, blaß und plötzlich erschöpft legte sie den Mantel ab und verschwand hinter dem Vorhang. Seife lag dort. Und sie roch daran. Dann näßte sie ihr Gesicht mit dem dunklen eiskalten Brunnenwasser, Tränen waren wärmer, wozu bestellt er mich her? Ach, nein, ach, ja. – Und Yohannes machte sich in dem Raum, der als Küche diente, zu schaffen. Richtiges Kochen hatte er immer noch nicht gelernt, aber er säbelte dicke Scheiben von einem alten Brotlaib. Käse war noch genug da. Und Most aus dem Faß. Aber Kerstine blieb lange hinterm Vorhang, der Falten warf und das alte dithmarscher Tulpen- und Einhornmuster variierte.

Der alte Indienfahrer hatte einen leichten, vorübergehenden Schwächeanfall. Er fragte sich erneut, ob er richtig gehandelt hatte. Aber nun war es zu spät für alle Fragen.

Er memorierte. *Bei unserer Ankunft in der Caffeehütte war es schon so dunkel, daß wir es nicht für ratsam hielten weiter zu reisen, obgleich wir Mühe hatten, unseren Wirt dazu zu bewegen, daß er etwas Futter für unsere Maultiere aus dem Dorfe holte. Unsere eigene Abendmahlzeit bestand aus etwas Dörrbrot, das wir von unserem letzten Nachtlager mitgebracht hatten, und dies schmeckte uns mit einem guten Trunk Wasser und Kischer nach einer starken Tagesreise besser als manch kostbare Mahlzeit in Europa.*

Dann verließ er die Vergangenheit und setzte sich an den Tisch. Yohannes hatte gedeckt und zog sich diskret zurück. Niebuhr trank den Krug mit wenigen Schlucken leer. „Bitte“, rief

er, „kommen Sie. Wir wollen etwas besprechen.“
Hinter dem Vorhang blieb es still, keine Bewegung war mehr zu erahnen. Ärgerlich, aber dann eher angstvoll, stand Niebuhr wieder auf und ging zum Vorhang und schob die Falten ein paar Zentimeter auseinander. Sie saß am Boden und starrte auf ihre Hände, sie hatte ihren Mantel wie eine Decke ausgebreitet. Darauf kauerte sie und war nicht ansprechbar. Niebuhr zog sich diskret zurück und aß alleine zu Abend. Dann trat er vor die Tür und ging spazieren. Der Abend war noch hell, und die Vögel standen in der Luft, so windstill war es.

84

Das wurde ein langer Spaziergang, von vielen Schatten umgeben, nahen und fernen. Die Erlen, die er gepflanzt hatte und die jetzt viermal so hoch waren wie er. Der Birnbaum, der ein wenig vor sich hin kümmerte in der sauren Erde und auch in hundert Jahren nicht dem gleichen würde, der im Garten der alten Meierei stand. Das blaue Haus. Die Figur, die dort hinten stand und von der er sich schon lange beobachtet fühlte. Ein in sich zusammengebrochener Liegestuhl, ein verfallener Windschutz. Jetzt ging auch der Tag, und es beruhigte Niebuhr, daß nun für alle Menschen auf dieser Linie des Planeten die Dinge ihre Sichtbarkeit verloren. Es schrien die Katzenkäuze,

im Haus schrie Kerstine. Er eilte zu ihr, blind und außer Atem. Er fand sie still am Tisch sitzen, wo sie in Papieren blätterte.
„Haben Sie sich erholt?“ fragte er behutsam.
„Ja, danke. Machen Sie keine Umstände. Fühlen Sie sich wie zu Hause.“
„Sie haben meinen Brief gelesen?“
„Ja, aber mir scheint sein Inhalt ohne große Bedeutung zu sein.“
„Sie haben ihn vergessen?“
„Den Inhalt?“
„Ja.“
„Ja.“
Es stand noch Brot und Käse auf dem Tisch, inmitten der Papiere und Schreibgeräte, die Kerstine herbeigekramt hatte. Es ist ein Fehler passiert, dachte er, ein Fehler in der Geschichte.
„Ich möchte Ihnen“, fing er an, „ich möchte Ihnen in Zukunft meine Briefe diktieren.“
„Briefe an wen?“ blitzte sie ihn an.
„Ich stehe in wichtigem Briefkontakt mit Herrn von Zach. Herr von Zach ist der Herausgeber der *Monatlichen Correspondenz zur Beförderung der Erd- und Himmelskunde*, einer Zeitschrift, die sich an alle wahren Geographen wendet. Und er und seine Leser erwarten noch viel von mir betreffs der Offenlegung meiner Längen-Beobachtungen im Orient. Alle meine Briefe werden veröffentlicht.“
„Sie kennen meine Handschrift nicht.“
„Oh doch, ich erinnere mich.“

„Sie hat sich verändert. Außerdem vergesse ich viele Silben."
„Die wird Herr von Zach ergänzen."
„Und dafür lassen Sie mich diese weite Reise machen, um mir das zu sagen? Besser, Sie kämen zu mir, bitte...", und sie streckte ihren Arm aus, „gehen wir ein paar Schritte." Und sie ging voran, öffnete die Tür zum Nachbarzimmer.
„Wohnen Sie dort?"
„Ich denke: ja."
„Wenn Sie wollen: ja. Aber ich warne Sie. Das Zimmer ist leer. Absolut leer. Es könnte Ihnen weh tun."
„Ich denke: nein."
„Sie denken. Sie denken. Ich denke mehr an konkrete Arbeit. Ich muß mich beeilen."
„Fangen wir an."
Er folgte ihr und stellte einen Stuhl ins leere Zimmer und hieß sie Platz nehmen. Yohannes schaffte einen kleinen Tisch herbei. Niebuhr legte einen Stapel weißen Papiers darauf, besorgte Feder und Tinte und Löschbogen und sagte dann:
„Bitte. Wenn Sie nichts dagegen haben, werde ich im Gehen diktieren."
Und er begann, auf und ab zu gehen, beschrieb Kreise und Ellipsen, formulierte die ersten Worte: *„Sehr geehrter Herr von Zach, Sie werden ohne Zweifel nun fragen, warum ich denn bisher keine Beobachtungen über die Längen bekannt*

gemacht habe. Für solche Geographen, welche immer die neuesten Nachrichten eines Reisebeschreibers für die zuverlässigsten zu halten pflegen, würde das gern haben geschehen können. Ich aber wünschte, daß ein Kenner selbige vorher untersuchte...", und Kerstine schrieb und setzte die Satzzeichen, die er nicht mitdiktierte, und er beschrieb einen Kreis nach dem anderen, schob Dreiecke dazwischen, und Paulines Zimmer, das einzurichten vor langer Zeit ein leeres Pferdefuhrwerk nötig gewesen war, füllte sich mit Worten, Worten, und zu den Worten kamen die Zahlen, und Kerstine zeichnete Tabellen und Winkel und achtete auf keines der Worte, glaubte an keine Zahl. Sie lachte und zog ein Taschentuch über ihren Spott. Sehr geehrter Herr.

85 In der ehemaligen Meierei saß immer noch eine, die sich Zeyla nannte und heimisch war auf ihrem Diwan. Sie trank literweise Tee. Sie blickte abwechselnd aus dem Fenster, das auf die Straße ging, und aus dem, das in den Garten ging. Dazu mußte sie ihren Kopf nur unwesentlich drehen. Ihr Hals war feist und gutmütig. Den Birnbaum im Garten hatte sie fällen lassen. Auf der Straße passierte noch weniger. Um ihren Hals hing jener Schlüssel an einer dünnen Silberkette. Sie wußte nicht, wozu er gut war, aber sie dachte

schon, daß die passende Tür dazu sich irgendwann einmal nähern würde. Manchmal machte es ihr Freude, die Wolken beiseite zu pusten. Ihr Körper war bis oben hin angefüllt mit Tee und ging täglich ein wenig mehr in die Breite. Sie saß. Sie lag. Ihr Bedienter nahm ihr jeden Schritt ab. Die Wolken. Sie stellte sich ein geduldiges Gesicht vor. Diese verschwommenen Züge: der Körper, heute von einem soliden Überrock verhüllt, bestes Kammgarn, der einst vor vielen Jahren nackt, weiß und glatt wie eine Made über sie gekrochen war. –

In diesem Dorf leben keine Menschen mehr, denkt sie manchmal. Und auch wenn hier welche leben würden, sie kämen nicht zu ihr: Sie ist die Ausländerin.

Doch eines Tages, es wird am Nachmittag gegen fünf Uhr sein, da wird sie eine Stimme hören vor dem Haus, und sie wird wissen: Die Kutsche ist da.

Sie ist bereit. Dennoch läßt sie sich Zeit. Ihre Reisetasche ist gepackt, der kleine Koffer ebenfalls. Aber sie erhebt sich nicht von ihrem Diwan. Sie will die Stimme noch einmal hören. Noch einmal, sie soll bleiben wie sie ist: fremd und vertraut. Eine Männerstimme, eine Kutscherstimme: „Die Kutsche ist da!"

In ihrer Sprache gab es ein anderes Wort für Liebe. Sie konnte sich nicht erheben. Sie konnte nicht antworten. Jedesmal erschrak sie wieder über den gewaltigen, weißen Körper.

Viel zu aufgeregt war sie, und schmächtig wie ein Kind, um die Art von Liebe, die dieser unendlich große, unendlich weiße, unendlich fremde Körper über sie stülpte, als Liebe zu empfangen.
Jetzt war sie fett und schön und dreißig Jahre älter und lag in einem weißen Land als fremder, schwarzer, gewaltiger Körper.
Die Kutsche wird morgen wiederkommen, und eines Tages, nachmittags gegen fünf Uhr, wird sie sich mühsam erheben und hinunterschaukeln, und der Kutscher wird ihr Gepäck verstauen, und er wird sie in die leere Kutsche betten.
Der Platz reichte selbst für ihren Diwan, so daß sie ihre gewohnte Ruhe keine Minute lang aufgeben mußte. Ohne Zweifel würde es ihre letzte Reise sein. Daß sie, abgesehen vom Kutscher, ohne Begleitung reiste, war ihr recht. Sie kannte das Ziel.
Das zaghafte Frühlingsgras zog an ihr vorbei. Schafherden strebten über den Horizont, die Raubvögel warfen ihr weißes Schneegefieder ab. Jede Tarnung war ihr recht. Vor der Hochzeit noch was Junges. Bin kein Tier und bin kein Ferkel, bin ein Mensch. Diese Landschaft hatte ihr nie etwas bedeutet. Jahrelang hat sie, ohne mit der Wimper zu zucken, nichts anderes gesehen. Aber es hat kaum die Netzhaut berührt: immer wieder dieser Landstrich, die Scheuerpfähle, die Endmoränen, dazwischen

die hier geborenen Menschen, Ställe, Schuppen, Tümpel, Baumruinen, das Gestrüpp der Weißdornhecken, die vollgesogenen Hausweiden, die Kühe, die Schafe, die Pferde, die Schweine, Lämmer und Gänse, die Flugenten, die Windschmiege, die schwarzen, dürren Moore, Treibjagden im Nebel, Boßeln, Hagelschauer und Regen, aber immer nur Niesel, nie ein richtiger Regen, kein Wolkenbruch, die Fettflecksonne, die ungekämmte Rückseite der Häuser, vierter Querweg, fünfter Längsweg und die Mittelgräue des Himmels, und die Kutsche fährt über Dämme, die man ins viel zu flache Land gebaut hat, und durch schüttere Wälder.
Für den stündlichen Tee war der Kutscher verantwortlich.
Nach weniger als einem halben Jahr hatte sie das Ziel erreicht, und, richtig, auch die Tür kam auf sie zu. – Aber niemand soll sie zur Eile treiben und diese Tür öffnen.
Zeyla steigt aus. Das dauert. Die Rikscha wartet schon, aber bei genauerem Hinsehen ist es eine Art Sänfte, aus Bambus gefertigt und von zwei weißen Dienern getragen. Es ist nicht einfach, Zeyla so in diese Trage zu setzen, daß sie es bequem hat und auch im schwankenden Gang der Träger bei sich selbst bleibt.
Man steigt einen Hügel empor. Von dort aus hat man einen wunderschönen Blick auf die Stadt. – Da liegt sie, so weit das Auge reicht in süßen Frieden gehüllt, mattes Licht auf den grauen

Häusern, ein Gewirr von Schornsteinen, was denkt man sich dabei, wenn man da hineinschaut, in die Straßenfluchten, in die Grünanlagen, wie Ameisen die Pferdedroschken. Die Träger haben die Sänfte abgestellt. Man reicht Zeyla den Arm. Jetzt ist sie die Königin. Nimm dein Reich in Augenschein. Nimm! Königin von Maxorata, nicht von Dänemark, und sie schickt ihre Untergebenen aus, die Alpen zu entdecken. Und befiehlt: daß sämtliche Reisende sich gegenüber der alpenländischen Bevölkerung der größten Höflichkeit zu befleißigen haben. Und in das unbekannte Europa sollen sie so tief einzudringen suchen, als ihnen möglich ist. Und sollen von allem ein Diario anlegen. Und genauesten Bericht abgeben über Sitte und Gebräuche der dortigen Menschen, und Form und Beschaffenheit der Berge bestimmen.
Maxorata heißt ihr Königreich und ist von einer Steinmauer umgeben und in süßesten Frieden gehüllt. Und mit zunehmendem Licht schwindet das Grau der Häuser und blendet mit einem Weiß die Augen der Königin, daß sie in helle Euphorie gerät.

86

Unten in der weißen Stadt ordnet Harry seine weißen Korallen. Er könnte eine wissenschaftliche Abhandlung über Korallen, über die Grenze zwischen Horn- und Kalkkorallen, über die ausschlüpfenden Larven

der Edelkoralle, über Wachstum und Tod der Korallenriffe, über Seefeder, weiße Koralle, Stern-, Labyrinth-, Hirn- und Tiefseekoralle und über die besonderen Möglichkeiten des Korallenschmucks schreiben. Aber er ruft Pauline zu sich. Er sucht Zerstreuung, gleichzeitig ist er bemüht, wie ein Philosoph zu reden: „Es geht nicht an, daß wir alles nur an uns vorübertreiben lassen“, fängt er an und schenkt ihr Kaffee nach, „wir müssen die Karawanen anhalten… “
Pauline lächelte nachsichtig. Die hölzerne Zwillingsfigur würde sie heute nacht retten und zu sich nehmen.
„Ich biete dir“, sagte Harry, „den Höchstlohn.“
„Ich fange ein neues Leben an, das dritte“, sagte ihr Chef, ich tausche … “
„Sie wird dir ein Königreich bieten“, unterbrach ihn Pauline, und jetzt lächelte Harry und wußte, eine wie Pauline wird neue Chefs finden, sich immer und immer wieder durchsetzen. –
„Aber welches Königreich?“ fragte er leise und bleckte versonnen die Zähne. Er stank nach Katzenpisse und Tabak, und ohne seinen Laden war er der verlorene Bettler. „Ich will nichts mehr“, sagte er, „ich spüre, daß es geschieht, es kommt von außen.“
„Das Unentdeckte ist ihr gerade recht. Sie treibt ihre Späße mit uns allen.“
„Morgen ist der letzte Tag.“

Dieser Satz saß. Pauline lächelte nicht mehr. Morgen, letzter Tag. Das war endgültig genug. Sie schluckte den letzten Rest Kaffee und zog sich wieder in die Katakomben zurück. Aber sie machte sich unsichtbar. Und Stück für Stück ging der vorletzte Tag zu Ende, während oberhalb der Stadt auf jenem Hügel die dunkelhäutige Königin in ihrer Fleischesfülle auf ihr Reich hinabblickte.

Die Kunden fragten nach nichts. Sie nahmen, was sie leiden konnten und bezahlten mit ihrem simplen Papiergeld. Ab morgen verlor es jegliche Gültigkeit.

Zeyla ergriff die Vorkehrungen, prüfte, ob der Schlüssel noch um ihren Hals baumelte, Glaube, Liebe, Hoffnung. Dann winkte sie ihre Diener heran und befahl ihnen, sich für den Abstieg bereitzuhalten.

Das Nicken der Männer, immer wieder das Nicken der Männer, die sie in ihrem Leben benutzt hatte. Claus Niebuhr kam von der anderen Seite des Ozeans, und sie war noch ein Kind gewesen, ein mageres, sehr zerbrechliches, sehr hungriges, sehr kluges Kind. Ihre Mütter hatten sie zu dem weißen Mann geschickt, ohne ihr etwas zu erklären, aber sie hatte es von Anfang an begriffen; dennoch hatte sie sein Grab nicht betreten. Wie viele Leben ist das entfernt von ihr?

Die Diener stehen bereit.

Nur spärlich ist der Weg beleuchtet.

„Ich, Zeyla, gute Frau und Königin, die man verschleppt und an Hamburger Kaufleute verkauft hat, gehe heute abend bummeln.“

Jetzt klingelt es, jetzt bricht die Musik los, eine plattdeutsche Savannenmusik. Der Schatten unter den Kastanien ist schwarz, da übersieht man leicht die Wegelagerer und auch die, die vor Schwäche zusammengebrochen sind und aufs Ende warten. Forsskal, der vortreffliche Botaniker, starb am 11. Juli in Jerim auf dem Wege nach Sana. Jetzt ist Niebuhr an der Reihe, es ist der frühe Abend des 8. September bei hereinbrechender Dunkelheit, und Zeyla wird nur ein paar Schritte entfernt an ihm vorbeigetragen. Sie berühren sich in der Erinnerung und bewahren ihre Geheimnisse.
Er war gleichsam zu einer africanischen Reise geboren. Aber die Auflösung der Expedition hatte schon lange stattgefunden. Einer starb den Tod des anderen. Der Botaniker und Meereskundler vollendete die Beschreibung der Korallenfauna im Roten Meer, gleichfalls beschäftigte er sich mit der Entstehung der Perlen, bevor er sich in von Havens Tod wiederfand. Von Haven, der Pastorensohn und Tagebuchschreiber, sammelte verschiedene Handschriften, von denen er die letzte erwarb einen Monat bevor ihn die Malaria packte. Am 25. Mai war seine Reise in Mokka zu Ende, und er starb Baurenfeinds, des Zeichners, Tod, der

wiederum während der Überfahrt nach Bombay seinen Tod an Cramer, den Landarzt, weitergab. Die Unbedachten. Wer sollte die endgültige Zeichnung machen?
Zeylas Träger rutschten den abschüssigen Weg hinunter, aber sie hielten ihre Fracht in der Schwebe. Als sie unten waren, legte die Musik eine Pause ein. „Zündet die Lampen an", befahl die Königin von Maxorata, „damit ich sehen kann, was hinter der Steinmauer ist."
Die Steinmauer war durchlässig, nur grober, nachlässig gestapelter Bimsstein, vermischt mit Kalkbruch. Zeyla zog schaukelnd in die erstbeste Straße ein, die Fenster der Washington-Bar leuchteten, die guten Niebuhrweine zogen ihre Lichtspur in den Großstadthimmel, sie sah nicht nach rechts und links, keine Spur von Neugierde in den Augen, sie wollte keine Stadt und kein Land entdecken. „Heute abend geh' ich bummeln."
Dennoch hatte sie ein Ziel. Der Schlüssel führte sie. Herz, Anker, Kreuz. Die Washington-Bar war nur mäßig besetzt: ein paar Bauern aus den umliegenden Dörfern mit nur wenig losem Geld in der Tasche, ein paar Gewohnheitstrinker, ein paar Wahrheitsfinder, zwei Zufallsgäste.
Die Träger setzten die Sänfte ab. Zeyla erklomm kraft ihrer eigenen Füße die drei Stufen zum offenen Eingang. Die Musik setzte wieder ein: *Cigarettes and Whisky*, die Biographie des Propheten. Zeyla bat um einen freien Tisch.

Alle Tische waren frei. Die Barbesucher saßen an der Bar, klammerten wie Klammeraffen an ihren Hockern, kein Sturm warf sie um. Der Wirt war abwesend (sah nach den Schafen, was immer soviel hieß wie: er schlief), aber die Frau des Wirtes war anwesend und füllte die Gläser. Zeyla brauchte zwei Stühle; ihre Dienerschaft wartete draußen auf der Straße. Mit der Bestellung ließ sie sich Zeit. Sie war sich ihrer Sache sicher. Königin! Endlich! Die Frau des Wirtes schielte mißtrauisch zu ihr hinüber. Paß bloß auf! Aber die weiße, nächtliche, ehemals graue Stadt gehörte schon lange der Königin von Maxorata. Niemand wußte es. Sie spielte mit dem Schlüssel am Hals und befahl der Frau des Wirtes, ihr einen Whisky zu bringen. Was augenblicklich geschah, und wieder spielte die Musik, sang ein Sänger sein Lied. Auch er ein König.
Die Königin trank einen zweiten Whisky und wartete ab. Einen dritten. Niemand sprach sie an. Die Bauern hatten ihre Sinne verloren und ergaben sich ihren nichterfüllten Träumen. Die Trinker waren dem Paradies schon bedenklich nahe gekommen. Die Zufälligen warteten ab, darin der Königin ähnlich. Im Hintergrund der Bar wartete eine mit Silber- und Goldfolie beklebte Tür. Und zitterte stumm im Gekräusel der Tabakswolken. Auf den leeren Tischen brannten Kerzen, unentschieden zwischen Totenlicht und Adventskerze. Zeyla sprach leise

mit sich selbst, erzählte dem Kind die Geschichte mit dessen eigener Zunge. Ich habe die Menschen angesehen, du hast einen von ihnen gerettet ... er wäre mehr als einmal gestorben ohne dich, aber Sterben ist kein Katzenspiel.
„Sie säuft, die fette Wachtel!"
Und ein anderer grölt: „Greift ihr zwischen die Beine und holt euch ihre Perlen."
Oder: „Reißt ihr dieses Tuch vom Kopf!"
Auch: „Schieb dir doch gleich den Flaschenhals rein."
Genauso wie: „Negerschlampe, Türkenlümmel, Kümmeltürken, Kaffernpack, haut ab, Sack ab."
Und ganz schrill und schneidend wie ein Strahl die Frau des Wirtes: „Verpiss dich, du Schwarzwurzel, sonst piss ich dich an."
Dazwischen immer wieder und versöhnlicher die Stimme eines traurigen Bauern: „Zeig mir deine Titten, zeig mir deine Titten." Und er sitzt an der Theke, alleingelassen in seiner Melkereinsamkeit.
Doch sie blieb die Königin, und jeder spürte es und verschluckte sich an dem Haß, den andere ihm eingetrichtert hatten.
Sterben ist kein Katzenspiel, meine Tochter.
Nein, nein und nein. Und die Königin erhob sich Zoll für Zoll und orderte ein ganzes Whiskyschiff. – Das Volk gehorchte und trank mit. Jetzt konnte die Party beginnen. All die ausgefallenen Feste näherten sich in gewaltiger Pro-

zession der Washington-Bar. Und auch die Kinder waren dabei, und auch die Kinder sangen, und die gutmütigen Hunde folgten ihnen und wedelten mit dem Schwanz und hatten ihren allertreuesten Hundeblick. Mein Freund ist da, mein Freund ist schon da. Der Sänger sang. *Cigarettes and Whisky and Cheerio, im Leben geht es mal so und mal so, doch am schönsten war's in der Washington-Bar, woher ich auch kam, wohin…*
Man traf alte Bekannte, uralte, die immer noch lebten, Hone Tuwhare zum Beispiel und die beiden Fräuleins, die immer noch das gleiche besprachen: Mir geht es gut. Die Hühner sind versorgt. Jetzt kann er kommen. Und Krüger, mit einem Lächeln, gewinnender als es in der Wirklichkeit je gewesen war, was sprach er, was lachte er, gehörte ihm jetzt auch diese Bar? Machte er es wieder mit Geld?
Zeyla stand und wiegte sich in den Hüften, das Whiskyschiff, das Whiskyschiff. Anker konnte sie jetzt nicht mehr werfen. Es rollte dahin, sie rollte dahin, und auch so eine papierene Gestalt wie der Architekt, bestallter Erbauer von Niebuhrslust, ließ es sich nicht nehmen mitzufeiern. Er tanzte, ja, er tanzte. Und ein hanseatischer Kaufmann, reich geworden im Gewürzhandel mit Zanzibar und den umliegenden Inseln, knöpfte seinen Wamst auf und ließ die Sau raus. Frau Silme schwieg und war starr wie eine Säule. Wer fehlte noch?

Die Expeditionsteilnehmer sind umgekommen, gestorben an Malaria, Cholera, Gelbfieber. Der dänische König läßt sich entschuldigen, ebenso Herr von Zach.
Was, um alles in der Welt, sollten sie denn entdecken?
Die Araber hatten Arabien längst entdeckt, die Africaner kannten Africa.
Aber es ging um den Anspruch radikaler Vernünftigkeit: im Glauben daran, daß sich die Welt erschöpfend in einem allesumfassenden Werk beschreiben lasse... Mosaikstein zu Mosaikstein; erst aus einiger Entfernung ist das ganze Bild erkennbar. Die Enzyklopädie. Ja. Zeyla rollte mit den Augen. Die Duftwolken der feiernden Menschen vermengten sich zu einer Dunstglocke, durch die kaum noch ein Licht dringen konnte. Man schnappte Fetzen auf: „Erinnern Sie sich, Gnädigste, die blaue Stunde." „Die mäßig bewegte See." „Das Geheimnis." „Der Grundriß." „Ihr Ritt durch die Nacht, Herr Architekt." „Warum verfiel er gerade auf Sie?" „Und dieses Mädchen." „Hätte er doch besser die Kaffernhütte genommen." „Ich sagte: Kaffee, Kaffee, Kaffee." „Aber die Kaffern, die hatten den Schlüssel." „Gar nicht, gar nicht." „Mir geht es gut, die Hühner sind versorgt." „Erinnern Sie sich, Verehrteste, setzen Sie sich neben mich, geben Sie mir die Hand, wir wollen uns erinnern: das ist bei uns so Sitte."

Zeyla ließ die Zunge aus dem gewaltigen Mund hängen und versetzte sie langsam, langsam in kreisende Bewegung. „Mit hoher Achtung, verehrter Herr Landschreiber, Achtung."
Den Whisky tranken sie schier. Die Zunge war das Zeichen, dem alle Augenpaare folgten. Draußen vor den Fenstern zogen die ersten Möwenschwärme über das graue Flußwasser. Die Einsamkeit erreichte ihren salzigen Höhepunkt, aber Zeylas Zunge kreiste. –
Ein paar Stunden später hatten sich alle zu Boden geworfen, verzückt und betrunken, und beteten in ihrer schlafenden Haltung eine Königin unbekannten Namens an.
Maxorata hieß das Wüstenreich, umgeben von einer durchlässigen Mauer aus Bims und Kalk. Die Stadt erwachte.

87

Aber manchmal ließ Kerstine ein Wort aus oder fügte ein eigenes hinzu.
„Erzähl mir vom gewaltigen Himmel", bat er sie und stocherte in seinem Schattenreich umher. Aber sie war noch lange nicht so weit, daß sie mit ihm reden konnte.
„Aber welchem Astronomen hätte ich es wohl zumuten können, meine Beobachtungen gehörig zu untersuchen? Das ist wahrlich keine kleine Arbeit. Nur von einem Astronomen und Geographen wie Sie, der einen so großen Eifer für die Wissenschaften hat, kann ich hoffen, daß er sel-

bige nicht ganz von der Hand weisen wird. Ich werde Ihnen meine Kiemen zeigen, für einen kurzen Wellenschlag der See, für den verbotenen Garten, für einen ruhigen Raum, einen Baum. Vielleicht haben Sie auch junge Leute, oder Sie kennen Dilettanten, welche Ihnen bei den Berechnungen behilflich sein können."

Junger Mann zum Mitreisen gesucht. „Ali Baba" heißt das Unternehmen, die wirbelnden Lichter, die aufklappbaren Katastrophen, die Jungfrauen sind Bauchtänzerinnen und aus Pappmaché.

Aber dann kommen die Schreie der Menschen!

Es wird November, Krusenstern hat als erster Russe die Welt umsegelt, Napoleon siegt bei Austerlitz, die Kontinentalsperre fördert den Anbau der Zuckerrübe, doch für den Etatsrat und Ingenieurlieutenant Claus Niebuhr verlöschen die Lichter für immer. Er hat noch neun Jahre zu leben, und es wird dunkel für ihn bleiben.

Mit seinem Stock tastet er sich den Fahrdamm entlang, die Hunde sind in der Nähe, auch Yohannes hat ihn im Auge und kann eingreifen, wenn es nötig wird.

Die Sekretärin verläßt das Haus so gut wie nie. *Bin wie der Pinguin, der mit offener Wunde am schönen weißen Bauch, voller Verwunderung blickt in die Abgründigkeit und Bosheit der Menschen*, schreibt sie und setzt es noch in Klammern. *Ich nahm in dieser Stadt auch die Mit-*

tagshöhe der Sonne am 1, 2, 6, 7, und 8 October. Aber diese Beobachtungen stimmen mit denen der Sterne nicht so gut zusammen als die letzten unter sich, wie Kenner dies erwarten werden, wenn ich Ihnen sage, daß mein Instrument Tag und Nacht auf der freien Terrasse meiner Wohnung gestanden habe, und also durch die Sonnenwärme eine Veränderung erlitten haben müsse.

Er muß sich jetzt ungeheuer konzentrieren beim Diktieren, verzichtet auch auf die gewohnten Kreise und Halbkreise, steht nur da mit verschränkten Armen und horcht nach innen. Sie sieht ihn an, jetzt kann sie ihn ansehen, da sie weiß, er nimmt sie nur noch als Schatten wahr. – Alles muß er mühsam aus der Tiefe seines Kopfes hervorkramen: *„Herr von Zach, ich hatte es freilich erwartet, daß meine im Orient angestellten Beobachtungen einem Astronomen nicht gleichgültig sein würden, der es der Mühe wert achtete, eine vor vielen Jahren zu Haleb angestellte, aber durch Abschriften verstümmelte Beobachtung über die Länge wieder herzustellen und zu berechnen. Daß aber... nicht nur Sie selbst, sondern mit Ihnen auch der... Oberappelationsrat Freiherr von... Ende und Professor... Bürg die Untersuchung derselben so bald vornehmen würden, das hat meine Erwartung übertroffen; und dies um so mehr, da ich bereits vor Jahren Beobachtungen über die Länge an zwei andere, in diesem Fach berühmte Männer*

gesandt habe, ohne daß darauf geachtet worden wäre. Ich sage also Ihnen ...“
Die Sehenden stellen alles nur nach. Beobachten an einem Sommerabend den Beginn der Dämmerung. Bequem auf der Terrasse mit Blick übers Land. Die Lampe ist in den Büschen verschwunden. Nur der Himmel ist noch rot, und das Wasser in den Pfützen. Die Ochsen und Jungkühe grasen unbekümmert weiter. In ihrem Rücken lauert schon die Nacht. Es geht so langsam, unmerklich. Jemand saugt das Licht aus den Augen. Beständig und ohne Gnade. Was kann man noch sehen, was nicht? Man nennt es Abend. Nur noch schwarze Scherenschnitte vor dem dunkelgrauen Hintergrund sind die Ochsen und Jungkühe. Jetzt ist auch der Hintergrund schwarz.
Oder das gleiche noch einmal, indem ein Tuch über die Augen fällt, ganz schnell.
Alles, was er jetzt noch wollen konnte, war, einen Menschen zu berühren. Einen Menschen oder ein anderes Lebewesen, ein Fell, ein glattes Stück Holz, einen Stein, warm oder kalt. Heißes Wasser, ein Kissen, Blätter, Zweige, Heu, Haare, eine handgroße Schnecke. – Von nun ab mußte er alles anfassen; aber war seine äußere Welt nicht leer?
Wen gab es, den er hätte berühren können?
Er rief die Hunde zu sich, die er sonst wenig beachtet hatte. Sie waren scheu, wild, nur an Yohannes gewöhnt, aber sie kamen dennoch und

rieben sich an seinem Knie. Niebuhr saß vorm Windfang, draußen, nach Westen ausgerichtet. Er kratzte die Hunde hinterm Ohr, er hörte ihr leises Gehechel, das Scharren der Pfoten, er roch die Atemwolke, das feuchte Fell, er suchte mit der Hand ihre Schnauzen, den warmen Speichel, die spitzen Zähne, die spielerisch zubissen. Und er sang, um seine Stimme zu hören.
Von Menschen hörte er hier nichts mehr.

88

Der Teekasten war in Frohmann geblieben. Sie hatte ihn nie benutzt. Er stand verschlossen auf ihrem Bücherregal zwischen den zoologischen und geographischen Werken. Niemand rührte daran.
„Welche Bewandtnis hat es mit diesem Stein gehabt?" fragte Niebuhr und führte den Löffel suchend zum Mund. Sie aßen Mittag, eine flaue Milchsuppe ohne Klöße.
Kerstine sucht in ihren Gedanken herum, rechte Hälfte des Großhirns oder linke, was war, was kommt, an welchem Ort der Welt befindet sie sich jetzt, wem nützen die Gebete ans andere Ende.
„Der Stein, ja, es war Ihr Namenszeichen eingeritzt, und er lag in meinem Vorgarten, mehr weiß ich nicht."
„Den Absender kennen Sie nicht, den Frevler?"
„Nein, oder doch, warten Sie, soll ich Ihnen

einen Brief schreiben und das Wenige erklären?“

„Nein. Es ist zu spät. Aber ich erinnere mich an das gleißende Licht. Ich habe gearbeitet wie im Wahn und wollte alles festhalten, bevor die Zeit mir davonliefe.“

„Sie hatten Zeit genug, damals.“

„Ich hatte nie Zeit. Es war immer diese Unruhe in mir. Soll ich Ihnen erzählen, wer ich war und wer ich bin, Tag für Tag und bis zum Abend?“ Und ohne auch nur die Spur einer Antwort abzuwarten, begann er: „Den Moorhof mitsamt totem und lebendem Inventar, mitsamt der Ländereien vererbe ich Ihnen, meiner Sekretärin. Yohannes erhält eine angemessene jährliche Leibrente. Den Teekasten, das Astrolabium, die Reiseuhr und den Spazierstock überlasse ich der Gelehrten Schule zu Meldorp und dem ihr angeschlossenen Museum für Landes- und Heimatkunde. Das Wohnrecht oberhalb der Goldschmiede gebe ich an meinen Sohn Barthold, wohnhaft zu Berlin. Den restlichen Nachlaß teilen sich meine beiden Kinder zu gleichen Teilen. Sofern meine Tochter auffindbar ist. Wer wie ich aus einfachen Verhältnissen stammt, ist froh, wenn er etwas zu vererben hat. Die Landstelle meines Vaters war so winzig, daß sie bereits verschwunden war, als er starb. In meiner Jugend wollte ich Organist werden, vielleicht auch Pastor, Prediger. Allein, mir fehlte die Sprache. Also wurde ich Landmesser. Über dem

Land fixierte ich die Sterne und löste schon frühzeitig die Probleme der Längenbestimmung. Manchmal erinnere ich mich an eine größere Reise, die ich gemacht haben soll. Aber jetzt, wo ich mich auf mein Altenteil zurückgezogen habe, möchte ich eine große Herde auf das grüne Land ringsum treiben. Ich bin, das muß ich Ihnen gestehen, ein Bauer."

89

Den Sonnabend vor Maria Himmelfahrt bestimmte Niebuhr zum Tag des Handels. In aller Früh wollte er mit Yohannes nach Meldorp. Er dachte daran, fünf Jungkühe und einen Zuchtbullen zu kaufen. Das Vieh könne man dann bereits am Nachmittag nach Niebuhrslust treiben lassen. Gegen Abend wären die Tiere auf den Weideflächen. Die Abzugsgräben würden als Einfriedigung dienen. Mit dem Stallbau müßte unverzüglich begonnen werden.
Niebuhr fieberte dem Tag entgegen.
Er wurde wieder jünger –, seine Haut glänzte.
Er rief Kerstine zu sich und ging mit ihr den Abschlußbrief durch, den er an Herrn von Zach zu schreiben gedachte. Er sollte enden mit den Worten: „...ich will nach Hause gehen. Ich werde meine Tabellen beiseite legen. Sie kennen Alpha und Gamma im Pegasus, den Nordstern. Sie kennen? Ich nahm sie alle. Nun werde ich mich der Viehzucht widmen, gehe nach

Hause. Ich verabschiede mich und grüße Sie mit Achtung. Es war mir möglich, auch die Länge zu bestimmen."

Dann legte er sich früh schlafen.

Im Schlaf wurde es ihm heller vor Augen. Er mußte sich die Decke über den Kopf ziehen, so sehr blendete es ihn, immer wieder war er nahe mit der Hand dran, den Stein zu berühren, die feinen Vertiefungen mit den Fingerspitzen nachzuzeichnen, Zeichen für Zeichen, all die tausend Keile; es war ein unbändiger Zwang, eine Sucht, die über die Kraft dieses alten Mannes ging. Kein einziges der Schriftzeichen erreichte er. Dumpf und wie eine Wand aus Stein brach der traumlose Schlaf über ihn ein.

Am Morgen weckte ihn Yohannes in aller Früh, aber der Tag war ungünstig, um die Reise nach Meldorp und den Viehhandel zu wagen: Niebuhr konnte seinen rechten Arm nicht mehr bewegen.

Man half ihm aus dem Bett und führte ihn zur Waschschüssel, kleidete ihn an und setzte ihn an den Frühstückstisch. Der linke Arm funktionierte noch; seine Finger fanden den Henkel, aber sie brauchten Ewigkeiten, ihn zu heben. Der Kaffee war nur noch halbheiß.

„Hat er schon angespannt?" fragte Niebuhr aufs Geratewohl in die schwarze Leere hinein.

Niemand antwortete; niemand war mehr da.

Die Reise fiel aus. Niebuhr blieb wo er war. So schrecklich nah war ihm das Dunkle, das er zu

durchstoßen versuchte, um wieder in die Ferne zu gelangen.
Es gab keine Ferne mehr. Es war egal, wo er war. Man kann ihn sich auch vorstellen in einem Meldorper Altersheim, oder kann man das nicht? In einem winzigen Zimmer mit Radio und Heizung, den gleichbleibenden Stimmen der Pfleger, die zu ihren Pfleglingen sprechen wie zu Kindern und ihnen Löffel um Löffel in den Mund schieben. Die Angehörigen zahlen.
Kerstine betrachtet ihre Datteln; sie lebt in dem leeren Zimmer und hat die Besitzerin dieses Zimmers doch nie gekannt. Einen kleinen Spiegel hat sie sich aufgestellt, und in einer Holzkiste verwahrt sie ihre intimen Dinge, den Kamm, die Haarspangen, ein paar Briefe, die niemand empfangen hat, ihr unbenutztes Lippenrot, Kopftücher, ein Hemd.
Sie blickt in den Spiegel. Ohne mit den Wimpern zu zucken, und niemals sieht sie die Angst in ihren Augen. Der Tag ist noch lang. Yohannes streift draußen mit den Hunden herum; niemand weiß, was er sucht; ihm reicht es, draußen zu sein, nur draußen!
Gegen Mittag bricht Niebuhr auf seinem Stuhl zusammen.
Kerstine beschäftigt sich mit Manuskripten und Tabellen, die sie von Zeit zu Zeit aus den Bündeln im ersten Zimmer befreit. Sie hockt im Schneidersitz vor ihrem Spiegel auf der Kiste und blättert in den Aufzeichnungen, liest und

denkt nach, glaubt ihm nicht, daß er jemals auf Reise war, daß es stimmt, wenn er schreibt: „Ich werde ein einziges Mal in meinem Leben die Linie verlassen."

Sie glaubt ja nicht einmal seine Existenz. Sie betrachtet ihren mageren, unfruchtbaren Leib. „Verehrter Herr Niebuhr", schreibt sie an den Rand eines Manuskriptes, „ich bitte Sie, retten Sie mich, kommen Sie nicht, retten Sie mich! Immer die Ihre. N. N. N."

Sie faltet das Blatt zum Brief, eins, zwei, drei, friß Vogel flieg.

Erst gegen Abend, als sie sich zum Abendbrot treffen wollen, finden sie Niebuhr. Er liegt halb unterm Tisch, in sich zusammengerollt. Kerstine öffnet die Lippen, aber kein Schrei kommt heraus, nur ein winziger, kaum hörbarer Mäusepfiff. Yohannes bückt sich und betrachtet den Alten unterm Tisch, aber er berührt ihn nicht. Das Gesicht ist ihnen halb zugewendet. Kerstine holt den Spiegel. Dann decken sie ihn zu.

90

Herr von Zach band die Schleife mit Bedacht. Dieser Briefwechsel war für ihn beendet. Er würde alle Briefe, die er sorgfältig durchnumeriert hatte, an die Meldorper Gelehrtenschule schicken. Das schien ihm der rechte Ort für diese Raserey zu sein. Dort gäbe es sicher einen verständigen Mann, der das Bündel, bei Bedarf, weiterleiten könnte, an

einen rührigen Heimatforscher etwa, irgendeinen Museumsmenschen aus der Gegend, der eine Beziehung zu jenem eigenartigen Astronomen herstellen könnte.
Für ihn wäre damit das Kapitel abgeschlossen. Und Herr von Zach blickte aus seiner Redaktionsstube erleichtert und gelassen in seinen Himmel hinaus.
In diesem Universum kann niemand Schiffbruch erleiden.

91

Sie, die Sekretärin, blieb in dem Haus. Sie lebte von seinen Ersparnissen. Sie schrieb noch etliche Briefe an Herrn von Zach, immer undurchsichtiger: *Hätte ich zu der Zeit, als ich mich unter den Trümmern dieses Palastes befand, mehr Kenntnis der alten persischen Fabellehre gehabt, so würde ich dem Wunsche des würdigen Mannes zuvor gekommen sein, und auch die Stellung der schwebenden Figur, die man vor den Gräbern sieht, genau bemerkt haben; so aber muß ich bekennen, daß ich darauf nicht geachtet habe. Aber bedenken Sie: Zu Bombay mußte ich meine letzten Reisegefährten begraben. Nunmehr war ich ganz allein, sogar ohne einen Bedienten, der mir bei Längenbeobachtungen hätte behilflich sein können, und ich konnte nicht gleichzeitig mit dem Oktanten Distanzen nehmen und nach der Uhr sehen …, so weh an der Sonne.*
Herr von Zach antwortet nicht mehr. Die mo-

natliche Korrespondenz zur Beförderung der Erd- und Himmelskunde wird eingestellt.
Der nördliche Sternenhimmel über Niebuhrslust, bestehend aus Sagitta und dem Versprechen, daß die Sintflut ausbleibt, wartet geduldig. Auch Yohannes, der Bediente, mittlerweile neunundsechzig Jahre alt, bleibt. Er richtet die kärglichen Mahlzeiten, Ost, Süd und West. Gespräche führen die zwei immer noch nicht.
Norma trifft Lucca und besucht Kerstine. Sie tragen alle drei die gleichen schlicht herabfallenden Hemdkleider, an den Füßen allerdings haben sie meist schwere, grobschlächtige Stiefel, Gummi Arabicum. Wasser bedeckt große Teile des Landes. Niebuhrs Grab ist bald nur noch kenntlich durch den fremdartigen Stein, den man zum Beschweren dort hingelegt hat. Ein grauschwarzes Bruchstück, in das jemand zwei Buchstaben geritzt hat.
In Meldorp immerhin haben sie eine Gedenktafel angebracht, fest verankert im Eingang der Domgoldschmiede liest man dort in hellen Mamor gemeißelt und mit Gold ausgepinselt: DÖR SIEN REIS NA MESOPOTAMIA HETT HE DE WETENSCHAP BANNI VÖRAN BRACHT, SO HETT HE MIT SIEN OPTEKNUNGEN DEN WEG WIEST, DE KEILSCHRIFT TO VERKLORN. UK HETT HE DEN GOLF VUN SUEZ SO AKKERAT UTLOOT, DAT SIEN BEREKEN NOCH HUNNERT JOHR LATER BI DE KANALBOU BRUKT WORRN SÜNT.

Kerstine kennt Meldorp nicht. Alles, was sie von der Außenwelt brauchen, holt Yohannes ins Haus. Das Y hat ihm Niebuhr verliehen. Heute essen sie Kartoffeln mit brauner Soße. Eine Mehlschwitze, das hat Yohannes inzwischen gelernt.
Die Tage sind grau. Die kalte Traurigkeit dieser Landschaft, die, wenn ihr das Licht fehlt, die Menschen nur schwermütig machen kann.
Kerstine hat sich verletzt, ein leichter Riß wie von einem Messer über ihrer linken Brust. Sie weiß nicht, wer es getan hat. Sie betrachtet ihre Fingernägel, sie schielt verstohlen zu Yohannes hinüber, wenn er sein Taschenmesser aus dem Hosensack holt und sich eine Rübe schält. Die Wunde näßt, auch wenn das Blut geronnen ist. Eine Mondsichel verkehrt herum. Wie auf frischer Tat ertappt schließt sie schnell wieder ihr Kleid. Die Warzen sind groß und wie herabhängende Datteln und ihr eine Unruhe geworden. Eines Tages gibt sie sich wortlos dem alten Knecht hin. Ein einziges Mal nur, in Minutenschnelle, an dem Punkt des Tages, wo die Nachmittagsgräue nicht mehr zu ertragen ist. Hinterher fängt ihre Wunde wieder an zu bluten. Ich werde euch meine Kiemen zeigen, denkt sie noch einmal, doch dann wickelt sie sich in ihre Decken und beschließt, sich zu verabschieden. Say goodbye to the arabian guy.
Die Beförderung wird eingestellt.

92 Die Stadt also erwachte.

Wessen Stadt? Hauptstadt welchen Landes? In der Washington-Bar herrscht Totenstille, die Tür nach draußen steht weit auf, die ersten Spatzen flattern herein, Reisfinken gesellen sich dazu, allerzierlichste Tigerfinken, feiner Flaum fliegt in dem leichten Morgenzug, die leeren Kornhülsen zeichnen Spuren, süßester Frieden. – Zeyla war die einzige, die nicht schlief; sie saß frisch und sehr ausgeruht auf ihren zwei Stühlen im ersten Morgenlicht und sah auf den Fluß hinaus, die Werften, die großen Holzschiffe. Segel um Segel wurde gehißt. Dann drehte sie ihren Kopf langsam in die andere Richtung und fand im dämmrigen Hinterraum die Gold- und Silberfolie der anderen Tür, auf der HARRYS WELTBASAR stand. Ihre Zunge lag jetzt ganz still. Sie kostete die letzten Minuten aus. Sie sang alle Kinderlieder, die ihr in den Sinn kamen. Sie sang so leise, daß sie nur für die zierlichen Tigerfinken hörbar waren. Die pickten Körner. Dann erhob sich die Königin und setzte Fuß vor Fuß. Ihre Füße waren erstaunlich zierlich, und die Sandalen glänzten. Als sie Harrys Tür erreicht hatte, nahm sie die Kette vom Hals: Der Schlüssel paßte.

Voller Bedacht und ganz bei sich (so bei sich wie nie und nie wieder) drehte sie ihn.

... bestehend aus Rohr, Bart und Ring. Der Bart hat mannigfache Gestalt und dient zum Bewegen

des Riegels unter Anhebung der Zuhaltungen. Sie dreht einmal, und noch ein zweites Mal. Jetzt war die Tür verschlossen. Sie zog den Schlüssel ab und preßte ihn in ihre geballte Faust. Samt Glaube, Liebe und Anker. Kein anderer Schlüssel würde diese Tür je wieder öffnen können.
Es war schon Tag. Und Harry war bei der Arbeit. Pauline frühstückte noch mit der Tochter.
Zeylazeyla, Königin, verließ die Bar durch die offene Vordertür. Die Reisfinken flatterten nur ein paar Zentimeter zur Seite. Draußen standen schon die ersten Kunden, die Käufer, die die Andenken der Weltgegenden kaufen wollten und den Pfeilen folgten, die sie zu HARRYS WELTBASAR führten. Zeylazeyla grüßte und wünschte Schönste Tage. Dann rief sie nach ihren Trägern, die geduldig die Nacht über gewartet hatten, verborgen hinter der nächsten Straßenecke die Sänfte bewachend.
Oben am Fenster stand Pauline und erinnerte sich an eine nächtliche Kutschfahrt und nassen Farn.
Die Königin bestieg ihr Gefährt und ließ sich an die Kaimauer des Flusses tragen. Dort warf sie den Schlüssel samt Kette in die trüben Wasserspiegel. Er versank augenblicklich wie ein Anker, samt Kreuz und Liebe.
Sämtliche Entdeckungen wurden eingestellt.

93

„Niebuhr stirbt nie", sagte Pauline und zündete sich dabei eine Zigarette an, „er ist einer, der alle Zeiten überlebt, paar Jahr-

hunderte in der Fieler Niederung sitzt und alles überdauert und alles überdenkt, von Jahr zu Jahr etwas mehr eintrocknet, nur noch ein bißchen Roggenbrot ißt, ein bißchen Käse, kaum noch trinkt, dort sitzt am Fenster und über die jemenitische Wüste blickt und alles überdenkt." Sie schnippte die Asche ab und schlug die Beine übereinander, dabei rutschte der Rocksaum knapp übers Knie. Das Café war schon gut besucht zu dieser Tageszeit, und sie hatte ihre Gesprächspartner, junge Männer mit Pomade im Haar und leichtem Lidschatten. Durch die offenen Fenster zog der Geruch der Straße hinein. Die jungen Männer schnüffelten und hörten ihr zu, ein Kellner brachte Calvados, das war in Mode gekommen. Farbmäßig dominierte ein untertriebenes Graphit, todschick und wie geschaffen für die Großstadt, in der die Lichter Tag und Nacht brannten.
„Claus Niebuhr", sagte diese schöne, ältere Frau am Marmortischchen links vorm Fenster, „hat die Fieler Niederung bereist, von Nord nach Süd, von Ost nach West, doch alle, die ihn kannten, glaubten, er wäre in Arabien und in Afrika gewesen. Und das war er auch."

Sarzbüttel, 12. Oktober 1988 –
Fuerteventura, 9. März 1991

Dieser Roman variiert das Leben des Arabienforschers und Landschreibers Carsten Niebuhr, der 1761 zu einer Expedition in den Orient aufbrach und 1813 in Meldorf/Holstein starb.

Als Quellen wurden benutzt:

Carsten Niebuhr: Reisebeschreibung nach Arabien und anderen umliegenden Ländern, Bd. 1 – 2, Kopenhagen 1774 – 1778: Bd. 3, Hamburg 1827.

Dieter Lohmeier/Stig Rasmussen (Hrsg.): Carsten Niebuhr und die Arabische Reise, Heide 1986.

Emily Ruete, geb. Prinzessin Salme von Oman und Sansibar: Leben im Sultanspalast, Frankfurt am Main, 1989.

Ilse Schreiber (Hrsg.): Ich war wohl klug, daß ich dich fand. Heinrich Christian Boies Briefwechsel mit Luise Mejer 1777 – 1785, München 1963.

Bei den kursiv gesetzten Passagen handelt es sich um Originalzitate aus den Reisebeschreibungen von Carsten Niebuhr.
Geographische Bezeichnungen und einige andere Begriffe folgen ebenfalls den Originalquellen.

Heiner Egge, 1949 in Heide/Holstein geboren, wuchs dort auf dem Gooshof auf. Studierte Germanistik und Geschichte in Kiel, Marburg und Freiburg. Veröffentlichungen von Erzählungen und Reiseskizzen, Herausgabe der Literaturzeitschrift „das nachtcafé". Wohnte zehn Jahre im Schwarzwald und lebt heute als Schriftsteller und Schafzüchter in Sarzbüttel/Dithmarschen. Reisen nach Ost- und Westafrika.

Gerhard Köpf im Luchterhand Literaturverlag

Die Strecke
Roman
Sammlung Luchterhand 1016. 424 Seiten
In diesem Buch erzählt Köpf die Geschichte eines Bahnwärters, dessen Strecke stillgelegt werden soll.
»Man muß nicht Uwe Johnson und andere literarische Vorgänger bemühen, um zu erkennen, daß hier auf virtuose Weise Gegenwart, Vergangenheit und Zukunft verknüpft und die gängigen Vorstellungen von Fortschritt und Rückständigkeit in Frage gestellt werden.« *Süddeutsche Zeitung*

Vom Schmutz und vom Nest
Aufsätze aus zehn Jahren
Sammlung Luchterhand 986. 190 Seiten
Gerhard Köpf ist ein Literaturbesessener, ein Buchliebhaber, und er betreibt seine Passion mit kühlem Verstand. In seinen Aufsätzen über Jean Améry, Antonio Skármeta, Günter Grass, Klaus Nonnenmann u. a. sind die Freuden der Hingabe an die Werke anderer Autoren zu spüren. Zugleich ist Gerhard Köpf immer bei seinen eigenen Büchern, seinen Schreibabsichten und -zielen.

Gerhard Köpf im Luchterhand Literaturverlag

Borges gibt es nicht
Eine Novelle
176 Seiten. Gebunden
Ein Leben von und in der Literatur: Als den Professor für Lusitanistik, Gerhard Köpfs jüngsten Helden, die Geliebte verläßt, sucht er Zuflucht bei den Büchern. Lesen soll ihm den Verlust erleichtern, die Einsicht, daß er ein Tor sei, der sich über unabwendbare Ereignisse ärgert, den Schmerz zum Abklingen bringen. Ein heilloses Unterfangen...
»Köpfs geradezu virtuose Kunstfertigkeit besteht aber darin, nicht nur die jeweilige Geschichte zu erzählen, sondern damit immer auch das Erzählen selber zum Gegenstand des Berichtes zu machen.« *Frankfurter Allgemeine Zeitung*

Piranesis Traum
Roman
254 Seiten. Gebunden
In Gerhard Köpfs neuem Roman wird der große italienische Kupferstecher Giovanni Battista Piranesi (1720–78) zum Zeitgenossen: Das Genie unter den Baumeistern zieht bis heute ruhelos durch die Welt. Als Liebender, als Hassender, als ein Künstler, dessen Träume und Alpträume Köpf faszinierend erstehen läßt.
»Piranesi lebt unter uns.« *Fritz Rudolf Fries*